Hearn: the Last Hunter

and other stories

ハーン・ザ・ラストハンター

アメリカン・オタク小説集

[編]ブラッドレー・ボンド
Bradley Bond
[訳]本兌有＋杉ライカ
Honda Yu＋Sugi Leika

筑摩書房

目次

Hearn: the Last Hunter and other stories
Edited by Bradley Bond
Translated by Honda Yu and Sugi Leika

ハーン・ザ・ラストハンター

アメリカン・オタク小説集

◆編者序文◆

長きにわたりニンジャ小説を執筆している中で、私はしばしば「そのイマジネーションの源泉はどこにあるのか？」といった質問を受けます。言わずもがな、それは日本の様々なカルチャーやエンタテイメント作品……映画、小説、漫画、ゲーム、音楽など……とにかく日本の全てです。サムライ、ニンジャ、ヤクザ、ゲイシャ、カラテ、スシ、ゼン……それらは何歳になっても、また世界情勢がどれほど変わっても、私の心をワクワクさせ続けてくれるのです（おそらくあなたがガンマンや、吸血鬼や、スパイや、魔法使いや、スーパーヒーローや、タコ頭の邪神などに心ときめかせるように）。

しかし、それだけではありません。私は日本をテーマ（あるいは舞台）として扱うアメリカの作品群にも、強く魅了されてきました。一例を挙げてみましょう。映画ならば『ブラック・レイン』や『キル・ビル』や『ラスト・サムライ』や『ニンジャ・サンダーボルト』、小説ならば『ニューロマンサー』や『シブミ』や『ザ・ニンジャ』など。最近のタイトルだと『GODZILLA』や『ベイマックス』も大いに楽しみました。このように私は「日本産の日本作品」と「アメリカ産の日本作品」の双方を愛好しているのです。

さて、これまでに私が挙げたのは、どれもプロの手で作られた有名な作品群ですが、実は私の家の書斎には、多くのアマチュア作家の手で書かれた日本テーマの同人小説群もコレクションされています。彼らも私と同じように、ここで挙げたような双方の作品群から強い影響を受けて、日本テーマの作品を書いているのです。

今回はその中から、ぜひ日本の読者の皆さんにも読んでいただきたい、とても面白くてパワフルな作品を、いくつかピックアップしてみました（翻訳や各作者とのコンタクトについては、私にとって旧知の仲である日本の翻訳チームに任せました）。情け容赦ないヨーカイ狩りのダークファンタジー、日本の篠山県《しのやまけん》を舞台としたサバイバルホラー、宇宙のトーフ工場を舞台としたSF、MMORPGもの、少年漫画スポーツもの、そしてカワイイな女子高生が操縦する巨大ロボットものまで……なるべくたくさんのテーマやジャンルを網羅《もうら》できるように、バラエティ豊かな短編作品群を選んだつもりです。個々の作品の面白さについては、私が保証します。まずは読んでいただくのが話が早いでしょう。各作品と作者の背景については、翻訳チームによって付された「解説」が理解を助けてくれると思います。では、どうぞお楽しみください！

ブラッドレー・ボンド

二〇一六年七月　ニューヨークにて

ブックデザイン　新上ヒロシ＋ナルティス
イラストレーション　久正人

ハーン：ザ・ラストハンター
トレヴォー・S・マイルズ
Trevor S. Myles
Hearn: the Last Hunter

1

「アイエエエエエエエエエエエエエエ！　出た！　出たアアアアッ！」

トミキチは狂ったように喚《わめ》き散らし、死に物狂いで松林の中を駆けていた。足がもつれ、茂みの中で転がり、枯れ枝とシロツメクサの茂みの中に頭から突っ込んだ。

「グワーッ！」

目の前には幸運の象徴たる四つ葉のクローバーがあったが、今のトミキチにとっての幸運は、せいぜい提灯《ちょうちん》の灯《あか》りが消えずに持ちこたえた事くらいのものであった。誰も彼の叫びを聞きつける者などいなかった。

逃げろ。

追いつかれたらどうする。

トミキチは泡を食って立ち上がり、提灯で後方の闇の中を一瞬だけ照らすと、また走り始めた。

「アイエエエエエ！　助けて！　助けてくれエーッ！」

今にも掻《か》き消えそうな提灯の灯りだけを頼りに、彼は街道沿いを闇雲《やみくも》に逃げ回った。

ここは江戸から西へ四百マイルの開拓地。霧深いキノクニ・ヴァレイの暗黒の松林。空には青褪《あおざ》めた満月がひとつ。この時間には、馬も馬車も往来せぬ。

もはやこれまでかとトミキチが観念したその時、彼は赤い提灯の灯りを見る。

蕎麦屋《そばや》の屋台であった。

何故《なぜ》こんな街外れの松林に、蕎麦屋台が？

だが、助かった。命拾いをした。

「おい、誰か！　誰かいるかーッ⁉」

トミキチは駆け込んで暖簾《のれん》をくぐり、席についた。

「どうなさったたね、若いの」屋台の奥で、蕎麦屋が言った。「追剝《おいは》ぎにでも遭《あ》ったかね？」

「ハァーッ！　ハァーッ！　聞いてくれよ！　追剝ぎなんてモンじゃねえよ！　追剝ぎの方がよっぽどマシだぜ！　俺ァ見たんだよ！　ありゃあ、絶対……！」

ヨーカイだ。そう心の中で叫び、トミキチは怖気《おぞけ》を振るった。

「絶対、何ですかい？」

「ありゃあ、絶対……！」

暗闇の中で見た化け物の貌《かお》が、脳裏に蘇った。

トミキチは頭を振り、それを己の記憶から追い払おうとした。

あまりの恐怖のせいで、トミキチの体は墓場の土のように冷え切っていた。

「……何でもねえよ！　それよりソバだ！　寒気が止まらねえ！　とりあえず、温《あ》ったかいソバをくれ！」

「ははあ、何を見たか、わかりましたぜ、旦那《だんな》。……この辺にゃ、出るんですよ」

蕎麦屋は仕込みでもしているのか、背を向けたまま返した。

「出る？　何がだ⁉　勿体《もったい》つけてねえで、いいからソバをくれッて言ってンだよ！　このままじゃ、どうにかなっちまいそうだぜ！　頭がよォ！」

トミキチは逆上した。だが、すぐに異変に気付いた。

「イヒヒヒヒ……」背を向けたままの蕎麦屋店主は、不気味に笑い始めたのだ。

こいつは、何かがおかしいぞ、とトミキチが思った途端《とたん》。

「そいつぁ、きっと、こんな顔の奴だったんじゃあないですかい……⁉」

地獄の底から響くような不吉な笑い声とともに、蕎麦屋店主は振り向いた。

そこには、剝《む》かれたゆで卵の如《ごと》き異形の面相！

目も、鼻も、口すらもなく、真っ白なラバーめいた皮膚が不気味に蠢《うごめ》いているのみ！

これこそは、群れ成して旅人を狂気に陥れるという、忌まわしきヨーカイの眷属《けんぞく》、ノッペラボウに他ならなかった！

「アイエエエエエエエエエエエエエ！　また出たアアアアアアアア！」

トミキチは叫んだ！　彼は今夜、三度目のノッペラボウに遭遇したのだ！　最初は、街道沿いに座り込んでいた旅のオイラン！　次に虚無僧《こむそう》！　そして三度目はこの蕎麦屋！　逃げ切ったと思うたび、顔の無い悪夢はトミキチを嘲笑《あざわら》うように再び現れたのだ！

「アイエエエエエエエエエエエエエエエエエ！」トミキチの持っていた提灯の灯りが揺れ、狂気が彼の精神を完全に破壊せんとした、その時！

松林の暗がりから長さ一メートルの鋼鉄銛《もり》が飛来し、屋台の木組みを木《こ》っ端微塵《ぱみじん》に破壊し、トミキチの顔のすぐ横を飛び、ノッペラボウの胸に深々と突き刺さった。

「グワーッ!?」ノッペラボウは血を吐き、三メートルも弾き飛ばされた。

刃先が背中側まで貫通するや否や、ゴシック様式のハープーンじみた刺々しい鋼鉄銛は、先端部が四つに展開し、鮮肉フックの如くノッペラボウの体に食い込んでいた。もはや引き抜くことは不可能である。

無様な悲鳴をあげるのは、いまやノッペラボウの番であった。

「アイエエエエエエエエエエエ！」ソバ屋に擬態したノッペラボウは地に倒れ伏し、もがき、這《は》い進んで逃れようとした。だが、鋼鉄銛の根元には、鎖が付いていた。ピンと伸びた鋼鉄の鎖が鳴り、逃走が不可能であることを告げる。

鎖はガチャガチャと巻き取られていった。釣り上げられた魚のように、ノッペラボウはゆっくりと、闇の中に引き寄せられてゆく。指を強張《こわば》らせ、地面に突き立てて抗おうとするが、無駄だった。

「アイエエエエ……一体何が……？」トミキチは、枯れ枝とシロツメクサとの茂みの中をブザマに引きずられてゆくノッペラボウの姿を目で追った。

トミキチは腰が抜け、立ち上がる事もできなかった。恐る恐る這って進み、チョウチン・ライトを掲げ、その先に何があるのかを見ようとした。

そして見た。

トリイの下に、黒い軍馬。その鞍《くら》の上には、風変わりなコートと山高帽を被った、年の頃四十の偉丈夫《いじょうふ》。「幽霊十両」「妖怪五十両」と毛筆で書かれたぼろぼろのノボリが二本。さらに鞍の背もたれには、小さな仏壇《ぶつだん》と箪笥《たんす》の複合物のような装置が備わり、四つのウインチと、それぞれの鎖を巻き上げるための手回し棒が左右に伸びていた。

「キノクニ・ヴァレイの暗黒の松林を根城とする、ノッペラボウ三兄妹の長兄に相違無いな」

馬上の男は呵々《かか》と笑い、逞《たくま》しい右腕に力を込めてウインチを巻き上げながら、奇妙なアクセントで言った。「貴様が最後だ。見るがいい」

革手袋をはめた男の手が指差す先、漆黒《しっこく》の馬が背負う複合ウインチ装置の後ろには、すでに二本の鎖が引きずられていた。

無論、その先にはこの男が仕留めた獲物。

ローマ式戦車の後ろに鎖で結え付けられた犠牲者の如く、既に二体のノッペラボウが、馬に引きずり回され無残な死体へと変わっていたのである。

「おお！　おお！」

ソバ屋に擬態したノッペラボウは、同胞たちの末路を知り、呻《うめ》き、罵《のの》った。

「呪わしや！　貴様、ハンターか！　ショーグンの犬！　ヤナギダの下僕！　殺戮者《さつりくしゃ》！　呪われろ！　永遠に呪われ」

ＢＬＡＭ！　ＢＬＡＭ！　ＢＬＡＭ！

馬上の男はウインチェスターＭ１８７３式ライフル銃を構え、情け容赦ない射撃を、足元のソバ屋に対して、立て続けに三発撃ち込んだ。

「ウッ！」うつ伏せになったノッペラボウの体は泥の上で小さく三度跳ね、失禁し、物言わぬ死体へと変わった。

ブルルルル、と、黒い軍馬が満足げに鼻を鳴らした。

「アイエエエエエ……」

トミキチは目を白黒させてそれを見ていた。

「し、信じられねえ……！　ヨーカイを、殺しちまった……!?」トミキチは、それが危険な事であると知りながらも、己を救ってくれたこの得体の知れぬ偉丈夫の顔を照らすべく、未だガタガタと震える手で提灯を掲げた。

その倫敦《ロンドン》製と思《おぼ》しき鍔広帽《つばひろぼう》の落とす深い影と、傷だらけの分厚い革製インバネス・コートの高い襟《えり》の間に隠されたその顔を、何としても見たいと思ったのだ。

「だ、旦那！　あんたは一体……！」

弱々しく差し込む提灯の光にくすぐられ、男は眩《まぶ》しそうに目を細めた。男の額と眉間《みけん》に深い皺が寄った。そこには、風雨に吹き曝された厳《いか》めしいガイジンの顔があった。肩口まである灰色の頭髪は波打ち、いかつい顎《あご》の周りはやはり灰色の無精髭。

加えて、その男は隻眼《せきがん》であった。

「……あんたは一体、何者なんです!?」

トミキチは問うた。

隻眼のガイジン偉丈夫は何も言わず、ただ、革手袋に覆われた手で、己の左目を覆う黒革の眼帯を指差した。それは狩り殺したレッサー・テングの革を、タンニンと偉大なるヤドリギの液で丹念になめして作った、底無し井戸の穴のように黒い眼帯であった。

その眼帯に、白い漢字が一文字。

ゴシック鬚英字じみた威圧的な書体で、「半」と刺繍《ししゅう》されていた。

それこそが、この男の名であった。

トミキチは畏敬の念に打たれ、深い溜息とともに、彼の名を呼んだ。

「……ハーン……!?」

2

一八九九年、八月。

陽は天頂でぎらぎらと輝き、蒸し暑く、死臭をかぎつけた蝿の群れがブンブンと辺りを飛び回っていた。刺すような日差しの下で、少女は顔をしかめ、手で蝿を追い払った。

次は彼女の番だった。

「さあ次は、そっちのお嬢ちゃん！　触ったらだめだぞ！　ほら、銃を持って！　こっちを見て！　光るからな！　いいね、目をつぶっちゃだめだぞ！　さあ、３、２、１！」

写真屋が威勢良くがなり立て、次の瞬間、巨人の目のようなフラッシュ装置が光った。

「イェー！」高いヒールのゲタを履いた少女は、弾の入っていないライフル銃を構え、不敵な面構えでファインダーに収まった。

「いいぞ！」「とっても素敵よ！」上等なキモノを着た両親が、喝采《かっさい》を送る。母親の服には東海岸の整然としたドレスのエッセンスが含まれていた。

日本は変わりつつあった。

「次は俺だ！」「ふざけるな、順番を飛ばすんじゃねえよ！」「三枚買うからまけてくれ！」

押すな押すなの大盛況である。

撮影希望者は多く、二十人もの男女が後に続いていた。それはまだ途切れないだろう。大通り沿いに立つ遊郭や宿場の二階、三階からも、二日酔いで浮腫《むく》んだ顔の旅行客、ローニン、博打打ち、オイラン、賞金稼ぎ、アヘン中毒者、忍者、飛脚、虚無僧、ガイジンなどの有象無象《うぞうむぞう》が、ショウジ戸を開けてこれを見下ろしていたからだ。また撮影所の周囲では、薬師と思しき長髭に辮髪《べんぱつ》の中国人二人が、死体を丸ごと買い取りたいと交渉を持ちかけていた。

ここは定期市場の開催でごった返す宿場街、キノクニ・エンド。そのヨシダ酒場の前で、類《たぐ》い稀《まれ》なるノッペラボウ三兄妹の死体は逆さ吊りにされて揺れ、物好きな旅行者たちが一枚五セントで（原註：一〇〇セント＝一両の価値）記念撮影を行っていた。これは当初、不足していた報酬金の足しにするための試みだったが、予想以上に好評であった。

「さあ、次は……！」ここで写真屋は自分の上に落ちる長い影に気づいた。写真屋は振り向き、ぎょっとした顔を作ってから、町長から言われていた通り、小判を黒い布に包んだ。（とっとと出て行ってくれよ……）それを自分のキモノの袖《そで》の下に隠しながら、馬上の男にそっと手渡した。

列の横で、ブルルルル、と、黒馬が鼻を鳴らし、馬首をめぐらせた。

「うむ、くだらん見世物だな」

馬上のハーンはひとりごちた。抜けるような青空の下、不機嫌そうに目を細め、強い酒を呷《あお》りながら、人々でごった返す大通りを進んだ。

小判を受け取ってキンチャクは重くなったが、彼の心もまた重く沈んでいた。かつて彼の愛した日本は、どこか遠い場所へと消え去ってしまった。いまの彼の心に残されているのは、ハンターとしての誇りだけであった。

ハーンは鞍の荷物棚からビワを摑み、それを爪弾《つまび》いた。素朴で、どこか悲しげな、乾いた曲であった。彼は家を持たぬ流浪の身である。どこを訪れても余所者《よそもの》である。この町では街道に出るノッペラボウの殺害を引き受け、それを履行した。

全ては終わり、カネを受け取り、人々から訝《いぶか》しむような目を向けられながら、ハンターは追い出されるように宿場町を出て行く。次の狩りへと。彼に仲間はいない。仲間は皆、死んでしまった。ヤナギダの裏切りによって。

「アーッ！　待ってくれ！　待ってくれよ、ハーン＝サン！　ああ、良かったぜ！　まだこの街にいたんだな！　おい、待ってくれ！　止まってくれよ！」

彼を呼び止めたのは、トミキチであった。雑踏をかきわけ、右手にマキモノを掲げながら、ハンターに追いすがった。

だがハーンは視線も向けず、酒を飲み、道の先にある地平線を眺めていた。

「旦那！　あんたに頼みてえ事があるんだ！　来てくれ！　このジキソ・マキモノを読んでくれ！　お願いだ！」

「……」ハーンは応えず、酒を呷った。黒馬も歩き続けた。

「ブッ殺してもらいてえ奴がいるんだよ！　俺はもともとこれをジキソするために江戸に向かう途中だったんだ！」

「我輩はヤクザでも殺し屋でもない……」

「そいつのせいで鉱山街が滅びちまったんだ！　頼む！　旦那！　助けてくれよ！」

「我輩の知ったことではない……」

「ユーレイなんだよ！　井戸から出てくるユーレイなんだ！　シマヅ・クランから派遣されたサムライ一個中隊も、なすすべもなく全滅しちまった！」

「ユーレイだと……!?　何故それを早く言わんのだ！　この阿呆《あほ》たれ！」突然ハーンの目の色が変わった。彼はマキモノをトミキチの手から引っ手繰り、結び目をほどき、文面に目を走らせた。

……曰く、鉱山宿場町タチバナ・ポイントの古井戸に女のユーレイが現れるようになり、周囲の住民は全滅。生き残った者たちも荷物をまとめて逃げ出し、人口五百人の街が、わずか一週間のうちにゴーストタウンと化してしまった。

近くの山寺に住む勇敢なボンズが折伏《しゃくぶく》のために出向いたが、ユーレイは皿の数を数え出し、それが終わるとボンズは呪いを浴びて心臓破裂、即死した。従者はボンズの死体を台車に乗せて大慌てで山を降り、役人に伝え、サムライが派遣された。だがサムライたちも帰ってこない。

噂を聞きつけた近隣の農民たちは夜逃げを始めており、タチバナ地方を治めるダイカンは今年度の税収減を憂《うれ》い、既にお抱えの刀鍛冶に切れ味鋭い短刀を造るよう注文を出し、ハラキリの準備を抜かりなく進めているという。

……結びには、ダイカンの署名に加えて、ハンコが押されていた。このマキモノが紛れもない公的機密文書である証拠だ。飛脚のトミキチはこの窮状を訴えるため、江戸に向かおうとしていたのだ。

「井戸から出てくる足の無い女……？　皿の数を数え、ボンズを呪い殺す……⁉　これは事だな！」ハーンは片手でマキモノを、もう片方の手でコデックス装幀の分厚い日記帳を開き、ページをめくり、照合する。「……解《わか》ったぞ！　ブルンネン・ガイストだ！　井戸のユーレイ！　オキク！　バンチョ！　それは様々な名で呼ばれておる！　忌々《いまいま》しい！　比類なく凶悪なユーレイだ！　まさかこの地方にも居ようとはな！」

「ユーレイ十両なんだろ⁉　なあ、ハンターの旦那、頼む！　この通りだ！」

トミキチは必死に食い下がった。昨日、ノッペラボウに襲われて逃げ回っている最中に大切なキンチャクを落としてしまっており、残されているのは路銀の一部だけ。このままでは江戸にたどり着けず、ダイカンに知れれば打ち首獄門は免れ得ない。一族揃って首を刎ねられ、軒先にディスプレイされるのだ。

だがそのような内情など、彼の知ったことではない。ハーンは馬を止めず、首を横に振り、指を開いた手のひらをトミキチの前に差し出した。

「五十両！」

「なんでだよ⁉」法外な請求にトミキチは逆上した。

「痴《し》れ者め！　このユーレイは桁違いの強大さだと言ったであろうが！」

「ス、スミマセン！　解りやした！　後でシマヅ・クランにも掛け合ってみまさあ！　だから！　何とか！　この通り！　お願いいたしやす！」

トミキチは恐れ入ってドゲザした。

折しもその時、町外れの鳥居の横、苔《こけ》むした五つの地蔵の陰に、ハーンとトミキチの会話を盗み聞く者あり！

（ハーン……！　ハーンだと……⁉　イイイイイ！　確かにそう言ったぞ！）

それは編笠を被った奇怪な僧侶。トーフを乗せた皿を手に持っている。身長は一メートル弱。人ではない。然り。人であろうはずがない。ヨーカイである。それは二人のやり取りに耳をそばだて、長い舌からダラダラと涎《よだれ》を垂らしながら、握りこぶし大の巨大な単眼を凝らし、十メートル先の馬上のマキモノ文面を盗み読んでいた。

（ハンターが来た……これは厄介なことになったぞ……！　伝えねば！）

ヨーカイは事態を察すると、編笠を目深にかぶり、タチバナ・ポイントに向かうべく踵《きびす》を返した。

ＢＬＡＭ！　突如、銃声が響いた。

「グワーッ！」ヨーカイは後ろから頭を撃ち抜かれ、即死した。

「アイエエエ!?」トミキチはその場にへたり込んだ。自分が撃ち殺されるのではないかと早合点したのだ。

何たる早業であろうか。ハーンの手には、コルト・シングル・アクション・アーミー・リボルバー45口径、通称ピースメーカー拳銃が握られ、暗黒の銃口から煙を立ち上らせていたのである。

「油断も隙《すき》もあったものではないな！」ハーンは暗号文字で書かれた分厚い日記帳をめくりながら、馬を近づけ、そのヨーカイの死骸をあらためた。トミキチもようやく、撃たれたのが自分ではなく他の誰かであることに気づき、立ち上がった。

町人たちも怖いもの見たさで恐る恐る近づき、彼らの周囲に群がった。後頭部を撃ち抜かれ、脳漿《のうしよう》とともに巨大な目を三メートルほど飛び出させたヨーカイの死骸が、地蔵の横に倒れていた。それを見たトミキチは、またしても恐怖することとなった。

「アイエエエエエ!?　な、なんだこいつは!?」

「一つ目小僧だ。我輩の行動を監視しておったのだろう！」最後のハンターは吐き捨てるように言い、マキモノを懐に収めた。それは契約の成立を意味していた。「……タチバナ・ポイントへ急がねばな。ヨーカイどもは耳ざとい。鴉《からす》や狸《たぬき》がこの噂を伝える前に、古井戸を奇襲せねばならん！」

3

「アイエエエエ！」

夕暮れ時。枯れた芒野《すすきの》の丘に、若い村娘の悲鳴が響く。

数時間前、ワラビやマツタケを採取していた最中に肩をかすめた矢の毒は、いよいよ彼女の全身を痺れさせ、立って歩くことすらできぬ状態へと追い込んでいた。

村娘は苦しげに喘《あえ》ぎながら、シロツメクサの草むらの中に座り込んだ。そして言葉の通じる相手ではないと解っていながらも、追跡者に対して命乞いをした。

「どうか、どうか、命だけは！」

果たしていかなる無法者が、彼女を追ってきたのであろうか。

丘陵線と赤い太陽を背負いながら、一人の鎧武者が近づいてきた。

ノボリも衣服も擦り切れ穴だらけ。その背のノボリには、丸と十字を組み合わせた特徴的な家紋。かの名高きシマヅ・クランに所属するサムライに相違ない。

だが、なぜ高潔なるサムライがこのような所業を？

「……Arrrrgh」

サムライは単調で愚鈍なうめき声をあげた。何かが妙であった。

腹、肩、腕、背中には、弓矢が何本も突き刺さっている。肉体は腐り果て、蝿が飛び回り、足からは骨が飛び出している。そして目玉はなく、空虚な眼窩《がんか》にはローソクの炎の如き妖《あや》しげな光が灯っている。村娘はその奇怪な姿を見上げ、がたがたと震え上がった！

これは鎧武者のユーレイか⁉　否、動く死体に相違無し！

恐るべき死人侍である！

「……Arrrrrgh」

動く死体は首を傾げながら、血と汗と恐怖の匂いを嗅ぎつけ、村娘へと近づいた。

「アイエーエエエエエ！」村娘は助けを求め、声も嗄れんばかりに叫んだ。

その努力をあざ笑うかのように、動く死体はよろよろと歩み寄り、錆《さ》び果てたカタナを振り上げ、彼女の首を刎ねようとした。

KA-BLAMN！

乾いた銃声が鳴り、死人侍は側面から頭蓋骨を撃ち抜かれた。蛆《うじ》の湧いた脳漿が、ポップコーンじみて盛大に吹き飛んだ。死人侍は体勢を崩して片足立ちになり、とん、とん、と飛び跳ねた。だがまだ倒れなかった。

BLAMN！

さらにもう一発、銃声が響き、死人侍は膝《ひざ》を撃ち抜かれて空中で一回転しながら倒れた。

哀れな村娘は恐怖のあまり、その場で失神した。それは不幸中の幸いであった。

「……Arrrrrgh」

地に伏した死人侍は、なおも動きを止めず、彼女のもとへと這い寄ったからだ。そして乾いた血と病原菌にまみれた骨の指で、村娘の白い内股へと手を伸ばそうとした。

ＳＭＡＡＡＡＳＨ！

黒い軍馬の蹄が、横から死人侍の頭を踏み潰して駆け抜け、それを黒いジャムに変えた。頭を完全に失った死人侍の体は、ビクビクと痙攣《けいれん》し、ようやく動かなくなった。

「アイエエエエ！　何だ⁉　何だ今のは⁉」数秒遅れでトミキチが馬の後に続き、村娘を抱え上げて走った。

ＢＬＡＭＮ！

馬上のハーンは念のため、死人侍の心臓にもう一発銃弾を叩き込んだ。

トミキチは村娘を安全な場所に寝かせると、冷や汗を拭《ぬぐ》いながら問うた。

「だ、旦那、あれは一体……。頭を撃ち抜かれても、まだ動いてたみてえですが……」

「自分の目で見てきたらどうだ」ハンターは村娘の様子を見るために、馬から降りた。

「へい」トミキチは言われた通りに調べに行き、腐臭に耐え切れず嘔吐《おうと》した。

「ゴボーッ！　……旦那、こ、こいつぁ、も、も、もしかしてユーレイですかい⁉」

「否！　おそらくは、タチバナ・ポイントに派遣されたサムライの成れの果てよ！」ハンターは吐き捨てるように言った。「この一匹で済むはずがあるまい！　全滅したサムライたちは、古井戸のオキクが放散する比類なきネクロマンティック・パワーによって、哀れな不死者へと変えられたのであろう。我輩の読み通りであったわ！」

「つまりは、ヨーカイですかい⁉」トミキチはそう言ってから、また嘔吐した。恐らくこのハーンという男は、いかなる恐れも知らぬのだろう、と思案しながら。

「下級も下級だ！」ハーンは吐き捨てるように言い、村娘の横に座り込んで、矢の傷跡を見た。分厚いコデックス装の日記帳を開き、その症状を調べる。

「ええい、死びとの毒を受けておるな！　放置すれば敗血症で死ぬ！　あるいは野犬に喰われるかだ！」ハーンは懐からヤドリギから調合した秘密の軟膏瓶《なんこうびん》を取り出すと、手際よくそれを塗り、包帯を巻いていった。ぶつぶつと不運を罵りながら。だが足元の草むらに四つ葉のクローバーを見つけると、今度は小さく陽気そうに笑いながらそれを摘み、彼女の包帯の隙間に差し込んでやった。

このハンターを血も涙もない無慈悲な男か、あるいは底無しの守銭奴《しゅせんど》だと思っていたトミキチは、意外そうな顔でそれを見ていた。

「……タチバナ・ポイントの鉱山街までは、あとどれほどだ」ハンターは飛脚に問うた。

「へい、一時間もありゃあ着きますぜ、しかしこの娘は……」

「左様、連れてはゆけん。足手まといになって死ぬだけだ。さりとて、放置しても死ぬ。麓《ふもと》のキノクニズ・エンドまで送り届ける他ない。それには馬の脚が必要だが、我輩にはそんな悠長なことをしている暇はない！　このような死人侍を見たからにはな！　我輩は先へ進み、全てが手遅れにならぬうちに、オキクの息の根を止めねばならん！」

「あっしが運びましょうか」トミキチが頷《うなず》く。「一刻を争いやすからね」

「よくぞ言った！」ハーンは黒馬の背に備え付けられた仏壇箪笥《ぶつだんたんす》の留め具を解除し、上部の仏壇だけを取り外すと、それをトミキチに背負わせた。次に村娘を馬の鞍に乗せ、ベルトで縛り付けて固定した。「この幸運な娘は一命を取り留めるであろう！」ハーン自身も、馬の鞍から持てるだけの武器を取り、背負った。まるで歩く武具庫のような有様となった。

「エッ？」トミキチが事態を理解できないでいるうちに、村娘だけを乗せて黒馬はいななき、走り、丘を下り、遠ざかっていった。麓のキノクニズ・エンドへ。

「……いや、仏壇ではなく、あっしが馬に乗って娘を運ぶものかと……」重い仏壇を背負わされたトミキチは、啞然《あぜん》として、ハンターのほうを見た。

「あれは賢い。娘を麓まで送り届け、すぐに追いついてくる」ハーンは煤《すす》けた鐔広のスロウチハットを被り直し、歩き出していた。「何を突っ立っておるか！　行くぞ！　オキクが噂を聞きつけて守りを固める前に、古井戸を奇襲して殺すのだ！」

4

やがて時刻は丑三つ時《ウイッチング・アワー》。

ゴーストタウンと化したタチバナ・ポイントに、死臭をはらんだぬるい風が吹き込み、トロッコ残骸の陰に生える犬抛小月《ブラックナイトシエイド》の茂みを揺らす。

煌々《こうこう》と照る満月の下、傾いた四階建ての過剰増築旅籠屋《はたごや》ヒロシズ・インの前には、旅のゲイシャ一座が使っていた馬車の残骸が転がっていた。

痩せた山犬が一匹、旅籠屋の闇の中から飛び出した。それは死の静寂に覆われた通りをタタッと走り抜け、町を出て山に逃げ帰ろうとしていた。犬が口に咥《くわ》えているのは、厨房から奪った鶏肉か何かであろうか。否、腐り果てた人の手首であった。

山犬は今すぐにでも肉を貪《むさぼ》り食いたい衝動を堪え、大通りを走り抜け、角を三度曲がり、骸骨が吊るされた裏横丁の厠《かわや》の横を抜け、町外れの鳥居めざして必死で走った。

その時、荒れ果てた鐘つき塔の高みから、ひゅんと音が鳴った。

「ウッ！」弓矢が命中し、犬は目を剝いて即死。咥えていた手は足元に転がった。

果たして誰がこの山犬を射殺したのか。ゴーストタウンと化したはずのこの街に、まだ生存者がいるのだろうか。

少しして、山犬を仕留めた弓の名手が、見張り塔のハシゴから通りに降り立った。がちゃり、がちゃりと、金属の擦《こす》れる音。

「Arrrrgh……」

月明かりの下に現れたのは、大弓を携《たずさ》えた鎧武者であった。

その死びとは、犬が咥えていた人の足を摑み上げ、己の口元へと運び、まるでフライドチキンでも貪るかのように、その肉を嚙みちぎった。それから持ち場へと戻るべく、踵を返し、鳥居に背を向けてよたよたと歩き始める。人差指の軟骨をガリガリと嚙み砕きながら。少ししてまた踵を返し、山犬の死体も拾い上げていった。

「アイエエエエ……」鳥居の陰からその凄惨なありさまを見ていたトミキチは、思わず悲鳴を上げようとして、口を押さえた。そんな事をすれば、たちまち死びとに見つかり、殺されて食い物にされてしまうだろう。

「銃は使えんな。ここにいるぞと言っているようなものだ」ハーンは声を潜めて言った。

「ど、ど、どうするんですかい？」トミキチは不安げに問うた。

「さしあたっては」ハーンはハチェット（手投げ斧）を取り出し、投擲《とうてき》した。

「ウッ！」ハチェットは死人侍の後頭部に命中、その場に転倒させ痙攣せしめた。

「よし」ハーンは岩陰から駆け出し、もう一本のハチェットを巧みに振るい、薪《まき》でも割るように敵の足首を切断した。酷い臭いの血飛沫が飛んだ。

「急げ、こっちだ」ハーンはトミキチを手招きしながら、死人侍の背中を踏みつけ、後頭部のハチェットを引き抜き、ブーツで蹴り転がして仰向けにし、腐った喉を叩き切った。「あの桶屋の桶の陰にでも隠れていろ」

「ハァーッ！　ハァーッ！　わかりやした！」

トミキチは重い仏壇を背負いながら、死に物狂いで駆けた。

ハーンはその間に、塔のハシゴを素早く登り、望遠鏡を取り出して、街の全貌を偵察した。思った通り、要所要所で死人侍が徘徊《はいかい》し、見張りを行っている。

「ムウーッ……成る程な」ハーンは古井戸とその横にあるヒロシズ・インの場所を手早く確認すると、ハシゴを降り、トミキチの横へと戻ってきた。

桶屋の前に積み上げられた大桶の陰に隠れて座り込み、二人は微《かす》かな月明かりの下で再度マキモノを広げる。そこにはこの街の見取り図が描かれているのだ。

「よいか、問題の古井戸は街の中央。ここから三度角を曲がって進んだところにある。その横にはヒロシズ・イン。この大きな建物の中にはおそらく、相当数の死人侍が潜んでいるだろう。一個中隊と言ったな。とすれば、二十か、あるいは三十か」

「へい」トミキチはごくりと唾を飲んだ。

今自分たちは、死びとの支配する街の真っ只中に潜伏しているのだ。

黒馬はまだ戻らない。ゆえに、二人でやらねばならぬ。

「よく聞け。強大なユーレイはこの世で最も厄介な敵だ。上手くやらねば、取り逃がし、後々面倒なことになる。ノブナガなどがいい例だ。あやつはまだ、性懲《しょうこ》りも無くこの我輩を追っておる。……まあよい、今はこう考えろ。すばしこい猫を一匹捕まえる。二人いれば面倒が省ける。我輩が追い立て、お前が隙をついて袋をかぶせる。そのようなものだ」

「へい、ですが、具体的にはどうやって……？」

「その仏壇を背負っていれば、ユーレイはお前を見つけられぬ。そのような仏壇なのだ」

「なんだ、そいつを早く言ってくださいよ！」

「死人侍の目は欺《あざむ》けん！」ハーンは人差し指を顔の前に突きつけ、迂闊《うかつ》なトミキチに釘を刺した。「奴らは腐っているとて、肉の体を持つ人間であるからな。奴らはお前の匂いすら嗅ぎつけるだろう。敵はまず間違いなく、井戸の周りに護衛をつけておるから、近づくのは至難の業だ。ゆえに、我輩がこちら、お前があちらから、井戸へと向かう。我輩が火を放ち死人侍どもの注意を引いている間に、お前は井戸へと忍び寄るという寸法だ！」

「井戸に忍び寄って……どうするんですかい？」トミキチは嫌な予感を察し、汗を拭った。

「お前がオキクを滅ぼすのだ」

「……あっしが？」トミキチは信じられぬといった表情で問い返した。

「案ずるな。これだ！」ハーンは仏壇の引き出しの一つから、筒状の物体とマッチを取り出し、トミキチに手渡した。

「こ、こりゃあ、御禁制のダイナマイトじゃねえですかい。か、勘弁してください！　こんな物騒なもんを使ったと知れたら、あっしは打ち首獄門ですぜ！」

「心配には及ばん！」ハーンはダイナマイト表面の巻き紙を指差した。「これを見よ、ショーグン家の葵《あおい》の紋が入っていよう！」

「……なるほど、こりゃあ安心しました。……ショーグン家のお墨付きなら百人力だ！」

トミキチはまだ混乱してはいたが、生き返ったような心地で息を吐いた。

ショーグン家の影響力は未だ絶大である。

「これで手はずは整ったな。井戸へ行き、ダイナマイトを放り込め。ただし、オキクを滅ぼせる好機を見計らって、うまくやらねばならん。我輩が拳銃で三発、タン、タターン、このリズムで空中に弾を撃ったら、それが合図だ。覚えておくのだぞ！」

狂気の沙汰である。だがどのみち、この作戦に失敗すれば、自分はダイカンからハラキリを命じられる運命だ。トミキチは覚悟を決め、仏壇を背負って立ち上がった。

「わかりやした、では」

ハーンも立ち上がり、最後にひとつ声をかけた。

「待て、もう一つ教えておこう。タタン、ターン、このリズムで空中に三発」

「へい、そいつは何ですか？」

「逃げるぞ、の合図だ」

「承知しやした」トミキチはごくりと唾《つば》を飲み、手の甲で額の汗を拭った。

5

彼方で火の手が上がった。そして一発の銃声が聞こえた。ハーンが動き出したのだ。

ハーンはまず、一人の死人侍が棲家《すみか》にしていた廃屋のひとつへと押入り、障子《しょうじ》に映る敵の影へと忍び寄った。そして食事をとっていた死人侍の首をサーベルで刎ねて殺し、行灯《あんどん》を全て蹴り倒して家に火を放った。

炎と煙で騒ぎを起こし、敵の目を引きつけてから、ハーンは裏横丁を駆け抜けて角を曲がり、ウインチェスター・ライフル銃の乾いた射撃音とともに戦端を開いたのである。

死人侍の動きは鈍く、ハーンは次々これを打ち倒していった。

一方、仏壇を背負い、震える手でダイナマイト束を抱えるトミキチは、柳の木の陰に隠れながら恐る恐る進み、古井戸まであと二十メートルの場所まで接近した。

古井戸は内側からオーロラめいた奇怪な光を放ち、さらには恐るべき四個のヒトダマ（ウィル・オー・ウィスプの一種）が浮遊して、青い炎を瞬《またた》かせていた。トミキチは己の精神の安寧のために、それらの病んだ光を可能な限り見ないようにした。

だが目を閉じて突っ立っているわけにも行かぬ。死びとの衛兵たちが四人、槍を持って古井戸の四方を警戒しているのだ。時折、肉の落ちた鼻をクンクンと鳴らし、ぬるい風に乗って漂う生者の匂いを嗅ぎつけようとしていた。

これ以上はとても近づけぬ。

トミキチは震えながら柳の木の陰に戻り、ハーンからの合図を待った。

ここで誤算が生じた。

ハーンはまだ古井戸に続く大通りに姿を現せてはいなかった。

動く死体は、倒しても倒しても際限なく現れたからだ。シマヅ・サムライだけでなく、呪い殺された数十人の町人までもが動く死体に変わっていたのである。

「「「「Arrrrrgh」」」」

「なんと忌々しい連中よ！」

ハーンは息を切らし、唸った。数で押され、ライフル銃では既に不利。右手にはサーベル、左手にはハチェット。ハンターの顔は黒い返り血に染まっている。

「このままでは、もたんな！」十二人の死人侍の群れに囲まれ、廃屋の二階へと追い詰められたハーンは、階段上からハチェットを投げつけて四人をまとめて転倒させてから窓際へと走り、ついに左手をホルスターの拳銃に伸ばして、撤退を告げる銃声を鳴らそうとしていた。

「今日は日が悪い！」

ハーンが舌打ちし、拳銃を握ったその時！

勇ましい嘶《いなな》きと、荒れ狂った蹄音がハーンの耳に飛び込んだ！

村娘を無事麓町に送り届けた黒の軍馬が、風のように疾《はや》く駆けてきたのだ！

「シャドウウイング！　ここだ！」

ハーンは叫び、口笛を吹き、愛馬を呼んだ。

ドドドッ、ドドドッ、と凄まじい蹄音を打ち鳴らしながら、黒馬は彼のいる廃屋めがけて、砲弾のような勢いで駆け寄った。死人侍の部隊が階段を上りきり、窓際にいるハーンを睨《にら》みつけた。

ハーンは二階の窓枠に摑まってぶら下がると、黒馬が下に来たところを見計らって、手を離し飛び降りた。間一髪、追ってきた死人侍のカタナが、窓枠に叩きつけられた。

窮地を脱したハーンは、見事、その鞍へと着地！

「よくぞ戻った！　奴らに目に物見せてくれようぞ！」

ブルルルル、と黒馬は鼻を鳴らした。

そのまま一気に背後の十二人を振り切り、角を曲がって大通りへと突き進まんとする。

前方に立ちはだかるのは、カタナを構えた二体の死人侍。

「犬の餌にしてくれる！」片方の首をハーンのサーベルが切り飛ばし、軍馬の蹄がもう片方の頭を踏み砕いた。頭の無い死体が二つ、ごろりと左右に転がって道を開けた。

ドドドッ、ドドドッ、黒の軍馬は角を曲がって、いよいよ大通りへ！

ひゅんひゅん、と顔の横を弓矢がかすめ、二人を歓迎した。

それは右手前方から飛来した。ヒロシズ・インのある方角であった。

「遠いな！」ハーンは馬上でウインチェスター・ライフルを構え、特製のスコープで狙いをつけた。

ヒロシズ・インの三階、顔を覗かせた死びとの弓手が二人。己の体に刺さった弓矢を矢筒代わりに、腐った毒の肉ごと引き抜いて、第二射をつがえんとしている。喰らえば厄介なことになる。ハーンは機先を制して引き金を引いた！

BLAMN！　BLAMN！　BLAMN！　BLAMN！

四発の射撃で弓手はどちらも頭を撃ち抜かれ、大通りへと真っ逆さまに転落し、トミキチの前にその死体を晒した。

「進め！　進め！　敵は目と鼻の先だ！」古井戸まで、あとは一直線！

ハーンと黒馬は一気呵成《いっきかせい》に突き進んだ！

次いで彼らの前に立ちふさがったのは、槍を構え隊列を組んだ六人の死人侍！

「ええい、小賢《こざか》しい！」ハーンは忌々しげに唸った。槍ぶすまに対して馬で突き進むのは自殺行為である！

だがハンターは速度を少しも落とさず、あぶみの隣にある特殊ペダルを踏んだ。たちまち、ウインチ内蔵型箙筒の一段が左右に突き出し、ノッペラボウを串刺しにしたあの凶悪な銛打ち装置が出現する！

「地獄に送り返してくれる！」

KA-POW！　圧縮空気の破裂音とともに、左右の鎖付き鋼鉄銛が勢い良く発射される！

左右それぞれ二体ずつ、死人侍は腹を撃ち抜かれてくの字に折れ曲り、三メートルも後ろに吹っ飛んだ。残る二体はハーンの抜いたピースメーカーで頭を撃ち抜かれ、脳漿を撒き散らした。

「「「ARRRGH」」」

「おのれ、呪わしや！　ハンターか！　ものども、であえ！　であえ！」

古井戸からおぞましい声が響いた。トミキチが視線を上げると、そこには浮遊する足のない妖艶《ようえん》なユーレイの姿！　長く艶《なまめ》かしい黒髪を除けば、その肌もキモノも全てが青白く、霧のように向こう側が透けて見える！　ユーレイ！　実体持たぬ怪異！

（アイエエエエエ！　出たアアアッ！）トミキチは恐怖に震え上がり、悲鳴をあげたが、不幸中の幸いにも、仏壇の力によってユーレイから見咎《みとが》められることはなかった。

BLAMN！　BLAMN！　BLAMN！

ハーンのウインチェスター・ライフル銃から放たれた長距離射撃が、ユーレイの腹に命中した。だが弾丸はオキクの霊体に小波《さざなみ》のような波紋を作っただけで、反対側に通り抜けてしまった。ユーレイに弾丸は通じぬのだ！

（アイエエエエエ！　こんな化け物を、い、いったい、どうやって殺すんだ⁉︎）

「ものども、あやつを取り囲め！　生きては返すな！　貪り食ってしまえ！」

オキクがあざ笑うように命じ、目を白く輝かせながら両手から比類なきネクロマンティック・パワーを放射すると、ヒロシズ・インから二ダース！　さらに退路を閉ざすように2ダース！　温存されていた死人の部隊が雪崩《なだ》れ出た！

ＢＬＡＭＮ！　ＢＬＡＭＮ！　ハーンは馬上からウインチェスターで射撃し、動く死体を撃ち抜くが、多勢に無勢とはまさにこの事である！　鋼鉄銛も既に使ってしまった！

「今日は日が悪い！」ハーンは素早く馬首をめぐらし、古井戸に背を向け逃走を開始した。

（そんな！）トミキチは遠ざかって行くハーンを見て、唖然として口を開けた。

「逃がすものか！　ハンターめが！　直々《じきじき》に呪い殺してくれるわ！」

残忍なるオキクは、九枚の皿を小脇に抱え、高く飛翔した。空に白いアーチ状の光の軌跡を描きながら！　凄まじい速度で、ハンターの黒馬へと追いすがる！

「来たか！」ハーンは後方を隻眼でちらりと一瞥すると、左手で拳銃を抜いて前方の動く死体を撃ち殺しながら、右手で虎の子のカタナを抜き放った。

「ハンターめ！　わらわに武器は効かぬぞ！　呪い殺してくれる！　一枚！　二枚！　三枚！」オキクはハーンの横を並走するように飛び、皿の枚数を数え始めた。数え終えた皿は漆黒に染まって宙に浮かび、オキクの背後に一枚ずつ、雷神の太鼓めいて並ぶ！

（まずいぞ！）その邪悪な呪いの声を聞き、トミキチは戦慄した。オキクの折伏に失敗したボンズの悲劇が頭をよぎった。（さしものハーン＝サンも、これまでだ！）

「四枚！　五枚！　六枚！」さらに皿が並んでゆく！　ユーレイがその枚数を数え終わった時、ハーンの心臓は破裂し、血を吐いて死ぬだろう！

だがハーンは哄笑《こうしょう》しながら、鞍の上で体を傾け、腕を斜め下に伸ばし、カタナの切っ先で小石混じりの地面を引っ掻いた。ギャリギャリギャリ、と黒いカタナが鳴った。

火花が散り、分厚い油膜に引火し、たちまち刀身が燃え上がる。

「「「「Arrrrgh」」」」その炎を見て、死人侍が一瞬、本能的な恐れの表情を浮かべた。

ヤナギダの滅びの炎だ。

このカタナには、ハンターが使う秘密の油膜が塗りこまれていたのである！

「死ね！」「「「ARRRGH！」」」ハーンは拳銃をホルスターに収め、カタナで死人侍を次々斬り払う！　切断面から炎が燃え上がる！　火で焼かれた紙のように呆気なく燃え落ちてゆく！

「七枚！　八枚！」だがユーレイは炎もカタナも恐れぬ！　余《よ》裕綽々《ゆうしゃくしゃく》で皿を数え続ける！

「ヤドリギの力を見よ！」返すカタナで、ハーンはオキクを斬り付ける！　だが炎のカタナはその体を擦り抜けてしまった！

「愚かな！　効かぬと言って……！」ＫＲＡＡＡＡＡＳＨ！　しかし、カタナは空中で硝子《ガラス》の小瓶を割っていた。それはハンターが胸元から取り出し、オキクめがけて放り投げた切り札であった。小瓶の内側に収められていたのは、偉大なる樫の樹のヤドリギから作られた、神秘のエッセンスである！

「グワーッ!?　これは!?」幽体であるはずのオキクの全身が、そして皿が、見る間に実体化してゆく！

「くたばるがいい！」再びハーンの剣撃！　ＳＭＡＡＡＡＳＨ！　恐るべき呪いのタリスマン

である皿が、カタナの一撃で叩き割られた！　さらにユーレイの右手首が切断され、回転しながら宙を舞い、死装束の袖口がめらめらと燃え上がった！

これがヤドリギの力だ！　諸人、こぞりてヤドリギを讃えよ！

「ＧＯＤ　ＤＡＭＮ　ＩＴ！」実体を暴かれたユーレイは滅びの炎にひるみ、狼狽《ろうばい》し、再び凄まじい速度で上空を飛び、井戸の側へととって返した！

「逃がすものか！」ＢＬＡＭ！　ＢＬＡＭＢＬＡＭ！　ハーンは馬上で身をひねり、空を飛んで後方へと逃げゆくオキクめがけ、ピースメーカーで三連続射撃を行う！

だが死に物狂いで飛ぶユーレイの速度は、まさしく目にも留まらぬほどである！

銃弾は一発がその頰をかすめただけであった！

「馬鹿めが！　この程度でわらわを滅ぼせると思うたか！　今に見ておれよ！」

銃弾をかわしたオキクは、そのまま己の支配領域である古井戸へと頭から飛び込んだ。井戸の底で比類なきネクロマンティック・パワーを吸収して霊体と皿の再生を果たし、再び打って出るために！

だが、別な滅びが彼女に迫っていた。

一見、弾丸を浪費するだけの無益な射撃に見えたそれこそは、ハーンがあらかじめトミキチに指示していた銃声のリズムであったのだ。

「神様仏様！　俺をお護りください！」トミキチは祈りながらマッチを擦り、ダイナマイト束の導火線に火をつけ、古井戸へと放り込んだ。そしてネンブツを叫びながら一目散に逃げた。

五秒後、トミキチの後方で火柱が立ち上った！

KA-DOOOOM！

「グワーッ！」オキクの壮絶なる断末魔の悲鳴！　いかな古井戸のユーレイとて、ヤドリギの力によって実体化し、ダイナマイトを投げ込まれれば、破滅の運命だけが待つ！

古井戸はオキクごと爆砕され、恐るべきユーレイは永遠に滅び去った！

「グワーッ！」凄まじい衝撃と音を浴びて吹き飛ばされ、トミキチもその場に倒れ伏した。

フッと光が掻き消え、何も見えなくなり、何も聞こえなくなった……。

6

朝焼け近く。街に隠れていた死人侍をひととおり始末し終えたハーンは、気を失って通りに倒れるトミキチに、馬上から酒を浴びせて声をかけた。

「うう……」トキミチは頭を振って体を起こした。

「よくやった、でかしたぞ」

「……へ、へい」まだダイナマイト爆発の耳鳴りが残っていた。「死んじまったかと」

「お前がやったのだ。古井戸を爆砕し、悪夢を終わらせた」

「あっしが……!?　だ、旦那、ありがとうございます、何てお礼を言えばいいか……！」

「礼などいい。ダイカンのところへ案内しろ。賞金を受け取らねばならん。ユーレイを滅ぼした我輩の手際を漏らさず伝えるのだぞ」

「へい！　もちろんです！」

「よし」

逞しい手に摑まれ、トミキチはひょいと引き上げられて、黒馬の背に乗った。

地平の陰から、気だるげに朝日が頭をもたげようとしていた。それは次第に、台風でも吹き荒れたかのようなタチバナ・ポイントの惨状を映し出し、トミキチは目を見張った。

ついに悪夢は終わったのだ。

そう思った矢先、トミキチの後ろから凄まじい蝿の群れの羽音が聞こえた。トミキチは後ろを向き、仏壇箪笥の陰から顔を出して、あっと息を飲んだ。

「アイエエエエエ……。こ、こ、これから、どうするんですかい、旦那」

「この者どもの分も請求するのだ。なに、案ずるな。ここまでは這い上がって来れん。シャドウウイングの蹄《ひづめ》があるからな」ハーンはトミキチにインク壺を持たせると、コデックス装の分厚い日記帳に羽根ペンを走らせながら言った。

「で、でも……まだ、動いてますぜ？　とどめを刺しちまった方が……」

「動いておらねば賞金を請求できんだろうが。我輩はヤクザでも殺し屋でも埋葬業者でもないのだからな」

果たして、黒馬の後ろには、鋼鉄鈷で胸を撃ち抜かれた死人侍が四人。

「……GOD　DAMN　IT」「……ショーグンの犬」「……HOLY　SHIT」「……呪われろ」

鎖に繋がれたまま引きずられ、未だに体を動かし、蛆の湧いた単調で陰気な声で、ハンターを呪う言葉を繰り返し呻《うめ》いているのだった。

「ユーレイの受け売りか？　未練がましいぞ！」ハーンは死体どもを一喝した。

やがて、腐臭を洗い流すような、冷たい高地の風と朝日。

黒馬は上機嫌で鼻を鳴らし、尻尾を振って歩き出した。

後方でジャラジャラと鎖が鳴り、死人の呻き声が重なった。

「全くもって忌々しい……」朝日を浴びて眩しげに目を細めながら、ハーンはぶつぶつと呟き、昨夜の一部始終を日記に書き記した。それからおもむろにビワを爪弾き、トミキチの知らぬ異国の言葉と音階で歌った。

トミキチはその歌に聞き入った。不思議と、胸にわだかまっていた恐怖は消え去り、侘しさだけが残った。

ハーンがビワを仕舞い、手綱をつかんで拍車をかけた。まずはキノクニズ・エンドへ。あの村娘は一命を取り留めたことだろう。幸運のクローバーの上に寝ていたのだから。黒馬はすぐにギャロップを開始し、風のような速さで丘を下り始めた。

鎖で引きずられ、坂道の岩に打ちつけられて数十センチも宙に跳ね上がりながら、不運なる四つの死体はまた悔しげにハンターを罵った。

「「「「……GOD　DAMN　IT」」」」

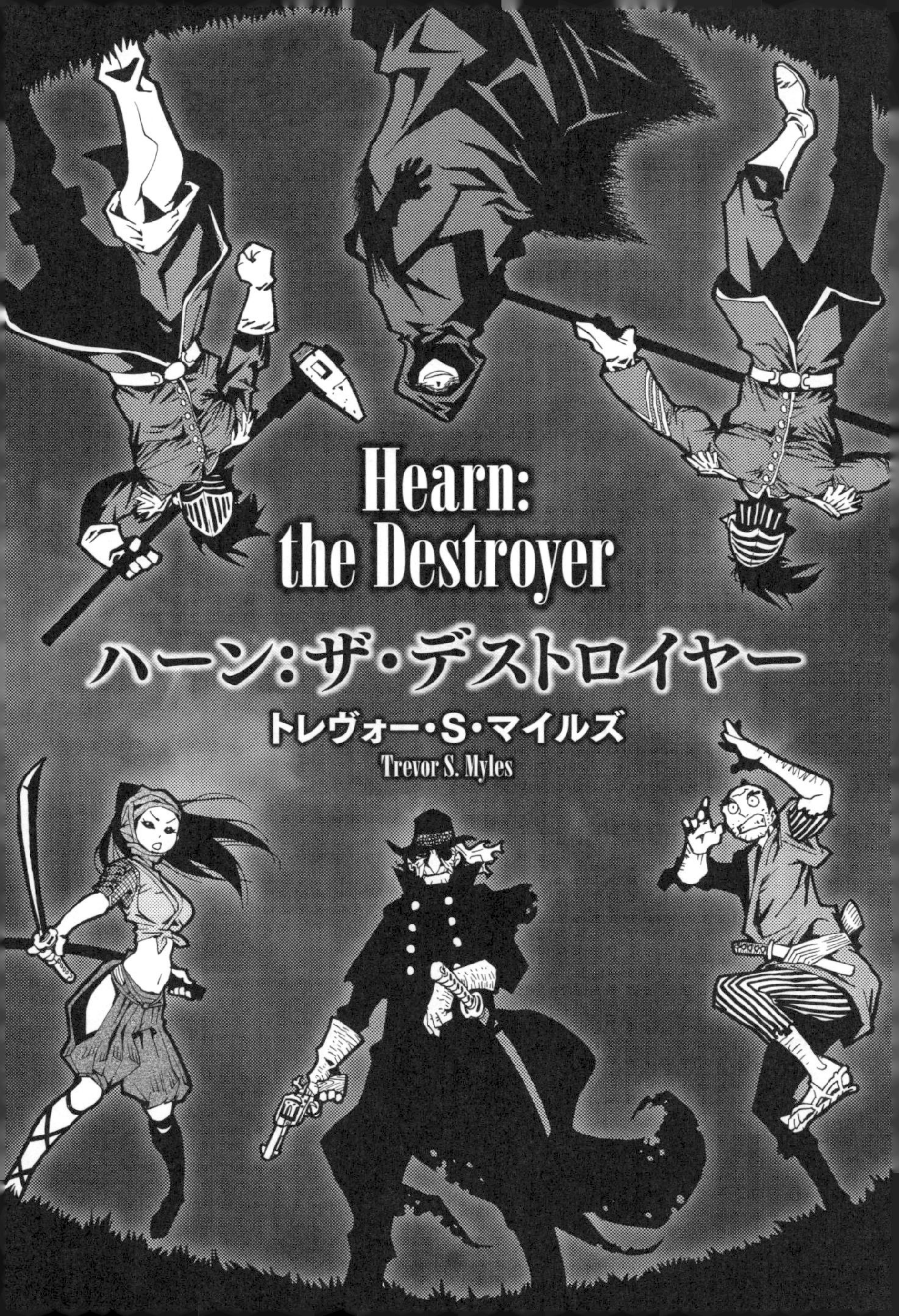

Hearn: the Destroyer

ハーン：ザ・デストロイヤー

トレヴォー・S・マイルズ

Trevor S. Myles

1

灰色の空と凍るような風は、ニホンカイの凍るような荒波が連れてくる。砂は色褪《いろあ》せ、松の木は厳《いかめ》しく、カモメたちは望みを絶たれたハゲタカめいて奇怪な叫び声を上げるのだ。西欧の産業革命の足音が神秘のヘイヴンたる日本に忍び寄る不穏な夜明け前の時代にあっても、殺伐《さつばつ》たるエチゴ・コーストの風景は変わらない。

荒涼たるニホンカイの景観と競うような姿が黒い染みとなってわだかまる。砂浜に足跡を残してゆく男の姿を見よ。灰色の髪と無精髭《ぶしょうひげ》、黒革の不穏な装束を身につけ、異様な仏壇《ぶつだん》を背負った隻眼《せきがん》のガイジンを。彼の名はハーン。彼を知る者は、日の落ちた後、周囲を確かめ、耳をそばだて、畏《おそ》れとともにその名を口にする……。

「旦那《だんな》ァ。今日の宿場はそろそろですかい」

ハーンの後をつまずきながら追いかけるみすぼらしい男がある。彼の名はトミキチ。シマヅ・クランのレッサー・サムライでありながら、長旅のなかで疲弊し、今や哀れな荷物持ちに成り下がっている。

「宿場だと？」

ハーンはもはやトミキチを振り返りもしない。手にしたヤドリギの杖を用い、重い砂などものともせずに歩いてゆく。

「今日はロウザエモンなる隠者の家に泊まる。奴は我輩に恩がある。突然の来訪に面食らうだろうが、断らせはしない」

「そんなアテで大丈夫ですかねェ……」

ゲーゲーと鳴くカモメは行倒れへの期待をもって、二人の旅人の頭上をものほしそうに旋回している。トミキチは胡乱《うろん》げにそのさまを見上げた。

「畜生め。このへんの鳥どもはどうも性格が悪《わ》りィや。旦那、それだけじゃねえ。夜になれば怪しいヨーカイ連中も這《は》い出してくるんじゃねえですか？　身を隠す場所がどこにもねえし、ひとたまりもありやせんぜ」

「くだらん迷信だ」

ハーンは言い捨てた。

「昼が安全だなどと。太陽の光など所詮《しょせん》は照明の有無の問題でしかない。ヨーカイに昼も夜も無し。襲撃あらば……」

トミキチは思わず足を止め、息を呑んだ。そしてこの不吉な男を見据《みす》えた。ハーンは言った。

「……そのつど駆除するだけだ。一銭にもならんがな」

やがて彼らの眼前に、黒く潰れた凄まじい家屋が現れた。家屋の上空にはこれまでに倍する貪欲なカモメ達が鳴きながら飛び回り、なんらかの恐るべき想像を喚起させた。ハーンは気難しげな呻《うめ》き声を漏らした。トミキチは瞬《まばた》きした。

「旦那？　まさか」

「何がまさかだ。決まっておろうが。ロウザエモンめ。くたばりおったようだな。それもつい最近に」

「くたばる?」

「見てわからんか！　あのカモメは屍肉喰らいの鳥どもだ。やれやれ、寝床につくにはひと掃除必要だぞ！」

襤褸《ぼろや》家の戸はメキメキと嫌な音を立てた。ハーンは一切の遠慮無く中へ入っていった。トミキチは爪を噛《か》んで見守っていたが、

「何をしておる！　手伝わんか」

「アイエエエ！」

叱責に急き立てられて入っていった。やがて襤褸家の中からミシミシ、バキバキという湿った破壊音が聞こえて来た。

「うへェ、旦那、すげえ蝿のたかりようですぜ！　それにこの悪臭ときたら！」

「いちいち口に出さんでいい。手ぬぐいでも巻いておけ」

ゲーゲーと鳴くカモメはますますその数を増し、期待感をもって灰色の空の上を舞う。やがて、不吉な鳥達と襤褸家からやや離れた松の木の太い枝の上に、草履《ぞうり》を履いた白い足が乗った。相当な手練《てだれ》の者と思われ、枝葉が必要以上の音を立てる事はない。

「おお、南無三宝《なむさんぼう》！」

「黙って運べ」

「嗚呼《ああ》！　腕が！　死体の腕がちぎれて落ちやした！」

「拾え、馬鹿者！」

光が西へ落ちゆくなかで、トミキチとハーンが蛆虫《うじむし》のたかった損壊死体を運び出し、砂の上で火葬を行う一部始終を、その者はじっと息を殺して見守っていた。

炎の中にヤドリギの枝を投げ入れ、火の粉にカモメ達が閉口して飛び去り、二人の旅人が再び襤褸家へ戻り、あかりが灯り、そして消され、闇夜と静寂が訪れた時、初めてその者は動き出した。ひらりと砂の上に着地し、ほとんど足跡を残さずに襤褸家へ近づいた。そして革の鞘《さや》から不穏な黒い刀を引き抜いた。小柄な影はその顔に幾重《いくえ》にも布を巻いて覆面とし、何らかの憎悪と決意に満ちた瞳だけが夜の闇の中に明らかであった。

「……ヤナギダ……！」

影は低く呟《つぶや》いた。そして破損した戸の隙間《すきま》から、襤褸家の中へ忍び込んだ。影はうるさいイビキの音を聴いた。寝苦しそうに顔をしかめたトミキチである。影は黒い刀の柄《つか》に指を滑らせる。

「何か用か」

斜め後方から声が飛んだ。影は声の方向に稲妻《いなずま》めいた速度で刀を抜き放ち、横薙《よこな》ぎに斬りつけた。ハーンはその偉丈夫《いじょうふ》からは信じがたい身軽さで飛び出し、紙一重で斬撃を躱《かわ》しながら、腹部を拳《こぶし》で打ちにいった。影は拳を払い、ハーンの足の甲《こう》を踏み砕こうとした。ハーンは一瞬の隙をつき、影を背負って投げた。

「あぐッ」

「貴様。女だな」

ハーンは影の肩を抑えこみ、覆面を剝《は》がした。そして舌打ちした。

「何奴《なにやつ》だ。ロウザエモンにでも用か？　残念ながら奴は死んだ」

女は答える代わりに唾《つば》を吐いた……否、唾ではない。含み針だ。しかしハーンは首を傾げて避け、更《さら》に強く押さえつけた。女の目に憎しみの炎が燃えた。

「ヤナギダ……！」

「ヤナギダだと⁉」

ハーンは目を見開いた。一瞬の隙を突き、女はハーンの腹に膝《ひざ》を押し当て、後ろへ投げ飛ばした。ＫＲＡＡＳＨ！

「グワーッ！」

「一族の仇《かたき》！」

女は床に落ちた刀を蹴って撥ね上げ、摑み取ろうとした。しかし、ＢＬＡＭ！　銃弾が刀を弾き飛ばした。ＢＬＡＭ！　更なる銃弾が女の耳をかすめた。ＢＬＡＭ！　更なる銃弾が女の首筋をかすめた。

「アイエエエ！」

トミキチが銃声に跳ね起き、恐怖の叫びを上げた。

「黙れ！」

ハーンは身を起こしながら、回転式拳銃の銃口を女の額に定めている。

「話せ。このまま殺すか否かはお前の申し開き如何《いかん》で決める。名を名乗れ」

「……リンコ」

「リンコか。我輩の名はハーン。薄々気づいておるだろうが、ヤナギダではない」

「……！」

リンコの額を冷たい汗が滑り落ち、鎖骨《さこつ》を伝った。トミキチは悲鳴を殺し、対峙《たいじ》する二者を交互に見つめている。

「言え。リンコとやら。お前とヤナギダの関係を」

「何てことだ。だが……クソッ」

リンコは呻《うめ》いた。目の前にいるガイジンの風貌《ふうぼう》を今まさに目の当たりにし、観念した。彼女は悔しげにホールドアップした。

「確かにお前はヤナギダではないな。ガイジン……」

「当然だ。愚か者」

「私は黒衣のヨーカイ狩りの男を追っていた。ヤナギダという男を」

「まあいい。斟酌《しんしゃく》してやる。ヤーヘルの装いは人々にとってそう馴染《なじ》み深いものでもなかろうからな」

リンコは神妙に正座した。

「なんとお詫《わ》びしたらよいかわからぬ。復讐の機会を前に、わたしの目はいささか曇《くも》っていた」

ハーンは顰《しか》め面《づら》で息を吐き、銃を下ろした。それは「復讐」という言葉への興味か。あるいは、己の非を素直に認めたリンコに、高潔な精神の片鱗《へんりん》を見たのかも知れぬ。

「土下座など要らん。加えて言うと、お前の追跡はそう的外れでもない。奴は近い」

ハーンの目がギラリと輝いた。彼は言った。

「我輩も、奴と戦う為にこの地に来たのだ」

2

「わたしの里はクマノの雪深い山奥。鍛冶《かじ》と秘剣を伝承する隠れ里だ」

火鉢を囲むハーン、トミキチ、リンコの三者を、揺らぐ蠟燭《ろうそく》の火明かりが照らしていた。リンコは語り出した。

「クマノの川は氷よりも冷たく、水晶よりも濁りが無い。龍が姿を変えたと伝えられる神秘の水だ。そして天から降り来た石を含む良質な鋼石が採れる。わたしの里の人間はそれを用いてショーグンの為に刀を鍛える。四季の祈禱《きとう》をまじえてほんの僅《わず》かな数を作り、神社とクランに献上するのだ」

屋外からは、砂浜を夜の波が洗う音が微《かす》かに聞こえてくる。

「……そこに黒衣の男が訪れた。名をヤナギダと言った。ヨーカイ狩りの男だった。奴は黒漆塗りの重箱に小判を詰め、持ち来った。奴が求めたのは神秘に洗われた刀だった。いかなるヨーカイの骨肉をも易々《やすやす》と切り裂き、ユーレイの朧《おぼろ》な肉体を捉えて断ち切る武器を。里はふさわしき力と礼儀の資格を示した者にしか、刀を与えない。ゆえに試練を課した。だが」

リンコの表情が険しくなった。

「ヤナギダは拙速《せっそく》を求めた……奥ゆかしい試練の定めを全て否定し、侮辱《ぶじょく》した。それならば刀など要らぬと……。奴がもたらしたのは血と叫びと破壊だった。わたしが旅から帰った時、里の雪は赤く染まり、老若《ろうにゃく》問わず全てのものが切り伏せられていた。虫の息だった父は、わたしに奴の悪鬼《あっき》の所業を語って聞かせた……そして事切れたのだ」

静まり返った闇夜は長い。あれほどうるさかったカモメ達も今はヨーカイを恐れて飛び去ったか。風の音と波の音が微かに聴こえてくる。

「奴ならば、躊躇《ためら》わずそれをやるだろう」

やがてハーンは言った。そして木の湯呑みをリンコに差し出した。

「ヤドリギを煎《せん》じた茶だ。ユーレイの憑依《ひょうい》を妨げる」

リンコはその苦さに顔をしかめた。

「この海岸線をしばし進めば、ニホンカイに黒々とした影が見えてくる。サドガの島だ」

サドガ。その神秘的な響きとハーンの謎めいた隻眼の迫力が、トミキチを震え上がらせた。

「サドガは禁忌《きんき》の罪人を集めた流刑の島だ。政治犯、堕落した貴族、ソガノ・ウマコやシッケン・ホージョーの血族。公には存在が許されぬ者達を集め、閉じ込める。ヤナギダはその閉鎖性に目をつけたのだろう。己の忌まわしき潜伏の地としてな」

「……旦那はヤナギダ、ヤナギダと言いやすが、ユーレイやヨーカイの類いとどちらが恐ろしいんですかい。ヤーヘルってのはつまるところ……人の子でしょう」

トミキチが囁《ささや》いた。ハーンはごろりと横になり、背を向けた。トミキチはリンコを見て肩をすくめた。

「ヤナギダの潜伏を伝える噂が届いてからこっち、旦那はずっとこうだ。俺だって好き好んで同行してるわけじゃねえってのに、デッチ・アプレンティスか何かと勘違いしてやがるんだ」

「お前は何故《なぜ》、彼の従者をしている？」

リンコは尋ねた。トミキチは顰め面をした。

「従者なワケがあるか」

「ならば何故ついてゆく？」

「お前に明かす話じゃねえ」

トミキチの目が用心深くギラついた。リンコは油断なく、彼の印籠《いんろう》の擦《す》り切れた家紋を見て取った。

「シマヅ・クランの者か。狙いはサドガの宝だな」

「お前、山奥暮らしだったんじゃねえのか？　その詳しさは身を滅ぼすぜ。詮索《せんさく》するんじゃねえと言った筈《はず》……」

凄もうとするトミキチを、リンコは手で制した。そして、耳を澄ますよう、手振りで促した。

……ううう……うううう……。

トミキチは目を見開いた。声だ。艦褸家の外から聴こえてくる。リンコは床を横切り、歪んだ扉を押し開けて闇夜の中へ出た。そして海岸の方角を見て、息を呑んだ。

「これは」

……ううう……うううう……！

「アイエエエ！」

トミキチはリンコの隣で腰を抜かした。

水平線が照らされていた。青白い奇怪な灯火《ともしび》に。灯火は暗い海の上で等間隔に並んでいる。何十、何百、何千という超自然の火と、響き渡る呻き声。尋常の光景ではなかった！

……うううう……うううううう……！

「なんてこッた……なんてこッた！」

「ボンファイアだ」

震え上がるトミキチの頭を押さえつけたのは、起き出してきたハーンである。

「海難事故や海の戦《いくさ》に散った者達のユーレイの一種だ。所詮、地上の出来事には何も手出しの出来ぬ無力な灯《あか》り……生命の残滓《ざんし》に過ぎん」

「で、でも、まるで俺たちに警告しているみてえじゃねえですか」

トミキチは納得しなかった。彼は水平線にわだかまる不吉な島の影を指差した。

「あれだ。サドガだ。サドガの神が……俺たちに警告しているんだ……近づくなと……！　それか、ヤナギダだ。呪われたヤーヘルが呼び寄せた恐ろしい力なんだ……！　アイエエエエ……！」

「ならば一人、尻尾《しっぽ》を巻いてシマヅ・クランの屋敷へ逃げ帰り、セプクするか？　なにより宝が手に入らんぞ」

ハーンは低く言った。トミキチは「え」と呻き、ハーンを見上げた。

「我輩の目は節穴《ふしあな》ではない。サドガには没落王家の宝物の伝説が幾《いく》つもある。欲深いお前の事だ。シマヅが命じたシッケン・ホージョーの茶器にかこつけて、一つ二つ懐にしまう目算であろう」

「へへえ……旦那はお見通しでやしたか」

「逃げ帰るか？」

「いやあ……」

トミキチは言葉を濁して苦笑いし、頭を掻《か》いた。ハーンは踵《きびす》を返し、襤褸家へ戻っていった。リンコが続いた。そして、トミキチも。後には恨めしげなボンファイアの燐光と呻き声。

……うううう……ううううう……。

3

翌朝、三者は日の出とともに出発した。付近の漁民から調達した舟に乗り込み、凍《い》てつくような冷たいニホンカイに漕ぎ出した。ハーンはリンコと向かい合って座り、背負式の仏壇箪笥から取り出したヤドリギのパイプをふかす。トミキチはぶつくさと不平を言いながら懸命に舟を漕ぐ。

リンコは腕組みして目を閉じ、来るべき戦闘に備えて精神を研ぎ澄ませている。ハーンは紫《し》煙《えん》を吐いた。

「同行するからには、役に立ってもらうぞ」

「無論だ。奴はわたしが仕留める」

「できるものならな」

ハーンは謎めいて低く言った。前方には徐々に不吉な島の影が半透明の靄《もや》の中に浮かびあがってきた。サドガである。

トミキチは空を見上げた。

「そういや、カモメどもが今日は飛んでいやせんね？」

「理由はじきにわかる」

ハーンは言った。隻眼に決断的殺意が輝いた。それから一分も経ていない。何の前触れもなく、巨大な桶が海面に浮かび上がった。桶には骸骨《がいこつ》が座っていた。然《しか》り、骸骨である。関節部には腐肉がこびりつき、頭には脂で湿った凄まじい臭気の乱れ髪が残っていた。

「ＡＲＲＲＲＧＨ……」

骸骨は小刻みに震え、地獄めいた呻き声を発した。トミキチはもはや悲鳴を上げる事すら忘れ、顔面蒼白となってへたり込んだ。骸骨はハーンに向かって長い腕を伸ばした。

「柄杓《ひしやく》を貸せ……」

「漕ぎ続けろ！　トミキチ！」

ハーンは叫んだ。トミキチは恐怖のあまり力萎《な》えてしまっている。リンコは決然とトミキチから櫂《かい》を奪い、漕ぎ始めた。巨大な桶は何らかの超自然力によって推進し、舟に並走してくる！

「AAAAARRRRGH……！」

恐るべき骸骨の怪物はハーンに摑みかかり、首をねじり切ろうとした。それから唐突《とうとつ》に、己の両腕が付け根部分から失われていることに気づいたらしい。

「AAAAARGHH!?」

怯む骸骨怪物の眼前で、ハーンはバンザイの姿勢だった。その両手には奇妙な武器があった。中指に嵌《は》めた金属輪は、円形の鋭利な刃につながっている。それがスナップ回転によって高速で回転していた。もしこの舟にインドの暗殺者が同乗しておれば、その者はそれが自国の武器、チャクラムであると気づいた事だろう。

更にハーンはチャクラムをクルクルと回転させながら、Xの字を描いて交差させた。居合、あるいは早撃ちじみた、極めて高速の、恐るべき瞬時の反撃である。骸骨怪物の首が刎《は》ね飛ばされて海中に没し、呪われた肋骨《ろっこつ》が、背骨が、腰骨が、バラバラに崩れて散った。ハーンはチャクラムを腰ベルト両脇のホルスターに戻した。ヤーヘルの顔にはしかし勝利の笑みは浮かんでいなかった。

「死にたくなければ漕ぎ続けろ！　サドガは目と鼻の先だ！」

リンコは歯を食いしばり、振り返らずに、漕ぐ速度を速めた。ハーンはウインチェスター・

ライフルに弾を込め、構えた。乗り手を失った桶は徐々に後方へ遠ざかる……その周囲の海面が、唐突に盛り上がった。

SPLAAAAASH！　荒れ狂う巨鯨じみた波飛沫と共に、邪悪な海の怪物がその全容を陽光の下に晒《さら》した。当初のおぼつかない桶は所詮その巨魁《きょかい》の一部分、鮫の背びれに過ぎなかった。もしこの舟に百年後の人間が同乗しておれば、その者はあるいは、この黒い怪物を呪われたUボートに喩《たと》えたかもしれない。しかし黒く滑る海草とフジツボにびっしりと覆われたそれを形容するすべをトミキチは持たなかった。ついに彼は失禁し、「オバケ！」と叫んだ。

Ka-pow！　ハーンはライフルの引き金を弾いた。

「アバーッ！」

巨魁の側面にしがみつく無数の骸骨怪物の一体が頭部を撃ちぬかれて海中に落下した。ハーンが冷徹に引き金を引くたび、骸骨怪物は一体、また一体と海中へ没してゆく。

「埒《らち》が明かん！」

ハーンは弾を込め直した。巨魁はぐんぐん迫ってくる。

「追いつかれるぞ！」

リンコが呻いた。一分もかからぬうちに、怪物は彼らの舟を粉々に砕き、海の藻屑《もくず》に変えてしまうだろう。

「トミキチ！　死にたくなければ役に立て！」

「アイ……アイエエエ……！」

「火打ち石だ！」

ハーンがゴトリと投げ落としたのは蠟燭状にまとめられたダイナマイトの束であった。彼は狙いを骸骨怪物から巨魁の船体そのものに移した。そして繰り返し銃撃した。火花が散り、木くずと腐肉で出来た船体に小さな裂け目が生じた。

「火はまだか！」

ハーンは叫んだ。トミキチは祈るような必死さで火打ち石を繰り返し打ち付け、ついに導火線に着火することに成功した。

「へい！　ここに！」

ハーンは振り返らずにダイナマイトをひったくると、怪物めがけ、オーバースローで投擲した。ダイナマイトは怪物の亀裂の中にゆっくりと吸い込まれていった。そして……二秒後。

KRA-TOOOOOOOOOM！　怪物の内側で致命的な爆発が起こった。血と汚濁が天高く噴き上がり、怪物は反り返って、声ならぬ呻きをあげながら、ゆっくりと海に沈み始めた。

「リンコを手伝え！　トミキチ！」

「ヘイッ！　ヘイ！」

この決定的勝利に勇気づけられたか、トミキチは慌てて別の櫂を摑み上げると、リンコとともに必死で漕ぎ始めた。舟の速度は倍になり、前方のサドガがいよいよ迫ってきた。

「ウオオオーン……」

黒煙を船体の傷からもうもうと噴き上げながら、怪物はなおも追いすがってきた。だがそれもやがて挫《くじ》け、唸《うな》り声は呪詛《じゅそ》の呟きと化して、渦巻く海水の中に消えていった。

「GOD DAMN IT……」

「手荒い歓迎もあったものだ」

ハーンはようやく構えていた銃を下ろし、息を吐いた。そして進行方向に向き直った。彼らの舟はサドガの剣呑《けんのん》な岬に体当たりをするように乗り上げた。

「アイエエエ……アイエエエ」

トミキチは舟から這《は》い出し、倒れ込んだ。リンコは袖《そで》の埃《ほこり》を払い、磯に降り立った。トミキチは呻いた。

「い、今のは、ヤナギダの手下なんですかい？　ヤナギダってのは、その、ヤーヘルなんでしょう？」

「それがどうかしたか」

「ヤーヘルってのは、ヨーカイを狩るのが仕事なんでしょう？　あべこべじゃねえですか……」

「……それがどうかしたか」

4

灰色の岩肌は胸壁めいて、捻《ねじ》くれ絡《から》みあう松はしばしば坂道に張り出し、行く手を阻んだ。彼らは険しい表情で坂がちな道を進んだ。まるで無人島のようだ。かつて流刑者を住まわせていた峻厳な島は、もとより江戸や京都のような都市ホスピタリティからは程遠い。

途中、岸壁を登らねばならぬ局面も経験した。リンコの身のこなしは鹿のようにしなやかで素早い。ハーンの力を借りねばならないのはもっぱらトミキチだった。やがて彼らは島を一望できる高台に辿《たど》り着いた。

「これが、サドガ。何という場所だ……」

リンコは絶句した。吹き付ける冷たい風、凍りつくような灰色のニホンカイ、段々の棚状になった荒れた丘にへばりつく幾つかの家々、蟻の巣じみて穿《うが》たれた風穴。凄まじい眺めだった。一方、トミキチの興味と恐れが向かう先は、もっぱらこの高台そのものだった。この場に手摺《てす》り等は当然無い。小石がパラパラと崖を転げ落ちるさまを、トミキチは不安げに見下ろすのだった。

「石碑か」

ハーンは高台に設置されたオベリスクに近づいた。巨大な地蔵がレリーフされている。しかし、どこか奇妙だ。違和感のもとは、地蔵の頭部に上書きされた奇妙な意匠であった。ハーンは遠眼鏡を取り出し、覗《のぞ》き込んだ。

「あれは……」

彼は奇妙な建造物を見出した。

「……風車小屋……？　いや、礼拝堂か？」

「教会か。切支丹《きりしたん》は貴公の分野だろう」

リンコが言った。ハーンは遠眼鏡を覗きながら顔をしかめた。

「我輩の信仰はそれではない。だが……あれは……」

「アイエエ！」

トミキチの悲鳴。ハーンは振り返った。リンコと目があった。彼女はたったいま己の脇腹に突き刺さった短剣を意外そうに見ながら、足を滑らせた。ハーンが手を差し出すが、その手は空《くう》を切った。リンコは黒い松が群生する崖下へ転落していった。

「アイエエエエエ！」

トミキチは一層大きい悲鳴を上げた。ハーンは舌打ちし、回転式拳銃を構えた。左手は刀の柄に。トミキチは腰を抜かし、失禁していた。

「ＳＨＨＨＨ……サドガの島に……なにゆえ訪れた」

短剣投擲《とうてき》者が藪《やぶ》を背に立っていた。奇怪な青のペイントを顔面に施し、黒いマントと西洋軍装に身を包んだ男だった。うらぶれたサドガの島にあって、その装いは極めて異様だった。背丈は偉丈夫のハーンをなお超える長身の持ち主だが、痩《や》せてヒョロリと長く、不健全な印象を与える。ハーンは銃口を下ろさない。なぜならこの男は既に抜き身だ。それぞれの手には不快に湾曲した短剣を持ち、ゆらゆらと揺らしている。短剣は腿《もも》の革ベルトに限りない本数が収められていた。

「見ておったぞ。近海の守護者を退《しりぞ》け……この地にずかずかと足を踏み入れたさまを……ずっと見ておった。何を探りに来た……この美しい土地に……救いの土地に」

「ヤナギダに用がある」

「ＳＨＨＨＨ……ＳＨＨＨ……ヤナギダ！　は！　はは！」

　男は笑った。

「おれはこのサドガの鎮守にして戦士……大蛇裂《おろちさ》きのスワバラだ！　お前も名乗るがいい！」

「ハーンだ。ひとは我輩を最後のヤーヘルと呼ぶ」

「それは、それは！　呪わしいな！　あたらしき世に、過去の亡霊が現れたか！」

　スワバラは狂的な笑いとともに地を蹴った！

「イイイアアアア！」

　ＢＬＡＭ！　ハーンは引き金を引いた。スワバラはジグザグの奇怪な軌道を描いて銃撃を躱し、転がりながらハーンの足首を狙ってきた。ハーンは地面に刀を突き立て、短剣を遮《さえぎ》った。刀を捨てて跳び退がり、腰だめで回転式拳銃をファニングした。ＢＬＡＭＢＬＡＭＢＬＡＭＢＬＡＭ！

「イイイアアアアア！」

　スワバラはクルクルと側転して巧みに銃撃を躱す。尋常の身のこなしではない。そして側転の中から複数の短剣が飛んできた。ハーンは舌打ちし、素早く背中を向けた。背負い仏壇が鋭利な刃を受け止めた。スワバラは残忍な狂笑と共に再び襲いかかってきた。ハーンはぐるりと回転した。遠心力の乗った鎖付きの棘鉄球が背負い仏壇の中から飛び出した。ヨーカイ相手の残忍な隠し武器。人がまともに受ければ無事では済まない。胸の悪くなるような破砕音が響いた。スワバラの顔の左半分が無残にえぐれ、脳漿《のうしょう》が飛び散った。ハーンは地面に突き立った刀を引き抜き、たたら踏むスワバラの首を刎ね飛ばした。鮮血が噴き出した。スワバラの首は放物線を描いて飛び、崖下へ落ちていった。

「ア、アイエエ！」

トミキチが絶叫した。

「黙れ！」

ハーンは叱りつけ、何の躊躇《ちゅうちょ》もなしに、首なしのスワバラの死体をあらためる。「こ奴は何者だ。スワバラ……スワバラ……果たして……」

「旦那！　リンコが死んじまった！」

トミキチは崖下を指差した。

「あれならば松の木で助かる。追って合流する」

ハーンは言った。彼はスワバラの懐から盗み取った紙片を取り出し、顰め面で広げた。それは竜胆《りんどう》を意匠化した家紋である。家紋の下には「スワバラ・イサブロ」と書かれていた。ハーンは眉根を寄せた。そしてその家紋は血のように赤いインクで上書きされ、汚されていた。それは地蔵オベリスクと共通する奇妙な印だった。

「テウタテスの巨釜の意匠……！」

痙攣《けいれん》していたスワバラが事切れると、彼はヤドリギの粉末を死体にふりかけ、火を放った。

「こいつがヤナギダだったンですか」

「お前は阿呆《あほ》か。スワバラと名乗っておったろう。竜胆のスワバラはシッケン・ホージョーに仕えたサムライの一族だ」

「なるほど恐ろしいでやすね。近隣で噂になっていた輩《やから》ってのは、ヤナギダじゃなくスワバラだったたッて事ですかい！　おっかねえ野郎でした。島を守っていた舟幽霊もとんだ悪夢じみたヨーカイでした。さあ、あとはリンコを助けてやって、お宝とご対面って寸法で……」

「この楽観主義者の大馬鹿者！　どう考えても敵はスワバラだけではない！」

ハーンは叱った。

「それはどういう……」

「スワバラが持っていた紙片は、テウタテスの巨釜を描き記した代替祭壇だ。スワバラはシッケン・ホージョーのオチムシャに過ぎぬはず。陰に見え隠れするのは、奴に代替祭壇を手渡した者……隠され守られるべき秘儀を用いて何らかの企みを巡らす邪悪存在。即ち、ヤナギダだ！」

ハーンは踵を返し、足早に先へ進み始めた。トミキチは慌てて後を追った。歩きながらハーンは己に言い聞かせるかのように話し続けた。

「ヤナギダはこのサドガを己の潜伏地として選んだ……間違いない……奴はこの地の政治犯や没落貴族、オールド・サムライの類いを誑《たぶら》かし、己の野望の贄《にえ》として利用したのだ。騙されんぞ。あの礼拝堂はその実、切支丹の教会のものではない。あれは我らの……！」

「ッてことは、礼拝堂に行くンでやすね！」

「そうだ、礼拝堂だ！」

「宝も有りやすか⁉」

「そうだ、この地の堕落の源は十中八九そこにある。確かめねばならん！」

「宝は……！」

5

「痛ッ！」

なにかが頭に落ちてきて、リンコの意識を取り戻させた。見上げると、密集した黒松の枝が揺れていた。それから、落ちてきたものを見て、息を呑んだ。人の生首だった。顔の左半分が潰れ、刀で斬首された無残なさまだ。顔面の青いペイントから、崖上で短剣を投げた男のなれの果てであるとわかった。ハーンがやったのか。

リンコは奥歯を嚙み締め、脇腹に刺さったままの短剣を、覚悟して引き抜いた。さいわい傷は浅かった。身体中に浅い切り傷ができているが、骨も臓腑も無事のようだった。松の枝葉に守られたか。彼女は懐の小袋から応急処置用の医療布を取り出し、腹をきつく縛って止血した。

「チィ……油断した……」

リンコは己を強《し》いて動き出した。張り出した枝を切り払い、陽光の下に出ると、そこは棚状の麦畑だった。麦の穂は黒かった。彼女は麦のあわいに築かれた下り道を歩きだした。

あらためて彼女は奇妙に思った。礼拝堂の影や、石碑、麦畑をこうして目の当たりにした今もなお、人間の気配が全く感じられないのだ。サドガが恐るべき幽閉島であったとしても、当然、島には村民が暮らし、農業や鉱石の採掘を営んでいる筈であった。

歩きながら彼女は刀の柄に手をかけた。とにかくハーン達と合流を果たさねばならない。彼らは崖の上から見た礼拝堂に向かうだろう。人の気配がなく、なおかつ、正体不明の悪意が空気に満ちているかのように思われるこの島を、単独であてどなく彷徨《さまよ》うわけにはいかない……。

「！」

麦の穂が揺れた。リンコは弾かれたように真後ろを振り向き、抜刀した。警戒は彼女を救った。麦の陰から飛び出して奇襲をかけようとしていた邪悪な人間の胸元が斜めに裂け、粘つく血しぶきを上げて、うつぶせに倒れ込んだ。手にした血塗れの鍬《くわ》がガランと音たてて転がった。農夫。その首の後ろには奇怪な焼き印の痕《あと》があった。おお、それは、崖上で目にした地蔵オベリスクの破壊された頭部に赤く刻まれていた異様な印と同様のものであった！

「Abahhhh」「Abahhhh」

周囲あらゆる方向で麦の穂が揺れ、ガサガサと音を立て、奇怪な呻き声が聞こえてきた。リンコは走り出した。

前方、左右の麦をかきわけて、二人の堕落村民が飛び出した。彼らは手に持つ血塗れの脱穀棍棒で襲い掛かった。リンコは右の堕落村民を斬り捨て、左の堕落村民を蹴り飛ばし、上から突き刺してとどめを刺した。

「Abahhhh!」「Abahhhh!」

後ろから数人の堕落村民が追ってくる。白目を剝《む》き、涎《よだれ》をたらし、農具や斧を振り回しながら、走ってくる。リンコは痛む脇腹を押さえながら、全力で走り続けた。視界の利かない麦畑で彼らに包囲されれば、終わりだ。彼らが交渉の通じる相手でないことは明らかだ。武器が既に血に塗れている事も恐ろしかった。彼らはつまり、同じ村人をさんざん殺戮《さつりく》し終えた後である可能性が非常に高い！

「くッ……」

リンコは小袋からマキビシを摑み取り、後ろにばら撒いた。

「Abahhh!」「Abahhh!」「Abahhh!」

苦痛の叫びが上がる。のたうち回る彼らを確かめる暇もない。彼女は立ちはだかる堕落村民を斬って捨て、突き進んだ。

しかし、多勢に無勢か、彼女の前進速度は次第に鈍っていった。振り回される武器を弾き返し、摑もうと伸びてくる手を斬り払うたび、黒い麦の穂が血しぶきとともに宙を舞った。

「嗚呼……嗚呼！」

もはや息も上がりきった。堕落村民にきりはなかった。どれだけ刃をふるい、どれだけ殺しただろう？　ついに目の前の麦がひらけた。リンコは絶望と共に、前方を……海を臨む丘に建つ礼拝堂の、禍々しく黒い影を見た。堕落村民がリンコの足に食らいつき、引きずり倒した。

「Abahhhh!」

堕落村民は随喜《ずいき》の叫びをあげ、リンコに嬉々《きき》として襲い掛かろうとした。ＫＲＡＡＳＨ！

その頭に鉄塊《てっかい》めいた質量が振り下ろされ、瓜《うり》のように無残に破砕した。それは鍛冶鉄槌《てっつい》の一撃だった。

「ハーン……？」

リンコは逆光の影を見上げた。しかし違った。男は西洋軍服を身に着け、頭には異様な鉄の仮面をかぶっていた。その者は鍛冶鉄槌を地面に突き立てると、リンコの後ろの麦畑を睨《にら》み、右手の指を動かして、何らかの仕草をした。堕落村民はおとなしく引き下がり、麦を掻き分けて去った。

それから男はリンコを見下ろした。仮面の奥からの凝視に本能的な危機感を覚えたリンコは、身を起こして逃れようとした。男の手がぬうと伸び、リンコの髪を荒っぽく摑んだ……。

6

ギィ……ギギィ……。驚くべきことに、礼拝堂の扉はあっけなく開いた。トミキチはおずおずと足を踏み入れ、闇に不安げな視線を投げた。

その数フィート後方、ハーンはウインチェスター・ライフルを構え、トミキチに襲いかかる者があれば即座に射撃できるよう備えている。彼はトミキチを強いて先に行かせ、坑道のカナリアじみた囮《おとり》としたのである。

建物周辺には黄色い草が色濃く茂っていたが、それら群生植物が漲らせる生命力にはどこか奇怪な印象が伴い、本質的な邪悪のにおいがした。付近に血の痕と、争いの痕があった。状況的に、リンコが残したものである可能性が高い。彼女は既に建物の中へと進んでいっただろうか……。

礼拝堂はやはり、一度は切支丹の礼拝施設として作られたものと思われた。だが十字架やガーゴイルの類いは砕かれ、削り取られた痕跡があった。建物の周囲に散らばっているのは砕かれた石塊であり、さながらストーンヘンジのミニチュアのようでもあった。

「お邪魔しますよ……リンコ、居るかい……居たら返事しろよぉ……家主さん、どなたかいらっしゃいましたら……頼みますよォ……」

不安げな声を投げながら、トミキチはへっぴり腰で進んで行った。礼拝堂の採光窓が斜めの光の筋を幾つも作っていた。光に照らされる聖ベネディクトの油絵は頭部が削り取られていた。切支丹ではないトミキチでも、その行為に込められた邪悪な瀆聖意図に震え上がる思いだった。

「誰も居やしませんぜ」

トミキチは戸口のハーンを振り返った。ハーンは無言で銃口を動かし、地下にくだる石の螺《ら》旋《せん》階段を示した。トミキチは泣きそうな顔で指示に従い、ランプに火をつけると、おずおずと下へ降りていった。

足下の闇からはぬるい空気が漂い来り、そこに含まれた微かな腐臭がトミキチを震え上がらせた。いかなる秘密がこの先に待ち受けているのだろうか。トミキチは上を振り返ろうとして、ベトッという粘質の音を耳にした。

「アイエッ」

ベトッ。ベトッ。濡れそぼったモップを叩きつけるような音だった。ベトッ。ベトッ。奇怪な音の間隔はどんどん短く、その音はどんどん大きくなる。近づいてきているのだ。トミキチは意を決し、後方を振り返った。だが、そこには何も見えぬ。足音も止まった。

「何も……居ねえ……？」

トミキチは声を殺し、怪異に追いつかれぬよう階段を駆け下りはじめた。ベトッ。ベトッ。再び足音が聞こえ始めた。

「アイエエ……！　やっぱり付いてくる！　何か付いてくる⁉」

ベトッ！　ベトッ！　ベトッ！

「アイエエエエエエ！」

「AAAARRRGH！」

姿見えぬ追跡者はついに獰猛《どうもう》な捕食の本能を音にあらわし、トミキチの真後ろで咆哮《ほうこう》した。粘着質の足音を立てていたのは、丸く巨大な頭部から直接生えた二本の短い脚だった。頭部には目も鼻もなく、ただ巨大な口だけがあった。それがバクリと大きく開き、鋭利な牙が並ぶ巨大な顎で、トミキチの後頭部を捉えた！

「アイエエエ？　アバーッ！」

BLAM！

「グワーッ⁉」

トミキチの後頭部を捕食しようとしたヨーカイの後頭部が爆《は》ぜた。ヨーカイの更に後ろから追跡してきていたハーンが、極至近距離からウインチェスター・ライフルの弾丸を食らわせたのだ。

「アバババババババーッ！」

ヨーカイは叫び声を上げ、不快な体液を闇の中に撥ね散らかし、もつれて石段から足を踏み外し、叫びながら落下していった。やや遅れて、グシャリという嫌な音が聞こえた。

「うむ。底は近いぞ」

「アイ、アイエエエエ」

トミキチは己の後頭部を擦《こす》った。

「ヨーカイが俺の頭を……！　痛てェ……血が……！　もうおしまいだ！」

「多少齧《かじ》られたか？　今のヨーカイはベトベトサンの一種だ。不可視の状態で獲物の背後から近づく。ヨミの船団の次はベトベトサン……憂慮すべき事態ではある。ともあれ、毒や呪いの類いは持たんはずだ。ヤドリギの軟膏《なんこう》を刷り込んでおけ」

「でも旦那、痛《い》てェよォ……！」

「我慢せよ」

トミキチは嗚咽《おえつ》しながら歩き出した。やがて二人は階段を下りきり、円形の底に辿り着いた。

さきほどのベトベトサンが石床の上で恨めしげに痙攣し、汚濁を拡げながら、断末魔の呪詛を呟いた。

「ＧＯＤ　ＤＡＭＮ　ＩＴ……」

ハーンは構わず、錆びた鉄の扉の前に進み出た。扉は微かに開いており、風が吹いてくる。腐臭の源はここだ。扉を引きあけて進んだ先は、左右に格子戸の並ぶ異様な廊下だった。牢獄。礼拝堂にはおよそそぐわぬ施設だ。彼らはサドガの闇の歴史の一端を垣間見《かいまみ》、より奥深くに入り込もうとしていた。

「うへえ！　死んでやすね」

格子戸のひとつを覗いたトミキチが白骨死体に目を丸くした。

「ショーグン時代の遺物だ。金山の坑道を改装して地下牢に替えたのだろう。とにかくこの構造がヤナギダの目論見《もくろみ》に合致していたのだ。どうでもよい話だ」

「金ですッて⁉」

「とうに掘り尽くしておろう」

「ヤナギダの目論見ってのは……旦那、ヤナギダってのは、そもそも、何なんですか？」

トミキチが道中何度も発した問いを再び口にした。秘密の核心に近づきつつある今、ハーンの口から具体的な答えが返ることを期待したのだ。

「リンコの里を皆殺しにするだの、ヨーカイを呼び出して人を襲わせるだの……」

「奴は堕落したヤーヘルの頭領だ。かつては我輩もあの男の下で働いていた」

ハーンは忌々《いまいま》しげに言った。

「エッ。ヤナギダの下で？」

「奴はヨーカイに憑かれ、ショーグン家を裏切った男だ。ヤドリギの加護を捻じ曲げ、テウタテスの生贄儀式を復活させ、ヨーカイが陽光の下で闊歩《かっぽ》する時代を作ろうとしている。奴が謀《む》反《ほん》を起こしたために、ヤーヘル組合は幕府によって取り潰された。あのクソ野郎を見つけ出して殺さねば、我輩の気が済まぬ」

「そんな事が……。そういや、前から気になってたんですがね、組合が取り潰されたってことは、旦那はもう幕府の公式なエージェントじゃあないんですよね？　通行手形やら何やら、さも当たり前のように使ってやすが……」

「いかにも。だがヨーカイ狩りは我輩の生業だ。幕府がいかに難癖《なんくせ》をつけようともな」

「ア……わかりやした。しかし、頼まれてもいねえのに何でこんな危険な仕事を続けてるんですかい？」

「男がこの歳まで続けた仕事を、そう簡単に止められるものか。それにな、まっとうなヤーヘルはもはや我輩一人しか残っておらんのだ」

「要するに、ショーグン家ってよりゃ、ヤーヘルの仕事への忠義ってコトですかい？」

これに対してハーンは気難しげに小さく舌打ちし、短く思案してから返した。

「忠義などない。惰性と酒で生きておるのよ。あとはまあ、金だ。金が要る」

「ああッ、そういや、宝……金はどこに……！」

「あれは！」

前方に青白い光が見えた。ハーンは躊躇わずそちらに向かった。

「待ってくだせえ！」

ハーンは答えず、次第に駆け足になり、前方の青白い光の中に飛び込んだ。空間が開けた。ドーム状の墳墓空間を前に、ハーンは仁王立ちとなった。およそそれは人の手によってこしらえられた場所とは思えなかった。江戸時代……否、更にはもっと古くの……。

ハーンの背負う仏壇簞笥にトミキチは鼻をぶつけて呻いた。ハーンは見渡した。積み上げられた骸骨を。壁という壁に根を下ろし、青白い燐光を放つ不快な苔《こけ》状植物を。そしてなにより中央の台座を……そこには両手足を拘束され、猿轡《さるぐつわ》を嚙まされた一人の女が横たえられていた。リンコだった。幸い、まだ息がある。分断された時間から逆算しても、捕らえられたのはほんの数十分前といったところか。

「……来た、来た、来ましたよ、ヨーカイ狩りのクソッタレが！」

奇妙な声が前方から響いた。リンコの傍《かたわ》らに立つ小柄な編笠の僧侶が、ハーンを指差して嘲《あざ》笑《わら》ったのだ。身長は一メートル弱。欲深げな長い舌からダラダラと涎を垂らしながら、握りこぶし大の巨大な単眼でハーンを睨んでいる。人ではない。然り。人であろうはずがない。ヨーカイである。

その眼力は望遠レンズじみた精度を誇り、闇の中でも見通せる。その能力を買った何者かによって使役され、ここでリンコの拷問役兼、見張りの役目を与えられていたに相違なし。かくのごとき凶悪な怪物を手下として使役する……ヨーカイやユーレイ以外でそのような真似が出来る者がいるとすれば、堕落したヤナギダ一門以外に存在しない。

「ううッ」リンコが悔しげに身をよじり、ヨーカイの足元で呻いた。何らかの危険を伝えよう

とするかのように。それを見てヨーカイはなお興奮し、長い舌から唾液を滴《したた》らせた。

「おい、生娘《きむすめ》！　お前は大事な生贄じゃ！　これが終わったら、寸刻みにしてあの巨釜のソップの具にしてやるからな！　あいつの脳ミソと一緒にな！　楽しみにせえよ！」

「一つ目小僧だな。貴様もあとで殺す」

ハーンは目前に迫った死闘の予感に目を細める。無論、彼の相手は一つ目小僧などではない。追い続けていた敵がここにいるのだ。戦いに備え、ハーンは背中の重い仏壇簞笥を下ろして身軽となり、そこに吊るされた銃器の数々を手早く身につけた。

その間も、彼の隻眼は油断無く、台座の更に奥、歪んだ階段の上に据えられた青銅の巨釜に向けられている。青白い光の源は、その巨釜だった。釜の中で煮られている液体が発する、忌まわしい輝きだった。あれがテウタテスの巨釜……人身御供の祭壇であり、人間を生きながら煮溶かして邪悪な力の源と化す……！

「エッヒヒヒヒヒ！　あいつ、勝つつもりでいるようですぜ!?　さあ、頼みますよ！　あのクソッタレ野郎の頭を叩き割って、脳ミソを盛大にブチまけてくださいよ！」

一つ目小僧は興奮した面持ちで豆腐を舐めながら、後方の階段上にある巨釜を仰ぎ見、あるじにへつらった。

「……現れたかハーンよ。ショーグンの呪縛から未だ脱せぬ、哀れなヤーヘルよ」

よく通る声が発せられた。声の主は巨釜の陰からゆっくりした足取りで現れた。その者は黒のローブに身を包み、フードを目深に被っていた。

ＢＬＡＭ！　答える代わりに、ハーンは拳銃を撃った。銃弾はフードをかすめた。侮蔑的に笑う男の顔が露《あら》わとなった。

「貴様が現れる事ははじめからわかっていた。我々は祝福を受け、真実との接続を果たしたからだ。それは美しい世界だ。ヨーカイすらも従え得る神仙界……来るべき開国日本はヨーカイとともにある！　神懸かりの軍勢とともに！」

ＢＬＡＭ！　ＢＬＡＭ！　ＢＬＡＭ！　ＢＬＡＭ！　ＢＬＡＭ！　ハーンは前方へと歩みながら、繰り返し銃弾を撃ち込んだ。カチ。カチカチ。ハーンは繰り返し引き金を引いた。黒ローブの男はのけぞり、笑い続けた。その額と右頬には、たったいま作られた銃創《じゅうそう》が口を開けていた。銃弾が効かぬ。笑う男の目が巨釜と同様の青白い光を放った。

「これがテウタテスの祝福だ！　ヤドリギの銃弾？　なんと無力なことか……」

黒ローブの男は両手を拡げてみせた。それに応え、墳墓の左右の鉄格子が音を立てて開き、それぞれ一人ずつ、軍装姿にフルフェイスの鉄仮面を装着した、異様なる男たちが現れた。一人は残忍な鍛冶鉄槌を武器として構え、一人は両手半の長さの槍を持っていた。

「「ＡＲＲＲＲＧＨ！」」

二人の魔人が威圧的に得物《えもの》を打ち鳴らすと、黒ローブの男は嬉しそうに哄笑した。

「ハーンよ！　ヨーカイはただしく日本国の資源である。富国強兵に逆行する国賊を今ここで討ち果たし、後顧《こうこ》の憂《うれ》いを断たん！」

ハーンは弾の尽きた拳銃をホルスターへ戻した。そして刀を抜いた……その切っ先を床石に擦らせると、神秘的な火花が奔《はし》り、たちまち刀身が炎を纏《まと》った。ユーレイを斬り、ヨーカイを斬る神秘の武器が、太陽の光届かぬこの地下墳墓で、同族たる人類を相手にふるわれる時がやって来たのだ！

「「ＡＲＲＲＲＧＨ！」」

左右両翼から異様なる軍装魔人が同時に迫ってきた。ハーンの隻眼が燃え上がった。

槍の軍装魔人による恐るべき突き攻撃が右からもたらされる。ハーンは刀で穂先を跳ね上げ、返す刀で切り裂いた。

「グワーッ！」

槍の魔人は胸に燃える裂傷を負って怯んだ。ハーンは連続攻撃を繰り出そうとした。だが敵もさるものか。次の瞬間、左からの鈍い鍛冶鉄槌の一撃がハーンの頭をかすめた！

「グワーッ！」

ハーンは倒れ込み、転がって、更なる致命打撃をかわす。左目の失われている彼は戦闘において常に死角を抱えている。普段の彼は超人的な戦闘センスと身体能力でこの弱点を補い立ちまわっているが、油断なき軍装魔人二人からの攻撃に晒《さら》されればその限りではなかった。

「手も足も出まい！　こ奴らはいわば、ヨーカイと混じりあった人間よ！」

黒ローブの男が恍惚と叫び、煮えたぎる巨釜に腕を差し入れてかき混ぜた。

「テウタテスの巨釜がそれを可能にしているのだ！」

「エッヒヒヒ！　さすがです！　早くあの野郎の脳ミソを舐《な》めさせてくださいよ！」

一つ目小僧はさらに興奮し、皿に乗せた豆腐をベロベロと舐め回す。彼は横たえられたリンコの前に立ち、軍装魔人とハーンの戦いを食い入るように観戦していた。万が一、ハーンがこちらに向かってくるようなことがあれば、この娘を盾にすればよい。あの冷酷非情のヤーヘルに人質など通じるかどうかはわからぬが、銃弾を止める役には立つだろう。

ＢＬＡＭ！　突如、銃声が響いた。

「グワーッ⁉」

一つ目小僧は後ろから頭を撃ち抜かれ、倒れてビクビクと痙攣した。

「誰が生贄になど！」

リンコであった。いつの間にか拘束を解かれた彼女の手には、コルト・シングル・アクション・アーミー・リボルバー拳銃、通称ピースメーカーが握られ、銃口から煙を立ち上らせていた。

彼女の横には、ハーンの仏壇箪笥を抜け目なく背負ったトミキチがいた。

「お、俺にだってな、こンくらいの事はできるんでえ」

「そん、なァ……ど、こ、から……」

痙攣しながら、一つ目小僧は弱々しく呻いた。トミキチはいかにして彼の目を欺《あざむ》き、リンコのもとへ至ったのか？　答えはハーンの仏壇箪笥にあった。ハーン自身はその力を使用できぬが、この仏壇箪笥には、背負った人間の姿をヨーカイやユーレイの目から隠す、謎めいたネクロマンティック・パワーが籠《こも》っているのである。

トミキチはハーンが大立ち回りを演じている間に、この重い仏壇箪笥を背負い、魔人や一つ目小僧の目を欺きながら、囚《とら》われのリンコのもとへと忍び寄った。そしてネンブツを唱えながら、拘束縄を解き、ピースメーカーを手渡していたのだ。

「ＡＲＲＲＧＨ……ＧＯＤ　ＤＡＭＮ　ＩＴ……」

いまやリンコの足元で一つ目小僧は無残な死を遂げた。ヨーカイの脳漿と飛び出した巨大な目玉が、割れた豆腐とともに地面にぶちまけられていた。

黒ローブの男は階段上からそのさまを見下ろし、不快げに呟いた。

「役立たずめが」

一方、ハーンは苔でぬめる床に手をついて起き上がり、執拗な槍魔人の攻撃をしのいでいた。ゴロゴロと床を転がるハーンに、敵は繰り返し槍を突き下ろした。鍛冶鉄槌の魔人はハーンの退路を塞ぐように回りこんだ。

ハーンは刃を振って牽制し、槍の間合いから飛び離れた。しかしその背後には既に鍛冶鉄槌の魔人が待ち構えていた。魔人は鍛冶鉄槌を無慈悲に振りかぶった。

「グワーッ!?」

だが鍛冶鉄槌がハーンの脳天をフルスイングする事は無かった。白兵戦の場へ影のように忍び寄った新たな一人が、斜め後方から己の刀を鋭く突き入れ、魔人の腎臓を刺し貫いていたのだ。……リンコであった。

「グワ……アバーッ！」

リンコが刃を捻りながら引き抜くと、傷口が蛇口めいて血を噴出させ、魔人は苦しみのあまり、重い鉄槌を取り落とした。

「や……やッた！」

トミキチが手に汗握り、快哉《かいさい》した。

ハーンは自剣の切っ先を床に擦らせながら振り向き……薙ぎ斬った。摩擦によって秘密の炎をまとった刀は鉄槌魔人の腕を裂き、装束を裂き、胸筋を、肋骨を裂いて、心臓を裂いた。

「アバババーッ！」

鍛冶鉄槌の魔人は仰向けに倒れ込んだ。槍の魔人はハーンを後ろから突き刺そうとしたが、リンコが横から刀を繰り出し、柄の部分から真っ二つにした。

槍の魔人は舌打ちし、懐から毒の短刀を抜き放った。しかしその時すでにハーンは動いていた。彼は身を沈めたリンコの肩を踏み台に蹴って高く跳び上がり、燃える刀を槍の魔人の脳天から直下に振り下ろした。

「アバババーッ！」

槍の魔人は鉄仮面ごと正中線で真っ二つに斬られ、左右にわかれて床に飛び散った。鉄仮面の中からこぼれ出た頭部は、およそ人のそれからはかけ離れた、邪悪な異形であった。刀身を這う炎が血を焼き焦がし、ハーンの憤怒の凝視は壇上の男を真っ直ぐに射た。

「ハッハハハハ！」

黒ローブの男は青白く光る目を見開いて笑い、後ずさった。ハーンはウインチェスター・ライフルをぐるりと回してリロードし、撃った。ＢＬＡＭ！　ヤドリギの祝福をまとった弾丸は男の額《ひたい》を貫通し、突き抜けて、壁に刻まれたテウタテスの印の中心に突き刺さった。男は額の穴から奇怪な青白い炎を噴出し、よろめき、痙攣した。

「歴史は我が国を否応なく帝国主義の荒波の中へ引きずり出す。ならばこの力は福音《ふくいん》に他ならない！　ハーンよ、お前はつまるところ我が国にとってアウトサイダーに過ぎない。敗北と滅びの恐怖を共有できぬ者が正義を語る事はできぬ……」

「それは誰の言葉だ」

ハーンはライフルにさらなる弾丸を装塡した。

「貴様自身の言葉か。それとも誰かの受け売りか」

「今この時は貴様にくれてやろう！　ひとときの勝利をな！　既に聖者は島を発《た》たれた。私個人の命など、大いなる生命の坩堝《るつぼ》においてはただ儚《はかな》き小波に過ぎぬ。それを知れ！　讃えよ！　大いなるテウタテス！」

男はよろめき、煮えたぎる巨釜によじ登ると、笑いながら身を投じた。沈黙が二秒。そののち、青白い飛沫が天井高く噴き上がった。自らの身を生贄に捧げ、何らかの恐るべき儀式を執り行おうというのだ！

「そうはさせるか！」

ハーンは仏壇簞笥を引き開け、葵《あおい》の紋が刻まれた黒塗りの筒を取り出した。そして導火線に点火した。ダイナマイトである！　ハーンはそれを巨釜のたもとめがけ投擲《とうてき》した！

「下がれ！」

ハーンは叫び、武器庫のごとき仏壇箪笥を背負い直した。

「地上だ！　礼拝堂の外へ！」

「なッ……宝は！」

「諦めろ！」

「そんな……アイエエエ⁉」

KRA-TOOOOOOM！　ダイナマイトが爆発し、巨釜の土台が破砕した。巨釜は青白い液体を盛大にまき散らしながら階段を転がり、最終的に下の床に叩きつけられて、バラバラに砕け散った。

「ARRRRGH！　GOD　DAMN　IT……！」

黒ローブの男の融解した〝なれの果て〟が液体と共に地面にぶちまけられ、一つ目小僧の死体の横で断末魔の叫びを上げながらのたうち、無様《ぶざま》な最期を遂げた。

三者は激しい揺れの中を、上へ上へと駆け上がった。

「あれもやはりヤナギダではないのか」

走りながらリンコはハーンに問うた。ハーンは答えた。

「ヤナギダではない。だが、近しい者だ。ヤナギダには七人の近習《きんじゅう》が仕え、ともに異端秘儀の邪悪に手を染めた……おそらくその一人であろう」

KABOOOOM！　DOOOOOOM！　くぐもった爆発音と震動が追いかけてきた。ダイナマイトの爆発は周辺の可燃物を誘爆させ、その燃え殻が飛散して、古くこの地に残されていた鉱山採掘用の火薬群に引火し、更にはサドガの地下深くの油田に引火したのだ。ハーンが狙ってか狙わずか、それはこの忌むべき堕落祭壇を破壊しつくす鉄槌となった！

「アイエエエ！　崩れる！」

トミキチが叫んだ。五秒後には足元の階段すらも崩壊を始めた。彼らはなんとか地上階に辿り着いた。その直後、地の底から断末魔めいた叫びと青白い燐光《りんこう》が迸《ほとばし》り出、礼拝堂内を真っ青に染めた。光は空中を踊り狂ったのち、天井の裂け目から外へ飛び出していった。それを見届ける時間すら惜しみながら、三者は陽光の下に走り出た。

「あれを！」

リンコは岩礁《がんしょう》につながれたみすぼらしい小舟を見出した。

「十分だ！」

ハーンはリンコとトミキチを促し、岩を駆け下りた。彼は叫んだ。

「死にたくなければ走れ！」

なぜならば……。

「ＧＯＤ　ＤＡＭＮ　ＩＴ……」

礼拝堂は既に、麦畑の方角から押し寄せた堕落村民達によって包囲され、退路が断たれていたからである！　彼らの口から呪詛の言葉がのぼった。それはさながら、楽園への入り口を寸前で奪われた哀れな巡礼者のようだった。

「GOD　DAMN　IT……！」

堕落村民はハーン達を決して逃さず捉えて贄とすべく、じりじりと向かってくる。三者は小舟に飛び乗った。トミキチが備え付けの櫂を必死に漕ぎ始めた。

「……とんだ無駄足を踏んじまいやした」

ぜいぜいと荒い息を吐きながら、トミキチがぼやいた。

「シマヅ・クランにあわせる顔も有りやせん」

「ありのままを報告するがいい。もはやセプクの時代でもなし」

ハーンは言った。トミキチは溜息《ためいき》をついた。

「ヤナギダは……いなかった」

リンコが言った。ハーンは厳《おご》かに言った。

「少なくとも、奴の祭壇拠点は滅ぼした。まずは良しとする」

「アイエエ……奴ら！」

トミキチが島を振り返り、戦慄した。無数の堕落村民が岩礁に並び、遠ざかる舟に向かってうらめしげに中指を突き立てているのだった。

「GOD　DAMN　IT……」「GOD　DAMN　IT……」「GOD　DA」

KRA-TOOOOOOOOOOOOOOOM！

ひときわ巨大な爆発が生じ、礼拝堂付近の岸壁がまるごと崩れて粉塵に沈み、岩礁の堕落村民を巻き添えにして、全き灰燼《かいじん》と化した。

三者は顔を見合わせ、しばらく沈黙していた。やがてトミキチは舟を再び漕ぎ始めた。

「……わかりやした。宝は諦めやす。命あっての物種《ものだね》です」

彼は呟いた。

訳者解説

ハーン：ザ・ラストハンター＆ハーン：ザ・デストロイヤー

Hearn: the Last Hunter& Hearn: the Destroyer

作者：トレヴォー・S・マイルズ（Trevor S. Myles）。一九七六年九月生まれ。アリゾナ州出身。
作者来歴：プロフィール不詳。一時期マサチューセッツ州セイレムに住んでいたという記録があるが、現在は定かではない。

◆シリーズ解題

「ハーン：ザ・ラストハンター」は、トレヴォー・S・マイルズによって書かれた同人小説「ハーン」シリーズの記念すべき第一作目である。初版はホチキス留めの同人誌として刊行（推定部数五十冊）され、あとがきには、小説を書き始めた理由を「フィリップ・N・モーゼズとB・ボンドのニンジャスレイヤーに触発された」と書いている。現在に至るまで面識は無いとされるが、本人はニンジャスレイヤーの正式なフォロワーである事を自任している。

内容の解説に移ろう。情け容赦無いハーンのモデルとなっているのは誰か、日本人ならばすぐにピンと来たことだろう。明治の日本に生き、怪談を世界に紹介した小泉八雲《こいずみやくも》ことラフカディオ・ハーン（一八五〇～一九〇四）である。歴史上の著名人が実は魔狩人であったという設定は一見突飛に聞こえるが、二〇一二年の「エイブラハム・リンカーン：ヴァンパイアハンター」の映画などを見た人ならば馴染《なじ》み深いはずだ。ちなみに、「エイブラハム～」や「高慢と偏見とゾンビ」のような小説ジャンルは、アメリカでは「マッシュアップ（Mashup）」と呼ばれている。

日本人作家ならばともかく、アメリカ出身でラフカディオ・ハーンをエンタテイメント小説の題材に選ぶとは、いささかマニアックな趣味である。多くの方は、トレヴォーの容姿について、不健康そうな筋金入りのホラー／ファンタジー・ファンを想像するかもしれない。しかしコンなどでトレヴォーに直接会った人は、彼のプロレスラーじみて逞《たくま》しい二の腕を見て、そのイメージギャップに驚くことだろう。何故彼はハーンを書くに至ったのか？　実際、少年時代のトレヴォーは絵に描いたような内向的な性格で、親の影響で怪奇幻想小説ばかり読んでいたという。しかし性格を変えるために一念発起し、学生時代にフットボール部に入り、さらにマーシャルアーツをも習い始めると、トレヴォーは見る間に逞しく、また外交的になり、ホラー小説など読む必要がないほど充実した人生を送り始めた。その後、大学でのフットボール・プレイ中に膝を痛めたのが原因で、成人後はハードなスポーツからは離れ、過激な暴力表現がウリのＦＰＳやハック＆スラッシュなどのデジタルゲームにハマるようになった。そしてそのようなゲームをプレイしていたある日……突然ハーンの「怪談」を思い出して、狂ったように読み直し、創作意欲に火がついたという。彼の貴重なコメントを紹介したい。

◆作者のコメント

トレヴォーは四冊目の同人誌「シーズンズ・オブ・ジゴク」の中で、ハーン誕生のいきさつについて、以下のように語っている。

「ハーン自体のビジュアルイメージはすぐに思いついた。外見はタフな魔狩人で、全身にゴテゴテと武器やドルイド教由来のタリスマンを装備した、最高にクールでダークな男だ。愛馬にはいくつもギミックを積んでいる。ブルタル武器のギミックなどを考えるのに夢中になり、俺は何枚もスケッチを描いていた。そしてある日、ニンジャスレイヤーを読み、俺も自分でハーンを主役に小説を書けるんじゃないかと思った。何を殺せばいい？　と、俺は自分の中の八歳の子供に自問自答した。ラフカディオ・ハーンの怪談の中で、当時俺が最も怖かったのは、ノッペラボウの話（Mujina）だ。ラストで被害者がどうなったかも示されず、灯《あか》りが消えるんだから、当然だろ。俺のオフクロは、目撃者は助かってるから大丈夫だと言った。死んでいれば、この目撃談を語れないだろう、と。クレバーな推理だ。確かに一理あるが、俺は納得できず、トラウマになった。だってそうだろう？　いくら生きて帰ったって、狂気に陥っていたとしたら、被害者は殺されたも同然なんだぜ。その後、高校生になった俺がマーシャルアーツや各種武器の知識を貪《むさぼ》るように吸収したのも、今思えば、このトラウマが原因かもしれない。もちろん今の俺は、分別のある一人前の男だ。と同時に、俺は自分で小説を書いて、ノッペラボウを何としてもブッ殺してやりたいと考えるようになっていた。あんなナメくさった非道行為を働いているクソ野郎がのうのうと生きたまま物語が終わるのは、絶対に許せないからだ。こうしてラスト・ハンターが生まれた」

◆ハーン・シリーズの重要キャラクター紹介

・トミキチ：「ラストハンター」「デストロイヤー」でも活躍したトミキチは、他の短編にもしばしば登場する。ショーグン家のエージェントであったことが明かされるが、その設定はすぐに忘れ去られた。ヨーカイやユーレイに襲われやすい体質は変わっていないようだ。二度死んでいるが、無かったことになり復活している。平時のハーンは寡黙《かもく》な男であるうえに、ヨーカイやユーレイを見ても驚いたりしないため、物語をドライヴさせるためには、トミキチのような常人の存在が欠かせないようだ。

・シャドウイング：ハーンの愛馬である黒馬。登場回数はきわめて多い。その名前はラフカディオ・ハーンの著作「影　Shadowings（シャドウイングス）」に由来すると思われる。

・ヤナギダ：堕落したハンターの頭領。ハーンがヤナギダを追う詳細な理由は未だ明かにされておらず、直接対決が描かれたことも無いが、作中では圧倒的な存在感を放ち、様々な短編でエージェント時代の関係性がほのめかされる。

・リンコ：ヤナギダを追うクマノ出身の女。リンコにはリンコなりの目的があるようで、毎回ハーンと共演するわけではない。またそもそも、共通の敵であるヤナギダ一門が直接的な敵として登場するエピソードの割合は、全体として見るとさほど多くない（後述）。

・ショケイシャ：強大なヨーカイ「カミキリ」の力を体内に取り込んだダークサムライ。
・オチヨ：邪悪なハンターによって親を殺され、復讐を誓った少女。ハーンを仇と誤認し、ダイナマイトで爆殺をはかるも失敗。その後自らの早合点に気づいてドゲザし、ハンター見習いとなる。
・ノブナガ：両手からネクロマンティック・パワーを発射する強力なユーレイ。ハーンの周囲の人間に次々に憑依《ひょうい》し、彼を殺すべく襲いかかってくる。ハーンを憎んでいる。
・センリョウ：帝国のエージェント。賞金首となったハーンを殺すべく、八卦《はっけ》占いで執拗《しつよう》に彼を付けねらう。ハーンによって爆殺される。

◆ハーン・シリーズの名作エピソード選

・「シーズンズ・オブ・ジゴク　Seasons of Jigoku」：耳と睾丸《こうがん》に経文を書くのを忘れていた哀れな吟遊詩人、ホウイチを破滅の運命から救うため、ハーンは死人侍の大群に戦いを挑む。ゾンビーものの影響が強い一作。
・「レイン・メーカー　The Rain Maker」：雨の京都でハーンに狩りを依頼したのは、どうしても成仏《じょうぶつ》できぬ子連れユーレイ本人であった。だがそこへヤナギダの放った堕落ハンター「タク」が騎兵隊を率いて現れ……。本家の怪談すら想起させる、しっとりとした読み味のジャパニーズ・ゴースト・ストーリー。

・「アイ・オー・ザ・アスホール　Eye o' the Ass-Hole」：その暴力的で粗野なタイトルからも推測できるように、ダーク・ウエスタンの要素が強い一作。凶悪なヨーカイ「尻目」を狩ろうとして壊滅した島津のサムライ・レンジャー部隊。その生き残りを救うため、ハーンは山岳地帯へと向かう。乾いたヴァイオレンスと暗いユーモアに満ちた一編。

ヤナギダ一門が直接的な敵として登場するエピソードは、実はさほど多くない。これについてトレヴォーは「マイク・ミニョーラのヘルボーイと同じさ。あれにも本編というかメインの長編ストーリーはあるし、それはそれでまあ面白いけど、俺は正直短編集のほうが気楽に読めて好きだ。他のエピソードとの矛盾とか連続性なんて、俺にはどうでもいい。前読んだ話なんて、ぶっちゃけそもそもあまり覚えてないしな」と述べている。要するにその時に書きたいものを書くのが彼のスタイルなのだ。

◆ハーン・シリーズの舞台設定を推測する

本書籍に収録した初期の二作に記されている通り、ハーンの基本舞台設定は「一八九九年の日本」である。しかし史実とは異なり、その社会情勢や風俗は「江戸のショーグン幕府と近代的倒幕派がどちらも存在し、なおかつ伝統的サムライと明治風の海外文化が入り混じった和洋折衷《わようせっちゅう》状態」であり、街のビジュアルイメージは「アメリカの大西部開拓都市とクロサワ時代映画の村がごった煮になったようなもの」である。果たして「ハーン」シリーズにおける日本は、どうなってしまっているのだろう。トレヴォー自身も自らのホチキス綴《と》じ同人誌の中で「何年も前に書いたエピソードの細かいところまで覚えていない」と語っているので、我々は手元にある限られたコピーからその舞台設定を推測した（ちなみに、史実における一八九九年の日本では、すでに江戸幕府は明治維新によって倒れ、一八六八年から明治時代が始まっている）。

この作品における日本の中心地は江戸である。江戸幕府は未だ倒れておらず、ショーグンも健在のようだが、鎖国は解かれているようで、ハーンの用いるウィンチェスター・ライフル銃やコルト・ピースメーカーなどが都市部では割と一般的に出回っているようだ。しかし多くのエピソードでのメイン舞台となる地方都市や寒村では、トミキチのようにチョンマゲを結った町人などが大半で、ガイジンは未だ珍しく、ハーンは常にアウトサイダーとして見られる。幕府に従うシマヅ・クランなどのダイミョ・クランは基本的に善玉として扱われ、諸外国からの金銭的バックアップを得ていると思しきサッチョーや、南北戦争風の軍服を着た倒幕派などが、「急激な近代化によって日本の伝統的な美しさや奥ゆかしさを奪ってゆく悪玉」として存在しているようだ（必ずしもその限りではないが）。

固有名詞や看板などにしばしばオランダ語が用いられているのも本作の特徴だ。ターヘル・アナトミア（そう言われてみれば恐ろしい響きだ）が「強力なネクロマンティック・パワーを秘めた魔導書」として登場することもある。これはおそらく、江戸時代の鎖国日本がオランダとのみ通商を行っており、オランダ語の一部が外来語として取り入れられていたという史実に基づくものであり、トレヴォーの取材の確かさを物語っているといえよう。一見ぶっきらぼうで大雑把のようでいて、細かな部分の合理性や整合性をひたすら真面目に作り込むのは、いかにもアメリカ人キリスト教徒らしいトレヴォーの生真面目さと誠実さの表れと言えるのではないだろうか。ちなみに、ヤーヘル（猟兵、狩人）という耳慣れない言葉もオランダ語に由来している。

もう一つ、本作中にはオランダ語とは違う外来語のセットが存在し、異彩を放っている。「テウタテスの巨釜」という特徴的な物品が「ハーン：ザ・デストロイヤー」に登場しているので、宗教や神話に詳しい方はピンときたことと思うが、ハーンが用いる武器やシンボルの多くは、ケルトやそのドルイド信仰に基づき、それを発展させたものであると推測できる。執拗なまでのヤドリギの万能性へのこだわり、しばしば幸運の象徴として登場する四つ葉のクローバーなど、ケルト的なモチーフは随所に見て取れる。これは「少年時代の小泉八雲は、厳格なキリスト教に嫌気がさし、ケルト教やドルイド文化に傾倒していた」という実話に基づいているのかもしれない（それでも、まさかこんなことになろうとは、小泉八雲自身も思っていなかっただろうが）。このようにハーンの武器として用いられるドルイド知識だが、その全てを肯定的に描いているわけではないのは、恐ろしい「テウタテスの巨釜」をみればわかる通りである。ドルイド文化のダークサイドともいえる血生臭い生贄《いけにえ》文化などについては、近代的視点から「邪悪なもの」と作中でしっかり線引きがなされているのだ。

エミリー・ウィズ・アイアンドレス

〜センパイポカリプス・ナウ！〜

Emily with Irondress

エミリー・R・スミス
Emily R. Smith

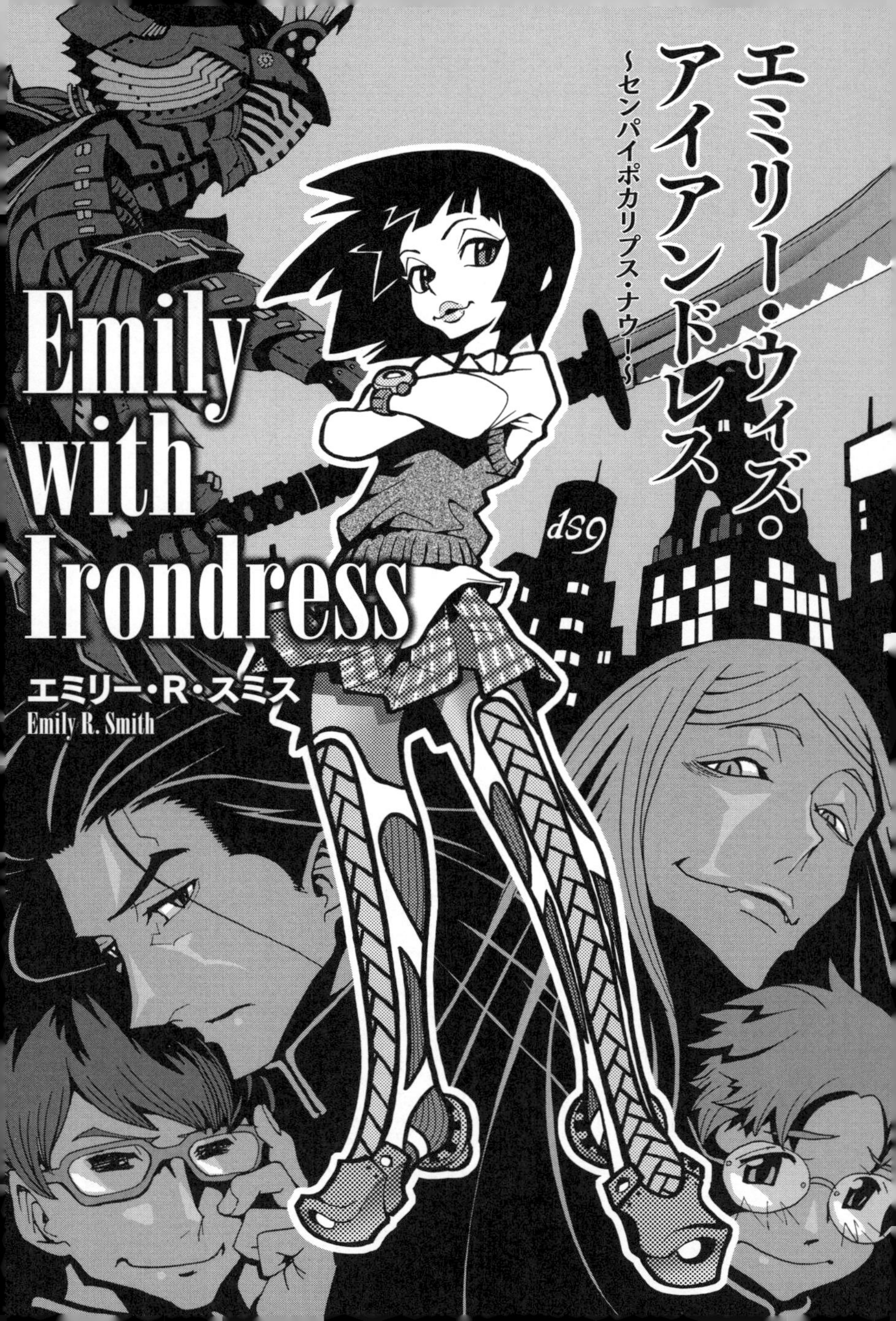

第27話　運命の慟哭《どうこく》

これを読んでる全ての人へ、こんにちは。私の名前はエミリー・ラスティゲイツ。オレゴン州ポートランド生まれ。高校二年生。父親は誰だかわからない混血で、母親の英語もスラヴ訛《なま》りだった。髪の毛は黒、肌の色は雪のように白くて、瞳の色はシャイニー・ジェットブラック。でもその奥にときどき、赤い炎のようなきらめきが走るから、クラスの皆は私のことを気味悪がる。私はべつにゴスじゃない。でも正直に言うと、スクールカーストの最下層で、誰にも相手にされなかった。でもそれは、私が、自分の本当の価値に気付いていなかっただけ。私の中の価値を信じる勇気が、ほんの少し足りなかっただけ。六ヶ月前、交換留学生として東京のシブヤ・センパイ・ハイスクールに転入した時から、私の錆《さ》び付いていた運命の歯車は回り始めた。私の本当の名前は、エミリー・フォン・ドラクル・イチゾク・ラスティゲイツ・ザ・ドーンブリンガー・M-22。数千万人に一人が持つ特殊遺伝子、ウンメイテキ・ジーンの持ち主であり、富士山の火口から攻め寄せてくる人類の敵、邪悪なカイジュウ・マインドに対抗する力を秘めた、この地球にとっての最後の希望、だった。……でも、センパイ、ごめん。私はもう、戦えない。

「エミリー=サン！　急いでアイアンドレスの操縦に戻ってください！　東京が崩壊しま

す！」トキヨシ＝センパイの声が通信機越しに聞こえてきた。彼は史上最年少で東京大学の機械工学博士号を取ったトワイライト・オニ機関の主任研究員で、今日は白衣にブルーセルの眼鏡をかけている。彼は研究机の上に密《ひそ》かに置いていた写真を見ながら、机を叩いた。「それに、君にもしものことがあったら！　私は！　私は！」

「もう無理よ！　もう戦えない！」私はコックピット・ハッチを内側から開き、耳を塞いで、泣きながら外に飛び出した。深い哀しみと無力感という名のエッセンスで満たされた、小さなダイヤモンド粒のような涙がいくつも、シブヤの空に散っていった。「GARRRRRRRRGH！」五キロ先の地点では、アポカリプス級カイジュウ「ボウリョク」がビル街を容赦なく破壊していた。

「待つんだエミリー＝サン！　途中で投げ出して、祖先に申し訳ないと思わないのか！」後方から、私を呼び止めようとするオニヤシャ＝センパイの厳しい声が聞こえた。オニヤシャ・タケシ＝サンはシブヤ・センパイ・ハイスクールの風紀委員長を務めるアルファ・センパイであり、オニヤシャ・コーポ社の御曹司《おんぞうし》であり、ウンメイテキ・ジーンを持つ選ばれし者だ。私とのニニンバオリ・システムで、この運命重機兵アイアンドレスを動かすパートナー・センパイだ。このアイアンドレスの正式名称は、ジュウ・ニ・ヒトエ。その見た目は黒いドレスのように繊細だが、驚くほどのしなやかさとスピードとパワーを持つ最高の機体だ。二本の美しいカタナをふるって戦う、全長五十メートルの私の鎧だ。でも、もう、終わったのだ。私は避難警報が鳴り響くシブヤ・シティを走りぬけ、シブヤ・センパイ・ハイスクールに向かった。

◆

事の発端は、三日前の朝にさかのぼる。遅刻しそうになっていた私は、トーストを食べながら高校へと走っていた。その時、私は見てしまったのだ。オニヤシャ＝センパイがロッカーの中から、一通のラブレターを取り出しているのを。それを離れた場所から見ていた私は、ショックのあまり心臓が音を立てて砕けそうだった。日本では、女子が男子に対して想いを打ち明けるとき、ロッカーの中にラブレターを入れておくのだ。そしてたいていの場合、その日のランチブレイクや夕方に、校内のどこか人気のない暗い場所に相手を呼び出し、直接的な行為に及ぶのである。私はラブレターを盗み見て、それが午後五時であることだけは突き止めた。

私は放課後になるとすぐに、センパイの後を尾行した。センパイは忙しく、五時ギリギリまで生徒会室で作戦会議を行っていた。そして運命の時間が訪れた。私は一足先に校門の外に出て、そこでセンパイを待っていた。そして彼がエントランスの時計台の下に姿を現した、その時……一台のバイクが私の横を通り過ぎた。それはトワイライト・オニ機関のイチゴ大佐だった。イチゴ大佐は二十六歳で、大人の魅力を持っているし、身長も一七〇センチある。彼女はオニヤシャ＝センパイの横にバイクを止め、何かを耳打ちした。きっと、愛の言葉を囁《ささや》いたのだろう。そして、花束を手渡したのだ。五時を告げる大時計が鳴り響き、オニヤシャ＝センパイは花束を持ってバイクの後ろに二人乗りした。二人は一台のバイクで走り去った。二人ともヘルメットを被り、表情はうかがい知れない。でも、きっと恋の喜びに満ち溢《あふ》れていたはずだ。

私は見つからないように、すぐに身を隠した。そして、呆然《ぼうぜん》と立ち尽くしていた。

……これが、三日前に起こったこと。次の日、私はセンパイに、昨日一緒に下校できなかったことを聞いてみたが、オニ機関関連で急な用事が入ったとしか答えてくれなかった。確かに、オニ機関の用事だと言われれば、私は何も言い返せない。私はオニヤシャ＝センパイにイチゴ大佐との関係を問い正すこともできず、私とセンパイの関係はギクシャクしたものになり、アイアンドレスの操縦も全くうまくいかなかった。そして、今日のこのありさまだ。私は愚かな負け犬だった。センパイの口からその事実を聞きだしてさらに惨《みじ》めな負け犬になるのは、絶対に嫌だった。

私は誰もいないシブヤ・センパイ・ハイスクールの二年S組の机に突っ伏し、静かに泣いていた。もうすぐ、ここもカイジュウに破壊され、私の体をその奥底に収めたコンクリートの柩《ひつぎ》に変わるだろう。もうそれでいい。全てが終わればいい。二十歳になったら全ての想いを打ち明けるというオニヤシャ＝センパイの約束の言葉は、そして私に対する気持ちは、ぜんぶ汚い嘘だったのだ。トワイライト・オニ機関も、しょせんは汚い大人たちが金儲けのために作った組織で、私は運命の糸に操られるだけのマリオネットなのだろう。もしかすると、オニヤシャ＝センパイも操られているだけなのかもしれない。でも、どうでもいい。もうやめだ。

「エミリー＝サン」その時、私を呼ぶ声が聞こえた。みんなもう避難して、誰もいないはずの校舎なのに。

「こんなところで、何をしてるんだい？」それはクラシック音楽のように落ち着いた深い声と物腰だった。薄いアイスブルーのストレート長髪。長身で容姿端麗。だけど私はそいつの本性を知っている。それは三年A組に転校してきた京都吸血鬼の一族、コウキ・イチゾク・イルカだった。彼は教室の戸口のところに立って、私に呼びかけていた。

「いまさら、私みたいな負け犬に何の用かしら?」私は涙を隠しながら、顔を上げた。私はこいつが嫌いだけど、それにしても、ちょっと言い方は冷たくて無作法だった。「こんなところにいたら、死んじゃうわよ。あなたも避難したら? いくら吸血鬼でも、カイジュウには勝てないでしょ?」

「君はここで死ぬつもりだね、オニヤシャ・タケシが、トワイライト・オニ機関のイチゴ大佐と特別な関係を持っているから」コウキは私の横に歩み寄り、少し強引に手首を掴んだ。「なんでそれを知ってるの……!」「僕はなんだって知っているよ。そして、それは君の誤解だと教えてあげに来たのさ」「誤解!?」

「僕もその時の様子を見ていたんだ。君が血相を変えて走り去っていくのもね。それから好奇心に突き動かされ、密かに彼のあとを追い、オニヤシャ・コーポの軍事基地へと潜入して、事の真相を確かめた。イチゴ大佐は多忙な彼をオニ機関のセメタリー・フィールドへと連れて行った。三年前のファースト・カイジュウ・アタックで戦い死んでいった犠牲者たちの追悼式典があったんだよ。そこでオニヤシャは、兄であるトチオの墓に花束を供えたんだ。ちなみにラブレターを出した女子は一年生のヨシコで、オニヤシャ・コーポのエージェントが、その日の午後のうちに断りのメッセージを伝えていた。この通り、彼は決して君を裏切ってなどいなかった。敵ながら、見事なサムライぶりだ」「そうだったのね！　でも……どうして私にそれを教えてくれたの？　また私を騙そうとしてるんじゃないの？」私は決して油断しなかった。「確かに、このまま君が誤解し、オニヤシャがカイジュウに無謀な戦いを挑んで死ねば、君の愛は自動的に僕のものになるだろう。黙っていれば勝てるのに、なぜこんなことをしたのか……」コウキは突然、私を抱き寄せ、キスをした。悔しいけど、打ちひしがれていた私の胸は突然の出来事に高鳴った。コウキは言った。「その理由は簡単だ。僕はタケシと正々堂々と決着をつけ、君を奪い取る。このような不戦敗で勝利を得ても、イルカ・イチゾクたる僕の名誉心を満足させることはできないからね」

（エミリー＝センパイ……！）廊下からは、ドアの隙間から一年アケバネ・キュウト＝クンが顔を真っ赤にしてそれを見ていた。彼は私のことを心配になり、勇気を振りしぼって校舎に戻り、二年S組の教室に来ていたのだ。アケバネ＝クンは私とコウキの仲を誤解し、ショックを受けて、誰にも気づかれないように声を潜めていた。もちろん私は、それに気づいていなかった。もしかすると、コウキはそれに気づいていたのかもしれない。だからこれ見よがしに、私を抱き寄せたのだろう。

悔しいけれど、コウキの行動は私にショックを与え、冷静な判断力をもたらしてくれた。私はコウキを振りはらうと、窓の外を見た。トワイライト・オニ機関のアビスマル・フリートから出撃したジェット戦闘機が、シブヤの空に何本ものトレイルと、ミサイルの爆発光を描いていた。「センパイと一緒に……シブヤを守らなきゃ……！」私は誤解に気づくと同時に、自分の使命を思い出した。でも、放置されたアイアンドレスまで走って帰っていたら、時間がない。トワイライト・オニ機関にピックアップを頼んでいる時間すら惜しい。ヴァンパイアの力を使うしかない。コウキならそれができる。彼は今までに何度となく、私を抱きかかえながら、軽々とビルからビルへと飛び渡ったのだから。

「私を運んで！　アイアンドレスのところまで！」「残念ながら、それはできないね」コウキは肩をすくめた。「どうして？　あなたの力なら、すぐに運べるはず！」「僕にとって大事なのは、オニヤシャ・タケシとのプライドをかけた勝負なんだ。だからシブヤが滅ぼうと、どうだっていい。そしてエミリー＝サン、いや、エミリー・フォン・ドラクル・イチゾク・ラスティゲイツ、君さえ僕のものになるならば、何千万の人間が死のうと気にしない」コウキの目が妖《あや》しく赤く輝いた。「そんな！」「それに、彼やトワイライト・オニ機関を直接助ける義理は僕にはない。行きたいなら、君一人の力で行くんだね」「間に合うわけないわ！　どれだけ離れてると」

「君も知ってるくせに。君自身がヴァンパイアの力を使えばいい。これが欲しいんだろう？」コウキはそう言うと、机の上に座って学生服を脱ぎ、自分の手首に尖《とが》った爪の先を突き立てた。真っ赤なルビーのような血が、コウキの白い肌に浮き上がり、教室の床にしたたり落ち始めた。私は全身に電撃が走ったように、身震いした。フォン・ドラクル・イチゾク。私の中に薄く流れている吸血鬼の眷属《けんぞく》の血が、私をそうさせるのだ。舌が砂漠の砂のように急激に乾いたような錯覚をおぼえて、私は今すぐにでもそれを吸いたい欲望にかられたけど、自制心でなんとかおさえた。

「どうした、オニヤシャを助けたくないのかい？」コウキはそう囁いた。手首から指先を伝い、ポタリ、ポタリと床に垂れるコウキの血の音が、まるでスネアドラムみたいに大きく聞こえ始めた。それは、上空を飛び越えてゆくジェット戦闘機のエンジン音もかき消すくらいの音量で、私はもう他のことが考えられなくなっていった。私は意を決して、床に座り込み、コウキの細い手首を掴んで、ゴクゴクと血を吸い始めた。でもそれは誘惑に負けたからじゃない。これしか方法が無いからだ。

（そんな……エミリー＝センパイ……！）廊下ではアケバネ＝クンがその一部始終を覗《のぞ》いていた。でも教室は暗くて、廊下側から私の姿はよく見えない。アケバネ＝クンはきっと本格的に何かを誤解し、走り去っていった。でも私は、何も知らなかったのだ。私は頭の中が真っ赤に染まり、何も聞こえなかった。ただ、ごくごくと血を吸い上げる喉の音と、コウキの心臓の音だけが私の頭の中で鳴り響いていた。古き眷属の血は数百年もののワインのように濃く、甘く、私の喉にからみつくようだった。

私の両目は赤く輝いていた。コウキはその危険で妖艶《ようえん》な美しさに見惚れ、ぞくぞくと身震いしていた。いつまでもそれを吸い上げ続けたい欲望に駆られたが、私は自分の使命とセンパイへの想いでそれを、振り切った。私は目を見開き、コウキの腕を放り捨てるように振りはらい、三歩後ろに下がって深呼吸をした。こんなところで堕落したら、センパイを裏切ることになってしまう。そんなことは絶対にできない。「なんという自制心だ、驚いたよ」コウキは自分の傷跡を舌先で舐《な》めて塞ぎながら、サディスティックにそう言った。

「こうして、またうまく血を呑ませたってことよね。どう、企み通りになって、いい気分？」背徳行為を終えた私は、口をぬぐいながら、苦々しい表情で言った。いつもなら絶対に口にしないような、棘々《とげとげ》しい言葉だった。教室の後ろに掲げられたキリスト磔刑像《たっけいぞう》が、私を咎《とが》めているようだった。「いいや、これは君が望んだことさ。僕は何も仕組んでなんかいないよ」「次は絶対に呑まない、あなたがどんなに卑劣な罠をしかけてきたって」「君はたしか、前もそう言ったよね？　アハハハハハハ！」コウキは額に手を当て、のけぞって笑った。私は全身にヴァンパイアの力がみなぎってくるのを感じた。コウキの血を飲むことで、私は十分間だけ、古きフォン・ドラクル・イチゾクの力を使えるのだ。でも私はこれまでに、五回もこいつの血を飲んでいる。十三回目の血を飲んだ時、私は身も心もこの残酷な吸血鬼の奴隷となってしまうのだ。

「あなたの誘惑には二度と負けないわ、アイアンドレスで戦う使命があるから！」私はそう言い残し、ヴァンパイアの力が残っているうちに、教室の窓を開け、そこから飛び出した。高さ十メートルもの距離を、怪我《けが》一つすることなく、いとも簡単に着地した。「タケシが君のことを待っていてくれればだけどね！　アーッハハハハハハハハハ！」教室ではコウキの笑い声がずっと響いていた。私はそれに構わず、黒い風のようになって走り出した。彼方ではジェット飛行機の編隊がカイジュウの周りを旋回しながら銃撃し、次々に撃墜されていた。世界の破滅はあと一歩のところまで迫っていた。

◆

夕暮れが近づく中、私はビルからビルの上を飛び渡り、最短距離でアイアンドレスまで走って行った。太陽が地平線の彼方に沈み、死にゆくにつれて、私の中の吸血鬼の力がどんどん強まっていくのがわかった。私は吸血鬼の力に負けそうになった。それと同時に、不安と胸騒ぎが私の中でどんどん強まっていった。前方の交差点に、放置されたアイアンドレスが見えた。もし、オニヤシャ＝センパイがもう避難していたら、どうしよう。そんなはずない、きっと待っていてくれる。でも、あれから一時間近く経っている。（タケシが君のことを待っていてくれればだけどね！　アハハハハハハ！）コウキの笑い声が、私の頭の奥で残響する。私の心を闇が覆い始め、私は本物の吸血鬼に変わってしまいそうな不安感に怯えた。

その時、はるか前方から聞こえたセンパイの声が、私を正気に繋ぎとめてくれた。「エミリー＝チャン！」「センパイ！　待っていてくれた！」「当たり前だ！　地球最後の希望を、そう簡単に見捨てるものか！」私が見上げると、オニヤシャ＝センパイがコックピットから手を伸ばしているのが見えた。センパイの鴉《からす》のように黒い長髪が風に揺れ、私を終末の戦争へと手招きしているような、複雑なパターンを空に描いた。もう恐れるものは何もない。センパイと一緒ならば。私は呪わしいヴァンパイアの力を解放して高くエレガントに跳躍し、アイアンドレスの膝《ひざ》を蹴って、コックピット前に達し、センパイの手を摑んだ。センパイは私を怖がることなんてなく、力強くコックピットの中へと引き上げてくれた。レバーを握る。両手が重なる。

私たちのジュウ・ニ・ヒトエは、動力機関とピストンの唸りを上げて再び立ち上がった。

「GARRRRGH!　GARRRRGH!　GARRRRGH!」ボウリョクは、五重の防衛バリアで守られたシブヤ・センパイ・ハイスクールの外壁を殴り続けていた。すでに第二層にまで到達している。許せない。私とセンパイは気持ちを一つに重ね合わせ、アイアンドレスを操縦し、全速力で突き進んだ。ガシュン!　ガシュン!　ガシュン!　ガシュン!

鋼鉄の機体は怒りに満ちた重々しい足取りでボウリョクの背後に回りこみ、ボタンを押して、ありったけのミサイルを一斉射出した。ものすごい爆発が起こった。でもそれは、アポカリプス級カイジュウの岩のように硬い装甲をいくらか削り取っただけだった。ここまではもちろん想定内。センパイ・ドライブの力を充塡《じゅうてん》した二本のカタナで、直接戦闘を挑まなければならないのだ。ピピピピピピピピ。レーダーが警告を告げる。爆煙を抜けて、カイジュウが襲いかかってくる!

「来るぞ!　エミリー＝チャン!」「ハイ!　センパイ!」私たちは衝撃に備えた。カタナは最後の最後まで温存しなくてはいけない。「GRAAAAGH!」体表を赤熱させたまま、ボウリョクが飛びかかってきた。身長四十メートルのアイアンドレスが揺らぐほどの衝撃だった。私とセンパイの体も、コックピットの中で激しく揺さぶられた。でも、アイアンドレスは持ちこたえた。

　私たちはレバーを動かして反撃を繰り出した。左右の三連続の重いパンチを、ボウリョクの分厚い胸板に叩き込んでいく。「GAAAAARGH!」ボウリョクは凄まじいほえ声を上げながら、一歩ずつよろめき、後ずさっていく。私たちは敵を追い詰めていく。ボウリョクは後ろに下がって体勢を立て直そうとしたけど、それは私の思う壺だった。破られていた防衛バリアが復活し、ボウリョクの退路を奪ったのだ。「GAAAARGH!?」「今だ！」「ハイ！」私たちはレバーを動かし、たたみかけた。重い左右のパンチを六連発で叩き込んだ。ボウリョクは硬かったが、バリアの壁と鋼鉄のパンチに挟まれて、まるでサンドバッグみたいになすがままだった。

私たちは一気に勝負をつけようと、機体の脛《すね》から二本のカタナを抜いた。でも、ボウリョクは予想以上に強力だった。私たちが抜刀する一瞬の隙をついて、頭突きを食らわせてきたのだ。アイアンドレスは体勢を崩し、よろめいた。「GARRRRGH！」さらに、ボウリョクの連続パンチが機体を揺らした。レッドアラートが鳴り響き始めた。アイアンドレスは不安定な姿勢のまま、カタナを振るった。でも、これまで全てのカイジュウを切り裂いてきた二本のカタナは、ボウリョクの体を覆う黒い岩の鎧にはじき返されてしまったのだ。私とセンパイは驚きのあまり、目を疑った。

「大変です！　カイジュウ・マインドは恐るべき進化をとげていたようです！　前回の戦いから学び、その鎧に関する遺伝子を進化させたに違いありません！　この硬度の鎧は、現在の我々の科学力では破れません！　現在の装備で勝利できる確率は……〇・〇一％です！」シブヤ上空を飛ぶオニヤシャ・コーポのアビスマル・フリートの母艦内、トワイライト・オニ機関の司令本部では、トキヨシ＝センパイがもう解析結果を弾き出していた。「お願いです！　撤退してください！」

でも、遅かった。「GAAAAAARGH！」ボウリョクは私たちの努力をあざ笑うようにカタナを薙《な》ぎはらうと、強烈な体当たりを食らわせてきたのだ。アイアンドレスはよろめいて、片膝をついた。ボウリョクは何発も何発も繰り返し、防御姿勢も取れない可哀想なアイアンドレスを殴りつけ、蹴りつけた。最後は体を大きく回して、ワニのように尻尾を振るった。アイアンドレスは二百メートル近く吹っ飛んだ。ものすごい衝撃だった。私たちのジュウ・ニ・ヒトエは外装をぼろぼろに破壊され、シブヤ・ビルに背を預けて座りこみ、糸の切れたマリオネットのように、ぐったりと項垂《うなだ》れた。砕けたコンクリート片が、フッと吹かれたベビーパウダーみたいにあたりに立ち込めていた。「GARRRRRRRGH！」私たちにとどめを刺すために、ボウリョクが唸《うな》り声をあげて突き進んできた。絶対に許せない。私はモニタ越しに睨《にら》みつけた。

「だめだ、今持っている武器も、これまでの戦闘データも、いっさい通用しない。あと一撃食らえば、アイアンドレスは爆発する……！」オニヤシャ＝センパイはハッチを開いた。私を助けるために。「何をしている、せめて君だけでも脱出するんだ。僕はここでハラキリする」「敵の体組成データを解析したわ、心臓部分が弱点よ」でも私は諦めず、すばやく敵の弱点を解析して、それをセンパイに伝えた。「……了解だ、ありがとう。なんて勇敢で聡明なんだ。さすがは……ドーンブリンガーだね」彼は少しだけ驚き、それから、私に対して優しく微笑《ほほえ》みかけた。初めてだった。あの厳しいオニヤシャ＝センパイが、私のことを褒めてくれるなんて。

「ハイ、センパイ！」私は嬉しさで思わず泣きそうになって頷いたあと、そう返事した。あと少しでこの世界が滅びてしまうかもしれないのに、私は笑っていたのだ。

運命重機兵ジュウ・ニ・ヒトエは項垂れ、座り込んだままだった。ボウリョクは邪悪な笑みを浮かべ、私たちに一気にとどめを刺そうと、地響きを轟《とどろ》かせながら迫ってきた。黒い岩の蹄がアスファルトを割り砕き、子供の遊ぶオモチャのように車を踏み潰し、美しい松の街路樹や大きな石灯籠《いしどうろう》を破壊し、電柱や電線や鳥居を軽々と引き倒した。

私たちはまだ諦めてなどいなかった。立ち上がる代わりに、すぐ近くに転がった二本のカタナを摑んでつなぎ合わせ、一本の長いヤリを作った。敵はそれに気づかず、突き進んでくる。コックピットの中で私とセンパイは両手を重ね、モニターを見て、狙いを定めた。ピピーピピピー。照準マークが光り、迫ってくるボウリョクの体に重なる。まだだ。もっとひきつけるんだ。センパイの手が熱い。ニニンバオリの鼓動が私の背中に伝わってくる。まだだ。一インチも過たず、分厚い岩の装甲の間を抜けて、敵の心臓を貫くんだ。私たちは手を重ね合わせ、叫び、同時にレバーを引いた。ボウリョクが飛びかかってくる。私たちのアイアンドレスは顔を上げ、最後の力を振り絞って、斜め上方へと勢いよくヤリを突き出した。

「GARRRRRRRRRRRGH！」突き出された槍が、ボウリョクの心臓、その真ん中に突き刺さった。ボウリョクのかぎ爪は、私たちのジュウ・ニ・ヒトエの顔の先、一インチの場所で振り回され、空を切った。私はとっさにボタンを押して、ハッチを閉じた。次の瞬間、この巨大なカイジュウの心臓から凄まじい鮮血が吹き出して、シブヤ・ディストリクトを真っ赤に染め上げた。アイアンドレスの漆黒《しっこく》の機体も、コックピットの視界も、なにもかも、一面真っ赤に染まった。私とオニヤシャ＝センパイは、勝利の喜びに満ちあふれ、勢いで熱いキスをかわしていた。

私は目がうるみ、頭が熱くなり、コックピットの中の風景がにじんで、無数のピンク色のシャボン玉が飛んでいるように見えた。私たちはすぐに気づき、顔を離し、互いに頬《ほお》を赤く染めて、見つめ合った。センパイは風紀委員の立場を思い出し、ためらった。彼は厳格なサムライの血筋で、婚前交渉はセプクものだ。でも私たちは、正直な衝動に背中を押されるまま、もう一度口づけをかわし、アイアンドレスの操縦レバーを握った。確かに、私たちは人類の最後の希望だし、厳格なしきたりも大切なものだろう。でも、こんな時にまで自分の本当の感情を押さえつけるのは、良くないことだ。これこそが、私がシブヤ・センパイ・ハイスクールで学んだ、もっとも大切なことだった。私たちには皆、特別な価値がある。でもそれを無理に押さえつけたり、怖がっていたら、何も得られないのだから。

アイアンドレスは槍の柄をひねった。ボウリョクの心臓が抉《えぐ》られ、切り裂かれ、槍の穂先が背中側にまで貫通し、それがとどめの一撃になった。カイジュウの口と背中からナイアガラの滝のように血が吹き出し、シブヤの街路という街路を洗った。ボウリョクは項垂れて動かなくなり、アイアンドレスもエネルギー切れを起こして、立ち上がれなかった。トワイライト・オニ機関の回収チームが到着するまで、あと一時間はかかるだろう。私とセンパイは血のカーテンで覆われたコックピットの中で、それを待っていた。アイアンドレスとカイジュウの死体、そして長い槍が、偉大な戦争の英雄像のように夕陽に照らされていた。こんなところをオニ機関の人に見つかったら、どうなってしまうだろう。もうレバーを握っている必要はなかった。私とセンパイの胸の中では、心臓が今にも爆発しそうなほど高鳴っていた。センパイ、もしかして今日こそ、私の気持ちに……。

【第27話　運命の慟哭　終わり】

解訳説者

エミリー・ウィズ・アイアンドレス〜センパイポカリプス・ナウ！〜

Emily with Irondress

作者：エミリー・R・スミス（Emily R. Smith）。その他のプロフィールは全て不明

◆シリーズ解題

「エミリー・ウィズ・アイアンドレス」は、エミリー・R・スミス（以下「エミリー」と表記し、作中のエミリーは「ラスティゲイツ」と表記）の手によるハイスクール・ロボットアクション・ヤングアダルト小説である。「アイアンドレス」シリーズを執筆する以前、エミリーは二次創作小説ばかり書いていた。日本のヤングアダルト向けマンガやアニメ、および米国のヴァンパイアものドラマなどである（独白集の中で、Twilight や Buffy the Vampire Slayer の名前が挙げられている）。所謂《いわゆる》「メアリー・スー系小説」と呼ばれる二次創作作品群である。

今回、膨大なシリーズの中から第27話を選んだ理由としては、主要キャラがほぼ登場した状態であること、またエミリー・シリーズのエピソード構造の典型であることが挙げられる。まずは冒頭を見てみよう。ほぼ毎回、微妙に表現を変えながら、エミリー自身の語り（ほぼ全てが外見的特徴）から始まるのは相変わらずであり、メアリー・スー系小説の典型とも言えるだろう。エ

ピソードの基本的なフォーマットは「エミリーの日常Aパート（恋愛など）」「カイジュウが出現する」「エミリーの日常Bパート（葛藤《かっとう》など）」「カイジュウを倒す」「賞賛され、いずれか一種のセンパイとの恋愛度が向上する」というパターンだ。Aパートが存在しない場合もある。三角関係や誤解などによって、いずれか一種のセンパイとの関係に危機が訪れることもあるが、それは基本的に一話のうちに回収され（または忘れ去られ）、シメの部分では必ずラスティゲイツにとって好都合で幸福な結末が訪れるため、シリーズを通読してゆくと独特のケミカルな高揚感を得られる。モヤモヤが次の話に引き継がれることは絶対にない（少なくともラスティゲイツの中では）。

さて、先ほどメアリー・スーという表現を出したが、厳密な定義によれば、アイアンドレス・シリーズはメアリー・スー小説ではない。確かにラスティゲイツは作者のメアリー自身と同じ名前を持ち、極めて彼女にとって都合よくストーリーが展開してゆくが、この小説はエミリーの一次創作小説であるからだ。アイアンドレスの背景となる世界は、エミリー自身が愛好してやまないという日本のマンガやロボットアニメや女性向けハーレム系恋愛シミュレーションゲーム、および欧米のヴァンパイアものをミックスしたものだが、もはや原形をとどめないほどにマッシュアップされており、二次創作とは呼べないほどのオリジナリティを獲得するに至っている。エミリー・R・スミスは自分自身の写真はもちろん詳細なプロフィールを何ひとつ公開しようとしないので、彼女自身がどこまで自覚的にかつ客観的にこの「アイアンドレス」シリーズを書いているのかを含め、その詳細が語られる日が来るかどうかは定かではない。

◆エミリー・シリーズの重要キャラクター紹介

・エミリー・フォン・ドラクル・イチゾク・ラスティゲイツ・ザ・ドーンブリンガー・M–22（Emily von Dracul Ichizoku Rustygates the Dawnbringer M–22）：本シリーズの主人公。高校二年生。オレゴン州ポートランド生まれの十七歳の少女。黒髪で雪のように白い肌。身長一四二センチ。瞳の色はシャイニー・ジェットブラック。趣味は日本のゲームとアニメコンテンツの視聴。ステイツの高校ではカースト最下層の暗黒学生生活を送っていたが、交換留学生として東京のシブヤ・センパイ・ハイスクールに来たことから、彼女の人生は一変する。

・オニヤシャ・タケシ（Takeshi Oniyasha）：オニヤシャ・コーポの御曹司。サムライの血を引き、礼儀正しく、厳格。生徒会のアルファ・センパイを務める、正統派のスゴイ・ハンサム・エリート。高校三年生。エミリーに特別な好意を寄せているが、責任重大かつ学内風紀の規範たらねばならぬアルファ・センパイの立場上、最後の一歩を踏み出せずにいる。エミリーと同様、数千万人に一人と言われる特殊遺伝子「ウンメイテキ・ジーン」を持ち、カイジュウ・マインドに対抗するオニヤシャ・コーポの巨大ロボット兵器「ジュウ・ニ・ヒトエ（アイアンドレス）」のテストパイロットを務める。「ジュウ・ニ・ヒトエ」の操縦はニニンバオリと呼ばれる特殊制御システムによってなされるため、もう一人の「ウンメイテキ・ジーン」の保有者がどうしても必要なのだ（のちにストーリーの都合上、エミリー一人でも辛うじて動かせるようになる）。パイロットは必ずしも男女ペアである必要はなく、シリーズ中盤以降は男同士で操縦されることも珍しくない。エミリーが恋を寄せ続ける本命のメイン・センパイであるが、彼はいつもエミリーの気持ちに気づいてくれない。

・トキヨシ（Tokiyoshi）：二十二歳。白衣にセルフレーム眼鏡のテンサイ・ハンサム。神経工学博士号と機械工学博士号を持ち、トワイライト・オニ機関でアイアンドレスの整備とセンパイ・ドライヴ理論の研究を行っている。しばしばパイロットのヘルスチェックや神経接合系のテストなどを行う。一見クールだが、戦闘時になると熱が入り、的確な戦況説明を行いつつ、エミリーを励ましてくれる。

・コウキ・イチゾク・イルカ（Iruka Ichizoku Kouki）：イルカ・ヴァンパイア一族の尊大な若者。魔性《ましよう》のデッドリー・クール・ハンサム。キョート修学旅行中にカイジュウ・マインドの放ったデス・ミニオンによる殺戮《さつりく》の中からエミリーを救い出し、彼女が強大なるスラヴ・ヴァンパイア一族のダンピールの末裔《まつえい》であり、それゆえ自分と結ばれる運命にあることを告げる。エミリーが東京に戻ったため、彼自身も転校してきて、エミリーがピンチに陥るたびに助けてくれるが、その代わりに自分の血を飲むよう狡猾《こうかつ》に要求する。十三回目の血を飲んでしまった時、エミリーは完全な吸血鬼となり真のヴァンパイア・パワーを手にするが、彼とケッコンしなければならないのだ。のちにコウキも「ウンメイテキ・ジーン」の持ち主であることが明らかになる。

・アケバネ・キュウト（Kyuuto Akebane）：高校一年生。年下のカワイイ・ハンサム。身長一四六センチで、いつもクラスの仲間から低身長をバカにされている。ゲームセンター「サイバーチャン」でエミリーと出会い、一目惚れするが、シャイなことと低身長コンプレックスから、なかなか思いを打ち明けられない。頭髪の色はクリーム色で、瞳は群青色。これといって秀でた点などはないが、エミリーを愛してやまない。メガネを外すと視力がほとんどないため、時折エミリーにいたずらされる。のちに「ウンメイテキ・ジーン」の持ち主であることが明らかになる。

・ヤコウセイ（Yakousei）：カイジュウ・マインドがシブヤへと密かに送り込んだ少年型エージェント。褐色で野生的なワイルド・ハンサム。高校三年生。シブヤ・センパイ・ハイスクールに転入し、オニヤシャ・コーポとエミリーの秘密を探ろうとする。カイジュウたちを惨殺してきたエミリーに対して並々ならぬ憎悪を抱いている。しかし最終的にはエミリーに特別な好意を寄せる。のちに「ウンメイテキ・ジーン」の持ち主であることも明らかになる。

・タク（Taku）：高校二年生。同級生。ハーフ。バカ。そんなにハンサムではないがいい奴。野球部に所属する引き締まった体の丸刈りスポーツマン。ゲイだと誤解されており、エミリーから何度となく恋の悩みなどを打ち明けられたり、寮の部屋に泊まって夜通し相談を持ちかけられたりする。実はゲイではなく、エミリーに特別な好意を寄せているが、スポーツマンシップ・ユウジョウの力でそれを自制している。のちに「ウンメイテキ・ジーン」の持ち主であることも明らかになる。

・ジェシカ（Jesica）：エミリーとともに転校してきた、チアガール部のハニービー。かつてはエミリーを見下し、ステイツの高校では女王として君臨していたが、シブヤにはチアガール部が存在せず、また奥ゆかしさを重視される日本では全くちやほやされないため、クラス内での存在価値は空気に等しい。主にエミリーのかませ役として登場する。忘れ去られたのか、シリーズ中盤以降はそもそも滅多に登場しない。終盤にかけてまた登場し、エミリーと和解し、最終的にはエミリーに特別な好意を寄せる。「ウンメイテキ・ジーン」の持ち主であることも明らかになる。

・その他のハンサム：エミリー・シリーズには、これ以外にも数十種類の異なるタイプのハンサム・センパイが登場し、皆エミリーに特別な好意を寄せる。

◆エミリー・シリーズの重要キーワード集

・センパイ（Sempai）：いわゆる「先輩」の意味で使われるとともに、回を進めるにつれてその意味が拡張され、機動戦士ガンダムにおける「ニュータイプ」あるいはスターウォーズにおける「ジェダイ」の意味をも含む、極めて神聖で強大な存在を示す単語として使われるようになってゆく。センパイを束ねるリーダー的存在の「アルファ・センパイ」、失恋などによってカイジュウの暗黒面に堕ちてエミリーを攻撃する「ダーク・センパイ」、人間を偉大なセンパイたらしめる精神的元素「センパイ・エレメンタル」、エミリーを常にアドバイスし励ますべくカイジュウ・マインドに対抗して生み出された集合的センパイ無意識ＡＩ「センパイ・マインド」、光の

センパイと闇のセンパイの最終決戦の日である「センパイポカリプス」（割と何度も訪れる）など、
その意味は様々に分化拡張してゆく。

阿弥陀6
AMIDA Ⅵ

スティーヴン・ヘインズワース
Steven Hainsworth

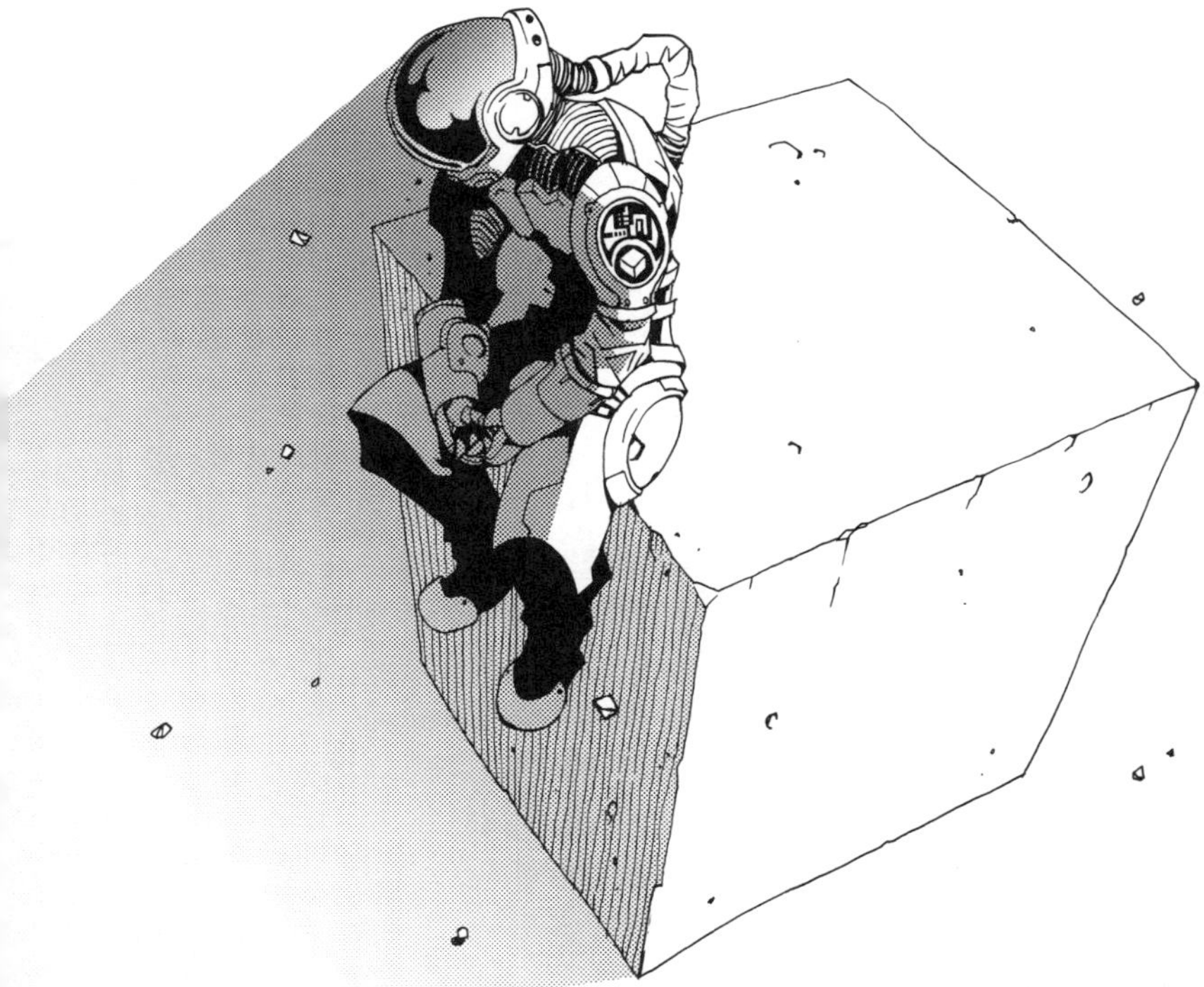

オカノタノシヤ……ユカリノソノニ……ミトモコノヒト……コイノミズクニ……

「んん」

フロストの目を覚まさせたのは、年代物のレディオから微かに聞こえる雅楽《ががく》のサウンドだった。視界の横を、小豆《あずき》ゼリーのパックが漂っていった。銀色の容器は壁に跳ね返り、同じ速度でフロストの後ろへゆっくりと消えていった。

「待った。待った。今何時だ」

欠伸《あくび》を嚙み殺し、右横の計器類を手さぐりする。「13：22昼」と書かれた表示が優しく明滅している。彼はカレンダーに印をつけた。日課なのだ。二二七七年、三月十四日。とうに使われてないキリスト教暦に換算した日付を、この船はカウントし続ける。

再び跳ね返って接近してきた小豆ゼリーのパックをうまくキャッチし、容器を満たす甘い液体を口をすぼめて啜《すす》った。

オカノタノシヤ……ユカリノソノニ……運営に苦労していませんか？　ならば、ユタカの理論へのコミットメント！　これまでのデータでも、顧客の皆さんの実に99・2％が効率改善を実感……ミトモコノヒト……コイノミズクニ……

「畜生！　せっかくの夢子チャンの歌が台無しじゃねえか！」

フロストは飲み干したパックを握りつぶして放り捨てた。逆さまになりながらレディオのツマミを操作し、混線してきたコマーシャル・プログラム短波を排除しようと務める。無駄な努力だった。シズオカ・ソラ宙域に新たに配置された宣伝スフィアの電波は相当に強力だ。ゴテゴテと宣伝パネルを貼り付けた醜怪な鋼鉄の球体はここからも視認できる。

「毎日！　毎日！　毎日！」

フロストは叫び、その場でぐるぐると回転した。ここでの暮らしもだいぶ雑になってきた。当初は規則正しい生活と筋力トレーニングを心がけていたフロストだが、閉塞感が彼を怠惰《たいだ》に走らせた。宇宙服の下で彼の身体は徐々に怠惰なフォルムになっていった。

滞在期間はきっかり四ヶ月。彼ただ一人で、駒木野《こまきの》コーポ所有の豆腐ステーション「阿弥陀《あみだ》6」を保安管理し続ける。彼以外の人間との接触のチャンスといえば、三ヶ月目に一度だけ訪れる、老婆の行商人だけだ。割のいい仕事ではあった。なにしろ対人ストレスが皆無だ。しかしそれはそれで別の苦痛がある。閉塞感と時間が停止したような感覚。すがるべきものが何もない。重力も、時間も、他者も無い……。

「阿弥陀6」の建造年代ははっきりしていない。ロシア製のステーション「コペイカ」に似た二重スピンドル構造を持っているが、曲線の処理はずっと手が込んでいた。一方で内装設備はところどころ歯抜けのように未実装の機能がある。ブースター付近にはブディズム国家である日本との関連を思わせる巨大なマニ車がほとんどランダムに配置され、推進剤噴射の余波で重苦しく回転する。マニ車はくすんだ金箔で覆われている。

フロストに信仰はない。それでも、マニ車を清掃する時、彼は何ともなく、厳粛な気持ちにはなる。それは彼がよく知らない遠い歴史への畏怖であり、敬意である……。

「そろそろ始めるか、なあ、ディンク」

フロストは観念して身体を伸ばし、壁に取り付いた半球のドロイドに話しかけた。

「ティク・トン・トン・ティクティク」

ドロイドは等間隔で配置された四つのLEDアイを明滅させて応える。

フロストは必要とされるメンテナンスを前にして、気が進まず、仮眠を挟んでいた。しかしあまり長く放置すれば本社にアラートが送信されてしまう。いよいよ尻に火がついた。さほど困難な作業ではないが、彼は豆腐を疎《うと》ましく思い、憎んでいた。或いは、恐れてもいた。

フロストは壁を蹴った。自動ドアが開き、通路に誘う。八対の短い足を小刻みに動かしてついてくるディンクと共に通路を真っ直ぐ進みながら、フロストは壁に設けられた監視窓を横目で見る。

窓の中は浸漬液で満たされている。この壁の向こう側の空間が一個の巨大な水槽《ヴァット》なのだ。浸漬液の中には等間隔で「芯」となる微細な人工蛋白《たんぱく》の種が浮かんでいる。ごく小さい欠片《かけら》で、ほとんど問題にならないサイズだ。それらを中心に、豆腐は結晶化する。水槽の中には既に日数が経過した「豆腐の種」も存在している。このまま奥へ行くほどに「年長者」だ。最終的に豆腐は一メートル立方体にまで成長する。それらを収穫し、ケースに梱包《こんぽう》する。ケースを和紙でくるみ、純金が含有された飾り紐で結び、「賀正」の漢字を捺印《なついん》する。これで「駒木野の豆腐」の出来上がりだ。

駒木野の豆腐は高蛋白で、味に優れ、毒素を体外へ排出すると信じられている。不老の迷信すらもついてまわる。ブルシットだ……フロストにとって、それは気味の悪い生成物、厄介《やっかい》なオカラを日がな排出し続ける厄病神でしかない。

阿弥陀6の豆腐生成システムはブラックボックス化しており、同じものはこの銀河にもはや二つとない。人工蛋白の粉末をニガリと呼ばれる浸漬液の中で循環させて、長い日数をかけて徐々に結晶を作り出す。阿弥陀6の大掛かりな機械がそれをやってのけるが、他の宇宙ステーションで同じような浸漬液、同じような水槽を用意しても、どういうわけか豆腐にはならないのだという。

ゆえに、裕福な者達がこぞってこのブランドを求める。ヴィクトリア時代の長い卓を家族で囲み、駒木野の豆腐にソイを垂らして食べる……それは、ヘリウム3の相場で儲けた所謂「燃料貴族」、月の紛争で儲けた「軍貴族」、スペースコロニーの移民問題で儲けた「奴隷貴族」……そうした成金たちの、格好のステータス誇示の手段なのだ。

「ブルシットだ」

フロストは口に出して呟いた。通路の突き当たりまで来ていた。左を見ると、収穫三日前の、ほぼ成長しきった豆腐がガラス越しに見えた。あれをフロストが食べたことは当然無い。システムの操作方法も彼にはわからない。彼はただの清掃員であり、保守管理の責任者でしかないのだ。

「ブルシット。ブルシット」

ディンクがフロストの足元で復唱した。フロストはパネルに手のひらを当てて認証を行い、二重隔壁へ進んだ。

「真空状態を警告します」

耳元でガイド音声が聞こえる。フロストは欠伸をした。背後で隔壁が閉じ、前方で隔壁が開くと、そこはもう宇宙の闇だ。タラップを蹴って、飛び出す。手首からワイヤーを射出する。照準は自動化されている。ワイヤー先端部が阿弥陀6のフックを噛み、フロストがそのまま闇の中へ呑まれてデブリ化する運命を妨げる。一方、ディンクは阿弥陀6の船体を這《は》うように移動する。器用なものだ。

ゴン、ゴン。スーツをくぐもった音が伝わる。フロストは圧縮空気を小刻みに噴射した。マニ車はゆっくりと回転している。マニ車は巨大で、距離感が摑めない。誰も見るもののない宇宙の果てで、功徳《くどく》を積み続けるのか。

オカノタノシヤ……ユカリノソノニ……ミトモコノヒト……コイノミズクニ……

再び音楽が聞こえてきた。フロストはワイヤーの引き金を引いた。ワイヤーは巻き取られ、フロストの身体は船体に取り付いた。すぐ側をディンクが這って行く。

「いいぞ」

フロストは呟き、そのまま数メートル横に移動する。三十センチほどのハッチを手探りで見つけ、ハンドルをひねると、ハッチがスライドし、黒い油に塗れたタコメータが露出した。

「こいつはひでえな」

フロストは閉口した。ディンクが這い寄り、先端部から小型のアームを延ばす。アーム先端部にはシリコンの繊毛《せんもう》で覆われたマニピュレーター。官能的ですらある。ディンクはＬＥＤを明滅させてフロストに合図し、黒い油をブラシで洗浄してゆく。ハッチのすぐ横、「汚い」と表示されたインジケータが変色し、緑の「清浄」の表示に置き換わった。フロストはディンクを下がらせ、目視でタコメータと付随する部品類を確認する。おそらくこれでまともに動くようになった筈《はず》だ。だが彼が対処しなければならないのは厳密にはこれではなく……もっと大掛かりなものだ。つまり、オカラである。

この計器類の故障が原因となって、前回のオカラ船外排出は散々な結果に終わった。彼は後ろを振り返った。そして、キラキラと輝くガス状のそれを見た。憎きオカラを。あの忌々《いまいま》しい雲の百倍の量が阿弥陀6の周囲に立ち込め、ひっきりなしにアラートを鳴らした。電磁ネットや振動分離装置、最終的にはバケツすらも使って、デブリ化しつつあるオカラを除去した（結局、最後にものを言うのは、手摑みや、手摑みに準ずる手段だ。宇宙時代華やかなりし現在も、人類は二足歩行哺乳類の呪縛に囚われ続けているという事か）。ぞっとするような体験だった。凍りつくような宇宙に己を漂わせ、自分の生命の値段よりも高い植物のカスを必死にかき集める姿は滑稽でならなかった。フロストは豆腐を憎んでいた。

オカノタノシヤ……ユカリノソノニ……。そこで音楽が途絶えた。広告電波の割り込みでもなかった。フロストを取り巻く真空地帯に……本来そうであるべき静寂が……訪れた。

フロストはキョロキョロと首を動かした。太陽の方向を見た。三分の一が地球の陰になっている。燃える指輪のようだ。少し不可思議と言ってもいい静寂だった。フロストは不意に、自分はそもそも立ち入りを許可されていない場所へ傲慢《ごうまん》にも足を踏み入れているのではないかという疑念を抱いた。管理局に？　否。もっと大きな、得体のしれない、何らかの知性にだ。そのものは、人間が宇宙に出て行く事それ自体を歓迎していなかったのではないか。

それは数百年前のヴィデオ・ゲームにも似ている。アヴァターを世界の果てに向かって動かし、延々と旅させ続けると、やがて真っ黒な虚無に接触する。製作者が想定していない世界の果てに。データは未整備で、物理法則は定義されておらず、狂ったドット・タイルが拡がるばかり。

フロストは慄《おのの》いた。ここには何もない。重力がない。人がない。音がない。空気がない……。何もない。無限の落下が始まった。

「ああ……ああああ、あああ」

落下速度は加速していく。際限なく。フロストは声なき悲鳴を上げる。手足の感覚が失われる。気が付くとフロストの身体は阿弥陀6から離れていた。

カラカラカラ……カラカラカラカラ。

その時彼は、聞こえるはずのない音を聞いた。それはマニ車の回転音だった。そして鐘の音を聞いた。宇宙の真空が波打った。フロストは再び太陽の方向を見た。指輪のような太陽を。そこに巨大な存在を見た。太陽は後光であり、曼荼羅《まんだら》であった……。

「まずい」

フロストは我に返った。阿弥陀6の船体が遠くなりかけていた。慌てて彼は左手のワイヤーを射出した。ワイヤーはディンクの頭部に吸い寄せられ、引っかかった。圧縮空気を放出し、一気に距離を詰めた。再び白い鋼鉄に取り付いたとき、フロストは己の脊髄《せきずい》から四肢に激しいアドレナリンの飛沫の対流が生じている感覚を味わった。

「ティクティク、ティク」

ディンクが発する電子音声がフロストの手から骨を通して聴覚に伝わった。

「命拾いしたぜ、相棒」

フロストは呟《つぶや》いた。スーツの下で背中にじっとりと汗が滲《にじ》んでいる。あらためて、己が地獄の淵に立たされていた事を思う。

阿弥陀６の保守管理……フロストは寂しく笑う。仮に彼が先程のインシデントで死んでいたとして、三日もすれば代替の人員が派遣されてくる。豆腐は管理者の不在などお構いなしに、滞り無く育ち続けるだろう。フロストの手の届かない水槽の中で。

彼はそのまま壁を這い、隔壁の操作パネルに手をかけた。

「……何だ？」

パネルは反応しない。船内に戻れない。手動操作に切り替えようとする。受け付けない。フロストは毒づき、隔壁を殴りつける。

「オイ、どうした。ふざけるな」

故障だと？　このタイミングで？　つい今の安堵《あんど》が遠ざかり、ひやりとした危機感と絶望の手触りが再びフロストの首筋に触れた。彼は再度、背後の闇の宇宙を振り返った。指輪のような太陽を。マニ車の音は聞こえない。

「ふざけるな」

フロストは反射的に酸素残量のインジケータを見た。90・2%。当然、余裕はたっぷりある。だが確実に減り続けている。

「ディンク。他の入り口を使うしかない」

フロストはディンクに話しかけた。無機質なドロイドに返事は期待していない。ただの習慣だ。このエントランスがダメだとなると、一番近い場所はどこだ？

阿弥陀6は全長五百メートル。半径二十五メートルのスピンドルにエントランスが二つ。そしてオカラ排出口が推進部に設けられている。オカラは排出時に八基のブースターによって焼きつくされ、不必要に宇宙を汚すことはない。

「ティクティク、ティクティク」

滑るようにスピンドル表面を移動してゆくフロストに、ディンクが追随する。複数の足を器用に動かして、不平一つ言わず。ディンクはフロストの唯一の友達だ。話し相手であり、手足の延長であり、油断なき従者である。人間よりもよほど上等な存在だ。欲求を持たず、こだわりを持たず、執着を持たない。だが速度はフロストが宇宙を滑るようにはいかない。

フロストはディンクが追いつくのを待ちながら、数メートル間隔で突き出している手摺《てすり》を伝ってゆく。第二の隔壁に辿《たど》り着いたとき、彼の酸素残量は72%になっていた。思ったより減りが速い。順序良く行かないとまずい事になるだろう。

「ディンク」

フロストが呼びかけると、ディンクは小型アームを展開させた。先端部のペンチのようなパーツを器用に用いて操作パネルにはたらきかける。「アクセス拒否」。明確な拒絶の表示がフロストを驚愕させた。

拒否？　どういう事だ。故障ではないのか。この阿弥陀6のシステムに何らかの修正が……？　しかしそんなことはメインフレームに直接アクセスでもしない限り不可能だ。例えば船内に別の誰かが居でもしないかぎり。

酸素残量67％。フロストは呻《うめ》いた。

「こんなことはあり得ない」

「ティクティク、ティクティクティクティク」

ディンクはLEDを明滅させる。気遣うように。フロストは目を閉じた。深呼吸をしかけて、やめた。酸素が無駄だ。パニックに陥ってはならない。指先に触れる阿弥陀6の硬さを思え。宇宙の深淵は背後に。それは虚無だ。虚無について懊悩《おうのう》することに意味は無い。確固たるものを思え。美しいスピンドルを。神秘的な工程で豆腐を生み出すロストテクノロジーを。マニ車の回転を……。

「やるしかないな」

フロストは呟《つぶや》き、身体に勢いをつけて滑った。圧縮空気を噴射し、真っ直ぐに推進する。彼が目指すのはスピンドルの先端部……すなわち、ブースターに囲まれた、オカラ排出口である。もうひとつの通常エントランスを試すのは諦めた。どうせ同じ事。アクセス拒否を確認するだけになる。そしてその時フロストにそれ以上のチャレンジを行う酸素は残されていないだろう。通常エントランスとオカラ排出口、どちらかの二者択一となれば、後者はやむを得ない。

噴射はほんの少しでいい。圧縮空気の残量も心配だ。今の彼には無駄にしていいものは何もない。ディンクはずっと後ろだ。だが、待ってはいられない。飛翔する彼は、やがて、キラキラした粒子の中に突入する。それはオカラの雲の名残、宇宙の真空に凍りついたダイヤモンド・ダストである。彼は太陽の方向を再び見る。嗚呼《ああ》。忌々しい宣伝スフィアが逆光で影になり、フロストの苦境を嘲笑《あざわら》っている。

ザリザリ……無線機が広告音声を拾う。運営に苦労していませんか？　ならば、ユタカの理論へのコミットメント！　これまでのデータでも、顧客の皆さんの実に99・2％が効率改善を実感……ザリザリ……それすらも今のフロストには虚無の中で縋り付く寄る辺であり、精神的な命綱であった。

やがて彼はオカラのダイヤモンドダストを突破した。今や、スピンドル先端の推進部がはっきりとわかる。ガスバーナー、あるいは祭儀の灯火じみた炎が見える。軌道修正の為に定期的に噴射されるブースターの炎だ。排出されるオカラはあの炎によって焼き払われ、浄化される。まともな神経の持ち主ならば、あんなところに向かって行きはしない。だがフロストにはそれ以外の手段は思い浮かばなかった。噴射は断続的だ。ブースターが炎を噴いていない間を見計らって、排出口から内部に侵入する。段取りさえ理解していれば、どうという事はない。排出口にオカラが詰まってしまう事態も解決してきた。構造はよくわかっている。不可能ではない……。

やがてフロストは阿弥陀6の先端部にたどり着いた。彼は圧縮空気を気持ち多く噴射し、阿弥陀6の先端部から離れ、敢《あ》えて宇宙に投げ出された。ぞっとする数秒間だった。彼は身体を捻り、ワイヤーを射出した。ワイヤーは鋼鉄の排出蓋に吸い寄せられ、フックに引っかかった。排出蓋を取り囲む八基のブースター。噴射が終わって一分が経過。次の噴射まで約十四分の猶予がある。酸素残量は33%。フロストはワイヤーを巻き上げる。排出蓋に取り付く。バルブを回す。手動だ。重いバルブ。嗚呼。もっと真面目にエクササイズを行っておくべきだった。彼は奥歯を食いしばり、鉄のバルブを回す。

ゴウン。重苦しい音がスーツに伝わった。蓋がずれ、こびりついたオカラが散った。開いた排出口にフロストは突入した。ハシゴ状の突起を摑んだ。まるで煙突掃除夫だ。フロストは陰鬱に思った。這い上がってゆく。やがて足下で轟音《ごうおん》。ブースト噴射の音だ。ひとまず、あれに焼かれて浄化される運命は回避できた。だが安堵するにはまだ早い。酸素残量は27%。フロストは這《は》い上がる速度を速める。やがて巨大な二重隔壁に到達する。オカラがこびりついた薄汚い場所に。フロストは慣れている。ここをモップで洗浄するのは重要な定期メンテナンスだからだ。清掃を行ったのはほんの四日前だというのに、もうこんなになって……。

フロストは隔壁を操作する。このポイントだけは手動での開閉が可能だ。而《しこう》して彼は阿弥陀6の船内へ再び戻ってくることが出来た。彼はフードを外し、船内の甘い空気を胸いっぱいに吸い込んだ。

「さて、どうする」
フロストは咳払《せきばら》いをした。まずは収納カーゴから、オカラ清掃用のモップを取り出す。先程の汚れに我慢ならなくなったわけではない。これは武装だ。彼の胸中には重大な懸念があった。彼を船外に閉め出したのがシステムトラブルではなく人為的な操作である可能性は充分に高い。船内に居るのは何者だ？　テロリストか？　バカな。豆腐製造施設を狙うやつがどこにいる……。

ゴウン。通路のシャッターが開き、フロストを迎え入れる。まず耳に入ってきたのは、奇怪な可聴高音だった。フロストは狼狽《ろうばい》した。イイイイヨオオオオオ……オオオオオオ……スピーカーから聴こえてくるそれはノイズではなかった。ホーミーだ……修行僧が声帯と骨を振動させて発する神秘的なチャントだ。

システムトラブルがこんな事態を引き起こす事など、ありえない。フロストは右手に水槽の豆腐を見ながら、モップを強く握り、いよいよ緊張の度合いを高めて奥へ進んで行った。目指すは中央管理室だ。とにかくまずメインフレームを正常化し、隔壁のロックを解除して、ディンクを中に入れてやらねばならない。

「……」

フロストは深呼吸を一つ、モップを構えて中央管理室に向かった。通路のガラス窓の向こうで豆腐が彼を見つめている。

「誰だ！　誰か居るのか！」

フロストは中央管理室のドアに向かって叫んだ。返事は返らない。フロストはドアを手動操作で開放する。ドアが開いた……中から影が飛び出し、フロストを殴りつけた。フロストが応戦するよりも速かった。それは影の山猫のように襲いかかり、フロストを繰り返し殴りつけ、床に押し付け、唸《うな》り声を上げた。

「AAAAARGH!」

「なッ……お前……何者……!」

「AAAAAAARRRRRRGH!」

瘦《や》せさらばえて血走った目を突出させた、奇怪なミイラのような半裸の男が、フロストの目の前で黄色い涎《よだれ》を垂らし、食いしばった歯の隙間から恐るべき咆哮《ほうこう》を放った。

「くそッ!」

フロストは男の腹を蹴りつけて怯《ひる》ませ、側頭部をモップで殴った。男は悲鳴を上げ、ぐるぐると回転しながら遠ざかった。後を追い、シャッターを越えたが、もはや異形者は影も形もない。フロストの胸中は怒りと恐怖と疑問がないまぜになった名状しがたい感情で満たされた。探すべきか? 当然だ。だが、まずはメインフレームを正常化しなければならない。フロストは中央管理室に飛び込む。

「何だこりゃ……」

フロストは啞然《あぜん》として無重力を漂う。中央管理室の壁一面に赤いペンキで殴り書きされているのは、無数の目の描かれた立方体と、「流出した神性と結合する」という奇怪な日本語であった。

「まさか……こいつは……豆腐のつもりか？」

イイイイイヨオオオオオ……オオオオオオ……

ポータブル再生装置がマイクの前に置かれている。そこからホーミーが発せられている。フロストは再生装置を蹴り飛ばした。再生装置は壁から壁へ跳ね返った。彼はシステムにアクセスした。五本指の指紋を認証し、変更不可能な管理者専用パスワードを入力する。ロックダウン解除。メインフレームのスキャニングと正常化作業を開始……。

「バカな！」

フロストは呻いた。画面いっぱいに表示されたのは「浸漬液アラート」の文字。それから損傷した水槽の箇所が複数ピックアップされる。フロストは定点カメラ映像をせわしなく切り替え、状況を探った。

最悪だった。強化ガラスが破砕し、浸漬液が通路にドッと溢れ出している。おそらくあの異常者がC４爆薬の類《たぐ》いを使用したのだ。無重力空間において液体は表面張力の赴《おもむ》くままに手近の物体を包み込む。ヌメヌメと通路の天井や床や壁の表面を這い進む浸漬液。悪夢じみていた。

奴は何者だ？　目的は何なのだ？　疑問がグルグルとフロストの脳を駆け巡る。フロストは毒づきながら切り替えボタンを押し続けた。やがて、通路の角、カメラをじっと見つめる男が映し出された。

「……やあ」

男は片手を挙げて挨拶した。スピーカーが彼の声を拾った。

「聞こえるかね。私はジェラルド・スキナー。君の名前は知らないが、私の名前を君はわかるかもしれない」

「わかるか！」

フロストは叫び、コンピュータにジェラルド・スキナーの名を入力した。すぐに情報が呼び出される。……前任者だ。フロストは呻いた。この男が四ヶ月前に退任し、結果、フロストは仕事にありついた。何故《なぜ》辞めたかなど、調べもしなかった。

「お前……何故まだここに居るんだ。どうやって入った」

「まだ？　居て当然じゃないか……出て行ってもいないのに。ふふふ」

ジェラルドは肩を震わせ、寒そうに笑った。

「私は初めからここに居たよ……駒木野がそれを認めたがらないだけだ……ずっと……ずっと暮らしてきた……功徳を積むためにね。宇宙というのは深くて無慈悲だ。だが私は負けなかった。遺棄されてなるものかと。私を救ったのは……ふふふ……オカラだよ。完全栄養だ。それを駒木野はゴミと断じて廃棄する……顧みもしない。私が棄てられたように。私とオカラは友達なんだ」

「狂人め！」

ではこのジェラルドは、ずっとこの阿弥陀6の中に潜んで、廃棄オカラで食いつないで来たというのか？　フロストの知らされていない何らかのトラブルがこの阿弥陀6において存在しており……未解決のまま……あるいは解決したと誤解されたまま……放置されてきたというのか。長いサヴァイヴァル生活の中でおかしくなったというのか。孤独の中で。フロストはゾッとした。

「浸漬液アラート」の表示が拡大し、侵入禁止区域の表示があっという間に広がっていった。定点カメラ映像も状況ののっぴきならなさを伝えてきている。

「ふざけるな！　一体何が目的だ！」

「私は大いなる存在とひとつになるだろう」

ジェラルドは恍惚《こうこつ》として言った。

「宇宙の無限の虚無に豆腐を解放し……混じりあう。オカラは豆腐と再び和解し、ひとつの核となり、星が生まれる。蛋白質の星が。私はその中に抱かれる。この時をずっと待っていた。君が私に阿弥陀6を明け渡す時を……」

狂人から何を聞き出しても無益だ。フロストは苦々しく思った。KABOOOOM……轟音、そして震動。新たな爆発。それも立て続けの。ジェラルドの映像は笑いながらノイズに消えた。事態はあっという間に最悪に向かって転落していこうとしていた。心の準備をする間も無く。

「アラート。アラート。救難信号が送信されます。退避準備を」

「くそッ……」

信じられなかった。だが、とにかく動くしかない。MAP上に二人乗りの釣鐘型小型船「御手洗」の存在を確かめた後、フロストは管理室のチューブをスーツに接続し、エアを充填した。

それから備え付けの鎮圧銃をガラスケースから引き出した。実弾銃は許可されておらず、阿弥陀6にその手の武器はない。鎮圧銃は圧縮空気によって対象を吹き飛ばす。それでもあの狂人を気絶ないし死に至らしめることは十分できるだろう。フロストは躊躇《ちゅうちょ》なくやってやるつもりだった。

幾つかのアクションをメインフレームに指示したのち、中央管理室のドアを開ける。ドッと雪崩《なだ》れ込むのは無重力下でスライムじみた浸潰液。フロストは壁や天井に沿って這いよる液体に触れないようにつとめた。触れれば最後、浸潰液の表面張力はフロストを内側に捕らえてしまうだろう。圧縮空気を使って通路を真っ直ぐに進む。今やスピーカーはひっきりなしの警報音を鳴らし続ける。忌々しい浸潰液。KABOOOOM……またも爆発だ。もはやどうする事もできない。だが狂人の妄想に引きずられて自分まで巻き添えになるのはゴメンだ。

「勝手にやれ」

フロストは呟いた。KABOOOOM……KABOOOOM……霞《かすみ》の漂う通路。隔壁を幾つか通過する。明滅するライト。注意深く圧縮空気を用い、分岐路で正しいルートを選択する。「御手洗」を使えば、最寄りの宇宙ステーションである「大樟《おこのぎ》2」までは約四十八時間。駒木野社はペナルティを科すだろうか。背筋が寒くなる。弁明せねばなるまい。どこまで証言は通るだろうか。否、否、否。フロストは首を振った。その手の心配はまずこの場を生き延びてからの話だ……!

「祝福を!」

発着場へ通じるゲートをくぐった彼を、ジェラルドの荒い息と長い腕が襲った。長く伸びた爪がジェラルドの首筋に食い込んだ。フロストは悲鳴を上げ、暴れた。ＢＯＯＯＭ！　至近距離で撃った鎮圧銃の圧縮空気は狙いを逸れ、ジェラルドの右後方の壁を砕いた。

「ふざけるな……！」

フロストはもがいた。ジェラルドとフロストは車輪のように共にグルグルと回転し、壁に叩きつけられた。フロストは一瞬気を失った。鎮圧銃は彼らから数メートル離れた地点に置き去りになっていた。遠ざかる。

「お前一人で死ねばいい！」

「死など訪れぬ！　この無限の果てでは！　ゆえに逃しはしない！」

ジェラルドは泣き叫んだ。

「人は無慈悲な宇宙に抱かれ、ただ凍りつき、その場に留まるだけだ！　故に私は欲する……豆腐の星を！」

「黙れ、黙れ、黙れ！」

フロストはジェラルドを殴りつけた。ジェラルドは泣きながら殴り返した。やせ衰えた身体からは想像もつかない力がジェラルドに秘められていた。ジェラルドは浮遊する鎮圧銃にしがみついた。

「お前もこちらに来い！」

ＢＯＯＯＭ！　フロストは顔の横に風を感じたように思った。ジェラルドは再度フロストに銃口を向けた。……その時である。ジェラルドは不意に身をのけぞらせ、苦しげに痙攣《けいれん》した。胸を突き破って、金属のアームが飛び出していた。

「ゲホッ……」

ジェラルドが目を見開き、口をあけると、赤い泡がブクブクと迸り出た。背中からジェラルドを貫いたのは八つの足を持つ白い甲虫《かぶとむし》だった……ディンクだ。メインフレームを経由して先程防衛命令を放ってあった。ディンクは開放された外部ゲートを使って阿弥陀6の中に戻ったのだ……フロストを助けるために。

フロストは鎮圧銃を奪い返した。銃口をジェラルドの顔面に押し当てた。そして引き金を引いた。BOOOOM!

断末魔の悲鳴も残さず、ジェラルドは鎖骨から上の部位を失い、動かなくなった。

「ティクティク、ティクティクティクティク」

ディンクはLEDを明滅させてフロストに挨拶した。フロストの胸に熱いものがこみ上げる。滑らかな背に手で触れた。この忠実な無生物を連れて逃げる事は出来ないのだ。

「すまない。世話になったな」

それから彼は「御手洗」のハッチに向かった。ハッチは既に開いていた。嫌な予感がした。彼は「御手洗」の狭いコクピットに身体を差し入れ、そして知った。引き剝《は》がされたコントロール・パネルと、焼き切られたケーブル類を。

ZZZZOOOOOOOOM……震動が近づいてくる。何らかの致命部位で爆発が起こったのだ。

　フロストは目を閉じた。

　ZZZZOOOOOOOM……ZZZZZTOOOOOOOOOOM……。

　轟音、衝撃。フロストは闇の中に投げ出される。そして不意に鐘の音を聴いた。それから、マニ車の回転音を聴いた。それがフロストを微睡《まどろ》みの中から引きずり上げた……。

「これは……」

　目を開いたフロストの視界には、徐々に遠ざかる阿弥陀6の姿があった。酸素残量92％。彼は宇宙に投げ出されていた。破けた発着場の隔壁が見えた。あそこから吸い出されたのだ……爆発によって。左手が硬いものに挟まっていた。御手洗だ。彼は御手洗と共に宇宙に投げ出されたのだ。だがこの小型宇宙船は残念ながらもはや鉄屑と変わらない。

　フロストは阿弥陀6を呆然と見た。内側から粉塵と浸漬液を撒き散らし、自重によって押しつぶされるスピンドル型宇宙ステーションを眺めた。ひとつ。ふたつ。マニ車が剝がれ、宇宙の闇に漂う。漂いながらそれらは回っている。カラカラ。カラカラカラ。太陽光にマニ車の真鍮が輝く。

　星々が旋回していた。彼は荘厳な鐘の音を再び聴いた。今この時、宇宙の中心は阿弥陀6ではなく、フロストだった。彼は生きることを再び思った。御手洗の船体を這い、方向を定めた。彼が見据える先には、太陽の逆光となった広告スフィアの影がある。フロストはグッと足に力を込め、そして、跳んだ。真っ直ぐに……真っ直ぐに。

ザリザリザリ……ザリザリザリザリ……耳元で音声ノイズが鳴り続ける。ザリザリザリ……運営に苦労していませんか？　ならば、ユタカの理論へのコミットメント！　これまでのデータでも、顧客の皆さんの実に99・2％が効率改善を実感……そして再び鐘の音。

「さあ、申し込み受付のゴングが鳴りました！　今から百二十秒間、特別受付タイムがスタートです！」

広告音声は鐘の音を鳴らす。

「ハイ、締切りです！　再びゴングを鳴らす時間までしっかり集中して当放送をチェックしてくださいね！ユタカの理論は……」

フロストは苦笑した。成る程、これもひとつの神秘体験か。卑近な現象にも神は潜む……それが俗悪な広告音声に過ぎなかったとしても。フロストはそう考える事に決めた。

広告スフィアは徐々に、徐々に近づいてくる。彼は慣性の法則に感謝した。広告スフィアに取り付き、電波送信装置の設定をＳＯＳ信号に上書きする、後はそれだけだ。スフィアにはメンテナンス作業者用の最低限の生命維持キットが備え付けられている筈だ。後はただ……信号に反応する者を待ち続ける……待ち続けるだけだ。この虚無的な宇宙の中で。

飛びながら、彼は振り返った。自壊する阿弥陀6は血液のように豆腐を吹き出し、その表面にオカラの雲を身にまとい、徐々に巨大な一個の白い豆腐になろうとしている。その周囲を取り巻くように、ちぎれたマニ車が浮遊し、カラカラと回り続けている。

カラカラと回るマニ車の音をフロストは聴いている。真鍮の輝きが曼荼羅を形作る。

フロストはじっと見据《みす》えている。

訳者解説

阿弥陀6
AMIDA VI

作者名：スティーヴン・ヘインズワース（Steven Hainsworth）

作者来歴：一九七七年生まれ。カナダ、トロント在住。教職のかたわら趣味で小説の執筆を行う。十代後半は東南アジアを中心にバックパック旅行をしていた。ネパールでの神秘体験の記憶が彼の青年期に強い影を落としている。そののち彼は精神のバランスを取る為に禅に傾倒し、日本文化に触れるようになった。その頃から彼は肉食を拒否し、ヴィーガンとなった。本作「阿弥陀6」はかつての退廃的生活を送っていた自分自身に対する手紙であり、非常にパーソナルな作品であるとの事。

二〇〇〇年以降、ヘインズワースのような若い世代にとって、過剰な自然破壊や人間疎外をも厭《いと》わぬ野放途でカオティックなテクノロジーの発展といったテーマを描く上での魅力的な舞台設定の対象が、クリーン&エコ方面に舵取りし始めた日本ではなく、インド、中国、あるいは南アフリカなど、よりパワフルな前進力を持つ地域へと移って久しい。特に近年のヘインズワースの作品には、八〇年代のエンタテイメントに登場していたエキゾチックでダーティで危険な日本文化の影はない。すなわち、ヤクザ、ニンジャ、世界経済を支配する露骨に危険でパワフルな日本の暗黒メガコーポなどは、彼の作品には登場しないのだ。色で表現するならばそのイメージは「黒と赤」ではなく「清潔な白と緑」、食文化は「スシとテンプラ」ではなく「豆腐と菜食」、主人公の相棒やミッションの導き手となるのは「エキゾティックで妖艶《ようえん》なオイラン」ではなく「宗教や人種や言語の差を吸収する柔軟なロボティクス」である。こうした舞台設定の中、登場人物であるフロストは、宇宙の虚空の中で小さなゼンめいた思索を繰り返すのである。

流鏑馬な！
海原ダンク！
アジッコ・デイヴィス
Ajikko Davis
Yabusame Dunk

口の中が切れて、泥と鉄の味が拡がった。アスファルトに擦《す》りむいた膝《ひざ》はアレルギー反応で腫《は》れ始めていた。ジェイソンは手をついて起き上がろうとした。そして脇腹にもう一発、いい蹴りをもらった。

「アウッ！」

ジェイソンは呻《うめ》いて仰向けになった。

「アウッ！　アウッ！　ははははは」「それ英語かよ？　クール」

野卑な笑い声と嘲笑が降り注いだ。ジェイソンの胸を、朱司《あけし》が踏みつけ、動きを封じた。取り巻きの連中が手をたたき、囃《はや》し立てた。

「朱司さん！　生活指導の文止場《ふみとば》がこっちに来ます！」

見張りが走ってきた。その知らせが暴力ショーの終わりを告げるゴングだ。朱司はジェイソンを蹴り転がした。

「命拾いしたな、ガイジン！　これに懲りて、ちっぽけな正義感を振りかざすことを金輪際《こんりんざい》やめることだ」

ジェイソンは朱司の不敵な目を見上げた。鍛え上げられた長身、後ろで武家スタイルに縛られた黒髪。自信たっぷりに踵《きびす》を返す彼の後に、取り巻き達が追随する。

「ジェ……ジェイソンさん」

ジェイソンはなんとか顔を動かし、震え声の方向を見た。太知《たいち》である。頬《ほお》を腫らした小柄なクラスメートが、ジェイソンのもとに駆け寄った。

「僕のせいで、スミマセン」「ア……」

謝ることはない、と言おうとしたが、口のなかを切っていたので、うまく言葉にならなかった。

「助けてもらって言うことじゃないですけど、手を出すべきじゃなかったです」太知は諭《さと》すように言った。「彼は牙鮫《きばさめ》朱司……この駒科高校を支配しているのは、朱司さんを筆頭とするグループなんです。朱司さんはこの地方を治めてきた豪族の長男で、町の人間は誰も牙鮫家には逆らえません。校長もです」

「ウ……」「飲んでください」太知が差し出したペットボトルには「天然水」とラベリングされている。ジェイソンは唇を湿した。

ジェイソンのバスケットボール歴は十年だ。育った街はストリートというストリートにバスケット・コートがあり、誰も彼もが暇さえあればワン・オン・ワンに明け暮れていた。当然ジェイソンもその一人だ。しかし……彼の自信は牙鮫朱司によって粉々に打ち砕かれた。

「一度もボールに触れなかったよ」

ジェイソンは呟《つぶや》いた。太知は目を伏せた。朱司はジェイソンに、誇りをかけたワン・オン・ワンの試合を挑んできた。朱司の動きはカタナのように鋭く、流水のように滑らかで、跳躍力は信じがたいほどだった。まるで……。

「まるで忍者だった。日本人ってのは、こんなにバスケがうまかったのか」

「朱司さんが特別なんです。彼は武家の血筋ですから」太知は言った。「我が国において、武家の血筋の人間は文武両道を旨として特別なエリート教育を受けています。彼らは高校を卒業した後、東京大学に進学し、財閥を継ぎます」

「あんな腕があれば、ＮＢＡでも引く手あまただ」

「だとしても、彼が今後バスケットを続けることはないでしょう」太知はつらそうに説明した。「武家の人間にとってスポーツとはレクリエーションなんです。財閥のＣＥＯ、あるいは国家官僚……そうした立場になって世界を動かすのが彼らの仕事なんです。彼らはただ、何事もナンバーワンであることを義務付けられた血筋……だからバスケも強い……それだけの事です」

◆

風光明媚《ふうこうめいび》な九州の街並みを走り降りるスクール・バスで、ジェイソンはずっと無言だった。イヤホンで外界を閉ざし、ドレイクを聴きながら、彼は物思いにふけっていた。敗北感、悔しさ、驚愕……彼の心は乱れた。

交換留学生としての滞在は素晴らしい体験になるはずだった。禅、カタナ、寿司、侍、日本茶、アニメ。そうした奥ゆかしいカルチャーとの接触体験を心から楽しみにしていた。日本人はみな内気で、はにかみ屋だ。そして親切で、特にジェイソンのようなたくましく背が高い「ガイジン」には強いリスペクトが集まるはずだ。……何もかも、甘い見通しだったと言わざるを得ない。日本の高校生は皆きゅうくつな制服を着て、心を殺し、日々の授業を机に縮こまってやり過ごしている。彼らは皆一様に、恐れていた。集団の中で目立つことを。とりわけ、牙鮫朱司の一族に悪い印象を持たれる事を……。

◆

「どうしたの？　浮かない顔ね」ホストファミリーの好美《じょしみ》母さんが、帰宅したジェイソンのアトモスフィアを敏感に察知した。

「問題ありません」ジェイソンは笑顔で応えた。「今日はちょっと疲れました」

「あら。ちょっと。見せてみなさい」好美はジェイソンに顔を近づけた。「腫れてるわ。怪我《けが》してるのね」

「階段で滑ってしまって」ジェイソンはおどけて見せた。

「本当に大丈夫なの？　濡れタオル要る？」「平気ですよ」

好美との会話を早々に切り上げ、ジェイソンは自室に引っ込んだ。部屋にはタタミが敷かれており、神棚には水仙の花とダルマが飾られている。ダルマは片目だ。大願成就のおりに初めてもう一方の目を書き込むのが日本人のモージョーである。

「もっと頑張りなさい」

ダルマは険しい顔で、無言のうちに、ジェイソンを叱咤《しった》するのだった。

体育館の裏で戯《たわむ》れに小突き回されていた太知を見咎《みとが》め、割って入ろうとしたのが災難の始まりだった。太知をいじめていたのは牙鮫朱司とその取り巻き達であった。ジェイソンは暗黙のルールを知らず、それゆえキツいお灸《きゅう》をすえられる結果となった。暴力、悪意、痛み……そんなものはどうでもいい。彼が依って立つ軸としてきたスポーツ、バスケット・ボールにおいて、遊び半分の人間に軽々凌駕《りょうが》されてしまった絶望には耐え難かった。

「ハア……」

ジェイソンはため息をついた。気持ちを切り替えよう。彼は窓まで歩き、サッシの鍵を外して、引き開けた。

「あ」「あ」

一瞬、時間が止まった。隣の家、窓を挟んだ向かいの二階の住人が、ジェイソンと全く同じタイミングで窓を開けていたのである。相手は駒科高校とは違う制服を着た女子高生だ。目があった二人は驚き、やや気まずさを同様に覚え、凍りついた。

「ええと……ドーモ……こんにちは」

ジェイソンは手を合わせてオジギを行った。女子高生は一瞬呆気《あっけ》に取られ、それから、思わず吹き出した。

「ぷっ！　あははは……」

「えっ、何か間違ったことをしてしまいましたか？」ジェイソンは狼狽《うろた》えた。「アイサツのつもりなんだけど」

「アイサツって！　あははは！　江戸時代みたい！」

「あなたに、ちょっとした面白さを提供できて嬉しいです」

ジェイソンは少しムッとして、皮肉めかして言った。

「ゴメン、ゴメン。悪気はないの」女子高生は少し慌ててフォローした。そして自己紹介した。

「私は智香子。見ての通り、ここに住んでる」

「僕はジェイソンです。数日前に、ニューオリンズの姉妹都市から、こちらのタケシタさんの家に交換留学生としてお世話になっています」

「何年生？」「二年生」「同じだね。私、結弦《ゆづる》女子高校。その制服、駒科？」「そうです」

「ふうん」智香子は何か言おうとしたが、家人の呼び声に遮《さえぎ》られた。「ゴメン、それじゃ、またね。ええと、ジェイソンさん」

「ああ。うん」ジェイソンは少し狼狽えながら手を振った。彼のほうでも、一階から好美が呼ぶ声を聞いていた。「ご飯よ！」

◆

夕食は黒いソースのかかったエビの天ぷらと、白米、オムレツ、味噌汁という構成だった。好美母さんはとても手間の掛かった料理をつくる。ジェイソンは感謝の意を示し、日本の味を楽しんだ。

「ジェイソンさん。ビールはどう？」

隆《タカ》父さんが冗談めかして茶色のビール瓶を差し出そうとした。

「もう！　やめてください」好美は手で制した。「ごめんなさいね。お父さん、すぐこれなんだから」

「ははは！　すまん、すまん。何しろ我々の子どもたちは皆、社会人になって東京へ巣立っていってしまったものだから。嬉しくってなあ！　料理は口にあうかな？」「はい。おいしいです」「どんどん食べたまえよ」「ありがとうございます」

TVでは日本のアイドル・グループが両手を振り回して飛び跳ねながらステージを動き回っている。

「もっと日本的なTV番組のほうがいいかな？　将棋とか、座禅とか」

「大丈夫です」ジェイソンは苦笑した。「ところで、隆さん、牙鮫家というのは特別なんでしょうか」

ジェイソンが振った話題に、タカはやや表情を曇《くも》らせる。夫妻は顔を見合わせた。

「どうして牙鮫家のことを聞くんだね？」心配そうに、「何か嫌なことをされたのか」

「いえ、ちょっと驚いたというか……」ジェイソンは繕った。「高校でも、目立っていましたから」

「牙鮫家は町を牛耳っている」隆は声をやや潜めて言った。「ずっと昔から続く、強いサムライの家系でね。現代社会においても、そのオナーはとても強いんだ。選挙に勝つのは必ず牙鮫家の推薦する候補者だし、市役所は牙鮫の親族一同で占められている。表向き、縁故で人事を決めてはいけないというのが我が国の法律だ。だが、この町じゃ公然の秘密なんだよ」

「オナー……」

「君には、ぜひ、もっと奥ゆかしい、真に学ぶべき日本文化を学んで、どうか持ち帰って欲しい。恥ずべき部分ではなく、奥ゆかしさをね！」

　隆はハハハと声を上げて笑い、ビールを空にした。しかし曇り空めいた憂鬱《ゆううつ》の影がその目にさしてしまっていた。ジェイソンは牙鮫を話題に出した事を後悔した……。

◆

「ジェイソン」

　ジェイソンは布団で寝返りを打った。

「ジェイソン。ジェイソン・ウォーターフィールド」「ううん」「ジェイソン・ウォーターフィールド！」

　耳元で叫ばれたジェイソンは短い悲鳴を上げて布団を撥ね除け、起き上がった。そして驚愕した。撥ね除けた布団はいまだにゆっくりと宙を動いていた。まるでスローモーション再生のマジックのように。慌てて彼は自室を見回した。誰もいない。じっとりと暑く、寝苦しい夜だった。これは夢だろうか。

「ジェイソン・ウォーターフィールド！」

「うわあ！」

　ジェイソンは耳を塞いだ。しかし呼び声は直接脳に届くようだった。

「ジェイソン・ウォーターフィールド！」

「何ですか！　誰ですか！　僕の名前を……」ジェイソンは窓を開けた。向かいにある智香子の部屋の窓は当然閉じ、カーテンで覆われている。

「ここだ！」

声は下から聞こえた。家の前の私道に、声の主の姿があった。厳しい眼差しがジェイソンを射た。坊主頭で、黒い着物を着た年配の男だった。

「……」

ジェイソンは自分を指さし、首を傾げて見せた。

「お前以外にどこにジェイソン・ウォーターフィールドがおる！」怒声を受けてジェイソンは首をすくめた。流暢《りゅうちょう》な英語だった。男は手招きした。「早く降りてこい！　夜が明けるぞ、鈍《どん》くさい奴め！」

「わ、わかりましたから！　静かにしてください！」

ジェイソンは慌てて外出着に着替え、家人を起こさぬようにそっと玄関から外に出た。奇妙なことに、この夜のやりとりを他の誰も耳にしていないであろうという不思議な実感をジェイソンは覚えていた。男は隣家の……智香子の家のガレージのシャッターを無造作に引き開けた。

「エッ！　この家は貴方の……？　貴方は智香子さんのお父さんですか」「娘はやらんぞ」男は厳しく即答した。

「そんなつもりで聞いたんじゃありませんよ」ジェイソンはいささかムッとして言った。「僕に何の用ですか？　こんな夜中に呼び出して……」

「フウーム」

男は険しい目でジェイソンを睨《にら》んだのち、おもむろにジェイソンの二の腕を摑んだ。

「ヒャッ！」「まずまずだ」「何がですか！」

ジェイソンは男の手を振り払った。男はジェイソンを促した。裸電球の明かりで照らされるガレージに。

「お前は牙鮫家と事を構えたな」

「なぜそれを」

「虫の知らせよ」「虫……？」

「来い！」男はじれったそうにジェイソンをどやし、ガレージに入らせた。「お前は牙鮫家と敵対関係となった。牙鮫は地域一帯を支配しておる。このままではお前が陽の光の下を歩ける事は決してあるまい。暗黒の未来が待つぞ。それでいいのか」

「そ、それは……嫌ですけれども」

「このワシが助けてやろうというのだ。口答えをせず、ただ従うべし」

ガレージの中にあったのは自動車ではなく、バイクでもなく、日曜大工の道具でも、ましてバンド・セットでもなかった。裸電球に照らされるのは、白いシーツで覆われた診察台のような調度だった。ジェイソンは器具台に並ぶ物騒なドリルや彫刻刀めいたものにギョッとなった。尋常の場所ではない。

「これは⁉」

「ワシは彫り師だ。わかるな。刺青《いれずみ》を彫る伝統職人なのだ。今からワシがお前に先祖の力を引き出す刺青を施し、牙鮫に抗する力をくれてやろう」

「帰ります！」

踵を返そうとしたジェイソンの目の前に、男は指を立てた。

「イーサワン・シーマー・サーシーワー……」

神秘的な謎の文言が聴覚に木霊し、ジェイソンの意識は遠くなった。

離人症のように、彼はおとなしく診察台に座る自分を見ていた。男はシャッターを閉めて外界からガレージを隔絶させると、準備に取り掛かった。

まず男は、消毒液を含ませたガーゼでジェイソンの右腕を拭いた。それから絵筆を取り、墨《すみ》壺《つぼ》に浸すと、ジェイソンの腕に巧みな手さばきで何らかの文字を描いた。そしてドリルの電源を入れた。シュイイイイ……。

◆

「タスケテ！」

ジェイソンは布団を撥ね除けた。汗をびっしょりかいていた。時計を見る。午前八時。遅刻だ！　まずい！　違う、土曜日だ！　休みじゃないか！　布団に倒れこみ、また慌てて起き上がった。

右腕に包帯が巻かれている。眠気は一瞬で覚めた。ジェイソンは包帯をむしり取った。彼は唖然となった。腕には入れた覚えのない刺青が施されていたからだ。「海原」と。

（ウォーターフィールド。日本語では海原を意味するパワー・ワードだ）ジェイソンの脳内記憶領域が、霧の掛かったような言葉を引き出した。（人間は先祖の記憶とパワーを潜在意識下に引き継いでいる。正しき刺青を身体に刻むことで、潜在意識に封じられたパワーを引き出す事ができるだろう。ウォーターフィールドよ。お前がこうして留学してきたのは運命の必然だ。なぜなら海原とは……）

「ジェイソンさん！　大丈夫？　何か叫び声が聞こえたけど」

階下から好美母さんが呼びかけた。

「アッ！　大丈夫です！　なんでもありません！」

答えながら、ジェイソンは震えた。なんでもない？　大ありだ。

もう一度腕をまじまじと見る。刺青が入っている。美しい太字明朝の漢字が、松、竹、梅の浮世絵で彩られている。たしかにそれは素晴らしくクールな刺青だが、昨日までは彼の身体には無かったものだ。

「どうしよう！」ジェイソンは頭を抱えた。「あああ、どうすりゃいいんだ！」

しかし、悩んでいても始まらない。彼は長袖のTシャツを引っ張りだして着た。これで刺青が他の人の目に触れることはない。とりあえずは。

コツン、窓が鳴った。

ジェイソンはそちらに向き直った。コツン。また窓が鳴った。小石か何かが投げつけられたようだ。ジェイソンは息を呑んだ。恐る恐る窓を開けた。智香子だ。

「さっきから何大きな声だしてるの」

「ウワア！　ち、違うんですよ。ちょっとした事で」

「まあいいけど」彼女は犬のリードを掲げて見せた。「公園まで、一緒にオダンゴの散歩に付き合わない？」

「オダンゴ？」

「犬の名前よ。変な名前でしょ。変とか、わからないか」智香子は笑った。「どうする？」

ジェイソンは一瞬凍りついた。昨晩の出来事と、智香子の笑顔が結びつかない。彼は無意識に己の腕を押さえた。

（君のお父さんは……）口まで登ってきた質問を、ジェイソンは呑み込んだ。やはりあれは夢かもしれない。何もかも非現実的過ぎたのだから。さっき自分の腕に見た刺青も、寝起きの夢うつつで見た幻覚に過ぎないのではなかろうか。

「じゃあ……行きます」

ジェイソンは頭を掻《か》いた。

◆

オダンゴはシバ種の犬で、まるで智香子を守る騎士だった。彼は見慣れぬガイジンであるジェイソンに警戒をあらわにした。

「こら！　オダンゴ！」智香子はオダンゴを叱りつけ、ジェイソンに詫《わ》びた。「ごめんね。家の外の人間にはだいたいこうなんだ。でも、尻尾を振ってる。散歩が好きなの」

「犬はみんな散歩が好きさ」

「ふふふ！　そうだね」

智香子は笑った。動きやすいパーカーにジーンズという服装で、制服姿とはまた違う魅力があった。オダンゴに引っ張られるように早足になる智香子に、ジェイソンはとにかくついていった。

小走りに坂がちの道を進んでゆくと、眠っていた筋肉が徐々に目覚め、ジェイソンに再びバスケットをやらせようと促しているように思えた。

ジェイソンはその考えを留保した。勿論《もちろん》、当初、彼は自然にバスケット・チームに入るつもりでいた。しかし今は迷いが生じた。駒科高校でバスケットをやるという事は、朱司の家来になる事に等しいのだ。

長坂《ながさか》はその名の通り長い坂を特徴とする美しい都市だ。丘に集まる家々から海が見える。そのさまは東欧にも似ている。江戸時代の昔から、この地の港は特別に国外に対しても開かれ、それゆえ開明的な文化が花開いたのだという。そんな長坂の一角、駒科で、いまだに封建的な牙鮫の権勢が生きているというのは、いかにも不合理な事に思われた。

「その……智香子さん。君のお父さんって」

「こら！　オダンゴ！　アブナイ！」

智香子が叫び、慌ててリードを引っ張った。オダンゴが向かい側の歩行者の飼い犬に突っかかろうとして、道路上に飛び出したのだ。タイミングを同じくして、交差点をトラックが曲がってきた。ぶつかる。

「アブナイ……」アブナイ……アブナイ……アブ……ナイ……

ジェイソンは全てのものの動きが急に緩慢《かんまん》に感じられた。考えるより先に体が動いていた。ジェイソンは頭から飛び込み、オダンゴを抱きかかえて跳び戻った。悲鳴が聞こえた。ジェイソンは電柱を蹴り、空中で回転して、智香子の隣に流麗に着地した。トラックの急ブレーキの音が遅れて聞こえてきた。

「大丈夫か！」運転者が慌てて車外へ飛び出した。「怪我は！」

「大丈夫です！」智香子はその場にへたり込んだ。「ゴメンナサイ……！」

「怪我がなくてよかった」「本当に！」

通行人と運転者は智香子とジェイソンを気遣い、互いにオジギをしてその場を離れた。ジェイソンは交通トラブルに対する奥ゆかしい日本人のやり取りに感銘を覚えた。

「気をつけないと。やんちゃな犬だね、オダンゴは」

ジェイソンは智香子に手を貸して立たせると、震えるオダンゴのリードを返した。リードを受け取った智香子はジェイソンをまじまじと見つめた。

「今の……どうやったの」「どう、って？」

「アクロバットだよ！」智香子は電柱を指さし、放物線を描くようにしてジェイソンを再び指さした。「こーんな動きをしてたよ！」

「そうだ」ジェイソン自身も急に思い至り、己の手を反射的に見た。「俺、どうやったんだろう」

「まるで忍者かなにかだった」

「忍者だって？」ジェイソンの頭に頭痛がかすめた。そしてあの夢うつつとも知れぬ光景と、蛍の光が……。「痛てッ」

ジェイソンは頭を押さえた。「海原」の刺青のビジョンが脳裏に去来した。

「大丈夫？　本当に怪我してない？」「ああ、大丈夫、大丈夫」

鼓動が早まり、風の音は澄んで聞こえた。町の息遣い、人の行き来が聴覚に入り込んでくるように思えた。やがて二人と一匹は緑ゆたかな自然公園に辿り着いた。アジサイの花々と雀《すずめ》たちがジェイソンを出迎えた。

朝の公園で、人々はバドミントンやフリスビーに興じていた。ジャグリングの練習や、二人組のマンザイ・スタンダップコメディの練習をしている者もいた。やがて彼はバスケット・ゴールに目をとめた。

「あ」

思わず声が出た。智香子がジェイソンを見た。

「バスケット？　できるの？」「まあ……少しは」「やって見せてよ」

智香子は無邪気に言った。ちょうど中学生くらいの少年たちがバスケットの最中だった。智香子は彼らに手を振って合図した。中学生は笑い返し、ジェイソンにボールをパスした。

ジェイソンは反射的に跳んだ。空中でボールを片手で受け止めると、腰の周りでぐるりと回し、そのまま後ろ手に放り投げた。ボールはゴール・バスケットに吸い込まれた。

「ワオ……」「すげえ……」

中学生達が口を開けてジェイソンを見つめた。

「スッゴーイ！」智香子が大声をあげて手を叩いた。「プロの選手みたいだった！」

「いや、そんな」ジェイソンは狼狽《うろた》えた。「俺は、ここまで凄くは……」

脳裏に青い海と居並ぶ鳥居、海岸を彩る松と竹と梅のビジョンが閃いた。

この世ならざる光景の中で、他でもないジェイソン自身が、鳥居の列に向かってバスケット・ボールを投げ、見事にくぐらせて対岸まで送り込んだ。それは遠い距離の狙った地点へ誤りなく物を投擲《とうてき》する動作だった。

ジェイソンは頭を振った。ジェイソンは確かにバスケットを十年やってきているが、ここまで的確なスリーポイントを投げた経験は無かった。

「これなら、あなたの高校、インターハイ優勝も間違い無しじゃない？」

「ええと……」

「オイ！　ジェイソンさんじゃねえか」

そのとき、彼に声を投げかけたのは、坊主頭の二人組だった。ジェイソンはすぐに思い当たった。朱司の取り巻きのなかにいた双子だ。名前は確か、次郎と三四郎。

「何だよ。懲りずに俺らの目の届かない場所でコソコソとバスケマン気取りッて話か？」次郎が挑発した。「朱司さんに触れもしねぇ負け犬がよォ」

「やめてよ！」

智香子が叫んだ。三四郎が彼女の腕を摑んだのだ。三四郎はニヤニヤ笑って言った。

「結構マブい女連れてんじゃん。留学生だかなんだかしらねぇけど、早速モテモテだな？　嫉《しっ》妬《と》しちゃうワケよ」

「よせよ！」

詰め寄ろうとするジェイソンの背中に次郎が声をかけた。

「調子に乗ってるバスケ小僧はバスケで叩き潰してやんよ」次郎は中学生からボールを奪い、その場でドリブルを始めた。「ワン・オン・ワンでケジメつけようや。お前が負けたら、その女は俺らが頂く」

「ハァ⁉　ふざけないで……」「うるせえ！」

三四郎が智香子を羽交い締めにした。智香子は悲鳴を上げた。オダンゴは暴力を恐れて木陰に隠れた。なんという駄犬だ。通行人も目をそらした。治外法権の牙鮫の家来だという事が知れ渡っているのだ！　ジェイソンは殴りかかろうと振り上げた拳を下ろした。そして次郎を振り返った。

「俺が勝ったら責任を取らせるぞ」

「ありえねぇ話をするんじゃねぇぜ！」

次郎はドリブルしながらゴールへ接近する。

ジェイソンは一瞬身を沈め、走りだした。考えるより先に体が動く感覚が再び彼の脳を刺激した。彼は己の暴れ馬じみた体をコントロールしようとした。次郎はジェイソンの接近スピードに意表を突かれたか、もはやその表情から余裕は失せている。

次郎はジグザグに蛇行《だこう》し、ジェイソンをやり過ごそうとした。そして振り返った。次郎の手にボールは無かった。

ジェイソンは次郎を一瞥《いちべつ》した。ボールは彼の手にある。次郎は不思議そうに己の手を見た。

ジェイソンは次郎を指差した。

「蚊が止まる」

「てめェ！」

次郎が摑みかかる。ジェイソンは身体を捻《ひね》り、宙返り跳躍で次郎を飛び越えた。空中で回転し、次郎の肩を踏みつけた。彼の身体を踏み台にして、更《さら》に高く跳んだ。空中で三回転し、勢いそのままにダンクシュートを叩き込んだ。

ガシャアアアン！　轟音が鳴り響き、鉄の柱が軋《きし》んだ。ジェイソンはゴールリングにぶら下がって身体を振り、智香子を押さえつける三四郎の眼前に着地した。

「ア……」

三四郎は恐怖に目を見開き、ジェイソンを見た。ジェイソンは三四郎の肩を無言でドンと押した。三四郎は尻もちをついて震えた。ジェイソンは智香子の手を取った。

「行こう」

「オイ！　テメェ！」

次郎が叫んだ。ジェイソンは振り返った。次郎は気圧《けお》され、思わず後ずさった。しかしなんとか言葉を絞り出した。

「俺らに逆らうッて事は……朱司さんに逆らうッて事……牙鮫家に逆らうッて事……駒科に逆らうッて事だぞ！　わかってンのかオイ！」

「なら、朱司さんに報告すればいい」ジェイソンは攻撃的な笑みで応えた。「留学生にイチャモンつけたはいいが、返り討ちにされて手も足も出ず、スラムダンクを決められて泣いて帰ったッてな」

「フザケルナ」

次郎が獣じみた怒りの目を剝《む》いた。そして懐から手裏剣を取り出した。

「卑劣な暴力に訴えるのがお前らのやりクチッて事でいいんだな」ジェイソンは怯《ひる》まなかった。

「ジェイソンさん⁉」智香子が息を呑んだ。ジェイソンは彼女を庇《かば》った。そして呟いた。

「我慢するのは、やめだ。僕はガイジンだ。暗黙の決まりだの、武家の掟だの、そんなものは効かないぞ」

「後悔しやがれ！　ハイヤーッ！」

次郎は手裏剣を投げつけた。ジェイソンの脳裏に、海と鳥居のビジョンが再び去来した。ジェイソンは神秘的な戦士であり、敵が投げた手裏剣を摑み、投げ返していた……。

「エイッ！」

ジェイソンは回転しながら飛来した手裏剣を指先でつまみ取り、手をしならせて投げ返した。手裏剣は次郎の腰をかすめ、ベルトを斬り裂いて、木の幹に突き立った。次郎のズボンが足元に脱落し、縞模様のブリーフが露出した。

「ヒッ！」

次郎は内股になって股間を押さえた。三四郎は情けない悲鳴を上げた。失禁してしまったらしい。

「お前らのボスに伝えろ」ジェイソンは言った。怒りと決意が精神を昂《たか》ぶらせていた。海と鳥居のビジョンが脳内で閃き、驚くほどに流暢な文言が舌を通して滑り出てきた。「僕はたった今、貴様達の狼藉《ろうぜき》によって侮辱《ぶじょく》を受け、友人の智香子さんの身が危険にさらされた。ゆえに貴様達のトノサマである牙鮫朱司が責任を負うべし。明日の正午、誇りをかけたワン・オン・ワンの試合を申し込む。この果たし合いを断ることは許されない」

それは有無を言わさぬパワー・ワードだった。にわかに空がかき曇り、稲妻が轟《とどろ》き、雨が降りだした。公園の市民達は悲鳴を上げて雨から逃れ、走り去る。

「わかったか！」

ジェイソンは語気を強めた。

「ハイ！」

次郎は反射的にかしこまった返事をしてしまい、己を恥じながら、這々《ほうほう》の体で逃げ出した。三四郎が情けない足取りでその後を追った。

「待ってくれよ、アニキ！」

「ジェイソンさん……！　これって……！」

智香子は震えた。オダンゴは彼女の足にしがみつき、頭を垂れた。ジェイソンは頷いてみせた。

「多分、これは定められた使命なんだ。きっと、僕が留学してくる前から、この運命のレールは定められていた。僕は牙鮫家と戦い、この街の道を正さねばならない。君のお父さんが言ったように」

雷鳴が轟いた。

「私の、お父さん？」

「そうさ！」ジェイソンはTシャツの袖をまくり、「海原」の刺青を露わにした。嵐の音に負けぬよう、彼は叫んだ。「彫師である君のお父さんが僕を呼び出し、神秘的な刺青を入れてくれた。この刺青は僕の潜在能力を引き出してくれるんだ……！」

「そんな……！」智香子は驚きに目を見開き、後ずさり、両手で頭を押さえた。オダンゴが彼女を心配し、足元をグルグルと走り回った。「お父さんはひと月前に死んだのよ！　日本では死後四十九日間は身の回りの品物の整理は行わない決まりなの。だから、ガレージに刺青道具もそのまま保管されたままで……あなた、あなたが？　呼ばれて？」

「マジかよ」ジェイソンは呻いた。「つまり……その……君のお父さんは……生きてない……死んで……？　ええ……？　幽霊……？」

「見せて」智香子はジェイソンの腕を掴み、刺青をまじまじと見た。「……なんてこと……お父さんの刺青に間違いないよ……子供の頃から、私、ずっと見てきたんだから……」

智香子は嗚咽した。ジェイソンはどうしたらいいかわからなかった。あまりに大きな衝撃だった。

「お父さん……厳しい職人だった……だけど私にはずっと優しかった……会いたかったよ……」

智香子はうつむいた。ジェイソンは恐る恐る彼女をハグした。

◆

翌日、日曜の正午は雲一つない快晴で、燃えるような陽の光をうけた駒科高校の野外バスケット・コートは、まるで平等院鳳凰堂《びょうどういんほうおうどう》の白砂のように輝いていた。

休日でありながら、そこはものものしいアトモスフィアに包まれ、多くの生徒達のざわめきがその場を満たしていた。

生徒ばかりではない。桟敷《さじき》席の上座には威圧的な口髭を生やした紋付き袴姿の人物が座っている。牙鮫朱司の父にして牙鮫家当主、牙鮫剛柔郎その人だ。なぜならこれは牙鮫家が関わる決闘の場であり、誇りを試す場だからである。

赤い盃を差し出し、下座に座る校長に日本酒の酌をさせながら、剛柔郎は己が帝王学を叩き込んだ息子、朱司を眺めていた。朱司は複数人のストレッチ・スタッフを用いて、試合前のストレッチに余念がない。

一方、ジェイソンは一通りの準備運動を終えると、アスファルトの上に胡座《あぐら》をかき、精神の集中を行っていた。傍《かたわ》らで見守るのは智香子である。駒科高校の人間ではないが、彼女はセコンドとしてこの場に足を踏み入れた。

（牙鮫家に決闘を申し込んだだと？）昨晩の食卓は重苦しい空気の中でおこなわれた。隆は好美と視線をかわし、深い溜息を吐いた。苦悩と不安、心配が彼の伏せられた目に溢れていた。

（それが何を意味するか、君はわかっていないのでは……）

（わかっています）

ジェイソンは決断的に答えた。その語気、力強さに、隆は心動かされたようだった。

（ならばこれ以上何も言うまい。私から言うことは一つだ）隆は笑顔になった。（絶対に勝ちなさい。やっつけろ、ジェイソンさん！）

ジェイソンは目を開き、赤い鉢巻を額に締めた。それは隆がジェイソンに授けた家宝だった。

彼は腕に触れた。Tシャツで隠れているが、そこには「海原」の刺青がある。智香子の父が……亡き父が彼の身体に刻み込んだ、潜在能力を引き出す神秘の力の源である。

一方の牙鮫朱司も、ストレッチの最終フェーズに入ろうとしていた。真横に両脚を開き、上半身をぺったりと地面につけ、息を吐く。肩甲骨に沿って乗せられた八つの灸からはほのかなハーブの香りが立ち昇り、精神の集中と血行の促進を促していた。

「あのガイジン、調子に乗り過ぎですぜ」朱司の隣に跪《ひざまず》く次郎が憎々しげに言った。「確かに俺は遅れを取ったが、それで朱司様に挑戦できるなんて、思い上がりやがって……！」

次郎の鼻は包帯で覆われていた。昨日の報告の折、朱司から制裁の鉄拳を食らった結果である。部下の恥は将の恥だからだ。次郎の目は恥辱と怒りに血走り、ジェイソンを睨《にら》みつける視線には殺意が籠《こも》っていた。

「ククク……愚かなクズには何度でもわからせてやるまでだ」朱司はせせら笑った。「奴にはせいぜい力いっぱい足掻《あが》いてもらって、この祭りにピリッとしたエンターテインメントのワサビを効かせてみろと言うまでだ。次郎、そもそもは貴様の不始末が招いた事態という事を肝に銘じておけ」

「申し訳ありません！」

次郎は土下座し、額を地面に擦り付けた。朱司はうつ伏せ状態から脚の筋肉の力だけで立ち上がった。背中から灸の灰がこぼれ落ちた。

彼は桟敷席の父に向かって深々と頭を下げた。この戦いは牙鮫家の当主に捧げるものである。

「位置についてください」

審判がバスケット・コートに立ち、ジェイソンと朱司を招いた。二人の対戦者は審判を挟んで立ち、睨み合った。ざわついていた観客が静まり返った。智香子がオダンゴのリードを強く握りしめた。

審判がゴクリと唾を飲んだ。試合は二本先取。毎ラウンド、審判にボールが戻るルールだ。先にゴールを二度決めた側が勝利する。きわどい局面があれば、一〇〇パーセント、朱司に有利なジャッジを下す。それが彼の仕事だ。審判は厳《おごそ》かにボールを構え……宙空に高く放り上げた。

ジェイソンと朱司は同時にコートを蹴って跳んだ。

「何⁉」

朱司は眉根を寄せた。朱司の垂直跳躍は二メートルを超えていた。ジェイソンはそれについてきている。先日のワン・オン・ワンで無様な敗北を喫した男と同一人物と思えなかった。

朱司は舌打ちし、空中のボールを手で打ち落とした。ジェイソンが一瞬遅れたかたちだ。着地した朱司はドリブルしながらゴールを振り返った。……ボールが無い。

「バカな！」

朱司は思わず叫んだ。桟敷席の剛柔郎が眉根を寄せた。ボールはジェイソンの手にある！奪われたのだ。それは一瞬の切り結びだった。

朱司はジェイソンを追った。ジェイソンはジグザグにドリブルして朱司の追撃を躱《かわ》し、跳んだ。

「ハイヤーッ！」

五メートルの高さまで跳び上がったジェイソンはそのまま空中で四回転し、背面ダンクを決めた。

ガシャアアアン！　ゴール・バスケットが轟音を鳴らした。観客は静まり返り……そして……爆発した。

「ウオオーッ！」「凄い！」「信じられない！」「ジェイソン・ウォーターフィールドに一本！」「オホン！」牙鮫剛柔郎が咳払《せきばら》いをした。観客は威圧感におされ、静まり返った。「続けろ」

剛柔郎の声は朱司にとっても強烈なプレッシャーだった。彼は額に溢れ出た汗を拳で拭《ぬぐ》った。

（バカな。ありえない。奴が俺の身体能力についてきているだと？　そればかりかゴールまでも……ありえない。そんなはずはないのだ！）

朱司の脳裏に、生まれてこの方受けてきた最新鋭の科学的トレーニングの数々、叩きこまれた帝王学の数々が去来した。牙鮫剛柔郎の厳しい教えが。

牙鮫家の当主たるもの、卑しい家来衆に遅れをとる事まかりならず。政治こそが牙鮫家の生業であり、スポーツは片手間に、だが専門家の一歩先を行って当然のものだ。

（奴め……転校当初のように調子に乗っている……！　ＮＢＡの本場でそれなりに結果をあげてきたスポーツマンの思い上がりを蘇らせつつある！）朱司は歓声に応えるジェイソン・ウォーターフィールドを血走った目で見た。（駒科は我が牙鮫家の領地だ。領地を侵す余所者《よそもの》には力でわからせる……それがやり方だ……あいつの転校初日、俺は調子に乗ったあいつの鼻っ柱を、絶望的な実力差を見せつけることで粉々に砕き、徹底的に心を折ってやった。それなのに奴は再び立ち上がり、こうして向かってきた。奴が屈する事なく牙鮫家に抗い続ければ、この地の封建的支配体制にヒビが入り、武家社会のシステムそのものに疑問が投げかけられ、無力な市民が牙を剝くことにもなりかねん！）

ジェイソンは決意に満ちた目で真っ向から朱司の凝視を受けた。朱司は舌打ちした。彼は剛柔郎を見た。父は険しい顔で朱司を見ている。値踏みしているのだ。朱司が武士であるか否か。己の帝王学を受け継ぐ器か否かを。

（負けられるわけがない！）

朱司は歯を食いしばり、コート中央へ戻った。審判は気圧され、汗を拭いた。ジェイソンと朱司は再び向かい合った。

審判がボールを放った。手が滑り、朱司側にボールは飛んだ。

手が滑った？　違う。そうするのがこの審判の仕事なのだ。朱司はボールをキャッチし、ジェイソンに背中を向けて着地すると、そのまま駒のように回転し、ジェイソンの周囲を地球に対する月のように周った。

ジェイソンは朱司の動きに対応しようと、その動きを追った。朱司は笑った。彼は動きに極端な緩急をつけた。素早く動き、かと思えば緩慢に動く。並の人間には到底不可能な速度差が、まるで蜃気楼のように、第二・第三・第四の朱司を作り出した。分身の術だ！

「バカな！」

今度はジェイソンが度肝《どぎも》を抜かれる番だった。何人もの朱司がジェイソンの周囲に纏《まと》わりつき、幻惑した。本当のボールはどこにある？　ジェイソンは幻を振り払おうと、思わず一瞬、目を閉じた……。

ガシャアアアン！　ゴールが揺れ、観衆が感嘆の呻き声を上げた。ジェイソンが見たのは、ゴールにぶら下がる朱司の姿だった。

「フンッ！」

反動をつけて後方へ跳んだ朱司は、三回転したのち、見事な着地でコート中央に戻った。そして、唖然とするジェイソンに人差し指を突き付け、挑発した。

「帝王学バスケット・ボールの真似事を試みたところで、最終的には無様を晒《さら》すのがオチだ。わかったか、ガイジン！」

「ジェイソンさん！」智香子が悲鳴を上げた。「まだ……まだ終わってないよ！」

智香子の声が、恐慌に陥りかけていたジェイソンの精神を踏みとどまらせた。

「そうだ」ジェイソンは呟いた。己に言い聞かせるように。「僕はまだ終わっていない」

「いいや、終わりだ」朱司が強調した。「最初の1ポイントはまぐれだ。身に染みたはずだ。どれだけ強がろうと、貴様の肉体に刻み込まれた恐怖は決して拭えはしない。平民は武家に跪くのがさだめ。ガイジンであっても、それは同じことだ。武家がなぜ支配者たりうるかわかるか？　全てにおいて平民に優っているからだ。それだけのことだ」

「お前はわかっていない」ジェイソンは言った。今このとき、彼は再び、青く輝く海と、荘厳な鳥居を見ていた。「民衆を力で支配することが武家の存在理由ではない。高潔な精神こそ、過去から現在、そして未来へ引き継ぐべき日本の美なんだ！」

「ガイジンが日本の美を語るか！」朱司が叫んだ。そして審判を促した。「笑わせるな！　投げろ、審判！」

審判がボールを投じた。朱司はグラウンドを蹴った。ジェイソンは喰らいついた。

「「ハイヤーッ！」」

両者の手がボールに触れた。回転するボールは摩擦による火を生じ、陽光に煌《きら》めいた。ボールは斜め下に弾き出され、接地した。しかしバウンドしない。あまりにも回転速度が速いせいで、ボールはグラウンドを焦がしながらえぐり、煙を吹きながらバーンナウト痕を刻みこんで、半円形にドリフトしたのち、おのずから二メートル真上に跳ね上がった。

「「ハイヤーッ！」」

両者は同時にグラウンドに着地し、ボールに飛びついた。

朱司が五人に分身した。ジェイソンは稲妻の如き速度に加速し、分身の隙間を縫ってボールに接近する。緩急をつけた朱司の動きを凌駕する絶対的な速度で、一気に振り切る力業だ。

「ハイヤーッ！」「ハイヤーッ！」

まるで柔道の組手のように腕を繰り出す二者は、舞いを舞うかのような縦横無尽の動きをコート内で繰り広げた。激烈な闘争を繰り広げる二者の肩の高さを、ボールは綿のように軽やかに移動する。

それは白鳥が水面の上ではあくまで優雅さを保っているのにも似ていた。水面下では激しく水を掻いているのだ。朱司とジェイソンが死に物狂いでぶつかり合っている今この時のように。

「ここだ！」

朱司の目がギラリと光った。ジェイソンの身体の陰になり、観客の死角！　朱司はジェイソンのシャツの裾《すそ》を摑み、思い切り引っ張った。

「あッ！」

バランスを崩すジェイソン！　朱司はさらに軸足を敢えて後ろに伸ばし、ジェイソンの踵《かかと》を引っ掛けた。無慈悲！　ファウル行為だ！

観客はこの動きに気づかなかった。審判はどうだろうか？　否、ナンセンスな問いだ。見えていようといまいと、彼が朱司にファウルを取る事はないのだから。

ジェイソンは肩から倒れこんだ。超高速のボールの奪い合いのさなかに転倒すれば、それはいわばクラッシュしたＦ１レーサー並のダメージを負う事になる。

観客が悲鳴をあげた。ジェイソンのＴシャツが裂け、血が焦げる臭いが熱い空気の中を微かに漂った。ボールはあさっての方向に飛び、木立の中に消えた。

「ジェイソン！」

智香子が悲痛な叫び声を上げた。駆け寄ろうとするが、審判が立ちはだかった。石のように無慈悲な無表情であった。

「そうだ……試合中だ」審判の背中越しに智香子を止めたのは、ジェイソンだった。「まだやれる。ちょっと滑っただけだ」

彼は口元の血を拭い、赤い唾《つば》を吐いた。割れた奥歯がグラウンドを跳ねた。コート中央まで歩き、低く言った。

「早く試合を再開してくれ」

観客がどよめいた。彼らの視線は、ジェイソンの腕に……Ｔシャツが破け、露出した「海原」の刺青に注がれていた。今、その漢字は、焼ける鉄のように白く光り、龍の息遣いのように脈打って見えた。ジェイソンは燃えるような目で朱司を見据《みす》えた。

「俺はお前を倒す」「できるものか」

朱司は審判に目配せした。審判は新たなボールを取った。

「最後にボールに手を触れていたのはジェイソンさんだったので、試合再開は朱司さんのボールとなります」

不満気な溜息が観客の間に拡がった。朱司は冷たい目で彼らを睨みつけ、審判からボールを受け取った。ジェイソンは静かに……水のように……海のように静かに、朱司を見守っていた。その超然たる態度が、朱司の胸中に新たな憎しみの火を灯した。

「再開！」

審判のホイッスルと共に、朱司が動いた。その場からゴールめがけ、シュートを放った。

ギュルルルル……空気を裂く鈍い音を立て、キリモミ状に回転しながら、朱司が放ったボールはゴールに吸い込まれていった。ジェイソンは両手を前へ突き出し、ゆっくりと、円を描くように動かした。

その場にいた人々は、蜃気楼に呑まれたような錯覚を味わった。空気が歪み、視界が歪んで見えた。寸分違わずゴールに飛んだと思われたボールは大きく狙いを逸《そ》れ、バスケットの縁に跳ね返った。

「何だと」

朱司は呻いた。信じられない思いだった。その背後に、いつの間にかジェイソンが立っていた。ジェイソンの背に陽炎《かげろう》が立ち、その目は白く光り輝いていた。

「終わりだ」「な……⁉」

ジェイソンが消えた。

ゴウ！　風の唸りが一秒後に朱司の耳に届いた。真空波の衝撃で体中に生じた裂傷から血が噴き出す。朱司は空中のボールをキャッチしたジェイソンを見上げた。まるで瞬間移動だ！

「まずいッ……」

朱司は阻止すべく、高く跳躍した。ジェイソンはボールを抱え、空中で竜巻のように高速で回転し始めた。

「ハイヤーッ！」

「グワーッ⁉」

竜巻に突っ込んだ朱司はコンマ数秒気絶していた。意識が戻った彼は、斜めに吹き飛ばされている己の身体を認識した。

ＫＲＡＡＡＡＡＳＨ！　朱司は背中から桟敷席に叩きつけられた。

「バカな……この俺が……牙鮫家のバスケが……」

「アイエエエ！」

校長が転げ落ち、ぶざまに這いつくばった。剛柔郎は傷ついた息子を見下ろして舌打ちした。そして、バスケット・コートの空中でいまだ高速回転を続ける竜巻を……竜巻の中のジェイソンを見た。

「海原の戦士……そういう事か！」

「イイイイヤアアーッ！」

ジェイソンは回転しながらゴールに到達した。

ＫＲＡＡＡＡＡＡＡＡＳＨ！　ゴール・バスケットを中心に放射状の風が吹き抜け、観衆は吹き飛ばされぬよう悲鳴を上げて耐えた。

壮絶なスラムダンクが決まった。審判は震えながら朱司と剛柔郎を見た。

「ファ、ファウルだ……こんな……」朱司は頭を振って起き上がった。「竜巻などと卑怯な……」

「愚か者！」怒声によって朱司を黙らせたのは、誰あろう、牙鮫剛柔郎その人であった。剛柔郎は冷たく我が子を睨んだ。「貴様の負けだ！　潔く認めるがいい！」

朱司は言葉を失い、悔しげにうつむいた。

「しょ、勝者……」審判がおずおずと宣言した。「勝者、ジェイソン・ウォーターフィールドさん！」

「「「「「ワオオオオーッ！」」」」」

大歓声が沸き起こった。ジェイソンは一瞬、啞然となった。彼は「海原」の漢字を無意識のうちに手で押さえた。

「僕が勝った……のか」

「ジェイソン！　ジェイソンさん！　やったよ！」智香子が飛びついた。彼女は泣いていた。

「やったんだよ！　ジェイソンさんの信念と……お父さんの最後の刺青の力が……牙鮫家を……！」

「左様。貴様の勝ちだ」投げかけられた声に、ジェイソンは弾かれたように振り返った。そこには牙鮫剛柔郎が立っていた。

智香子が身を硬くし、オダンゴが震え上がった。

「今日のところは、牙鮫家の負けを潔く認めてやる。だが、次はこうは行かぬ。儂《わし》は我が権勢に挑む愚か者を長くのさばらせる気など毛頭《もうとう》無い」

剛柔郎の支配者の気迫に打ち倒されそうになりながら、しかし、ジェイソンは強く答えた。

「望むところだ！」

「フン……フハハハハハハハ！」

剛柔郎は呵々大笑《かかたいしよう》し、踵を返して、去っていった。その息子、朱司もまた、ずたずたに傷ついた身体を難儀そうに動かし、父の後を追ってリムジンに乗り込んだ。憎悪と復讐意志の視線を、ジェイソンは真っ向から受けた。

「かなしい人……」

智香子は呟いた。

戦いは始まったばかりという事か。牙鮫家はこの敗北を決して軽く見はしないだろう。次なる戦いの予感が重くのしかかる。

だが、ジェイソンの心は熱く燃えていた。それは地元のバスケット・チームでも抱いたことのない、高潔な使命感に根ざした強い感情だった。

ジェイソンは智香子を見、何か言おうとした。しかしその瞬間、押し寄せた観衆が歓喜の声でジェイソンを囲んだ。

「「「ジェイソン！　ジェイソン！　ジェイソン！」」」

彼らはジェイソンを抱え、胴上げを始めた。

「「「アッパレ！　アッパレ！　アッパレ！」」」

「ちょっと待って、うわっ、まいったな、ははは……」

胴上げされながら、ジェイソンは笑い出した。彼が日本を訪れて、初めての、心からの笑いだった。そしてそのとき、彼は木陰から見守る姿を見たように思った。

それは智香子の父だった。満足気にうなずいた後、影は木陰の闇に溶けて消えていった。

解訳
説者

流鏑馬《やぶさめ》な！ 海原ダンク！

Yabusame Dunk

作者名：アジッコ・デイヴィス（Ajikko Davis）

作者来歴：七〇年代生まれ。本名不詳。ロサンゼルス在住。少年時代からバスケットボールに打ち込む中、一方で日本のアニメ／ヘンタイ・カルチャーにひそかに傾倒し、二重生活めいた青春時代を過ごしたという。特に愛好する作品は『ドラゴンボール』『うる星やつら』『うろつき童子』『百獣王ゴライオン』『ミスター味っ子』『スラムダンク』等の八〇―九〇年代のアニメ作品で、「おじさんの家の地下室にはその手の作品のビデオプログラムが大量に集められていた。僕は夢中でそれらを見ていったんだ。だけど周囲の人間には絶対にそれを悟らせなかった。米国のスクールには厳格なカースト制度が敷かれていて、オタク・ビデオを愛好していると知られたら、僕はスポーツ系のカーストから弾《はじ》き出され、自分の地位を維持できなかっただろうし、学費を払ってくれていた家族からも激しい非難を受けたに違いない。何故《なぜ》って？ カーストのルールから外れているからさ。ここは自由の国ではあるけど、皆はすぐに既存の価値観の中に囚《とら》われてしまうんだ。かなり苦しいものがあったし、その葛藤《かっとう》は無意識下で自分の作品に影響を及ぼしていると思う」とのこと。

本作「流鏑馬な！　海原ダンク！」に関しては、友人のホームステイ体験や彼自身の青春時代の経験を下敷きに、東洋的な神秘の世界観に翻弄《ほんろう》される一人の少年を描くことで、グローバリゼーションとそれに対してのカウンターを表現したのだという。「当時の日本のアニメーションは、たとえ登場人物がマーベル・ヒーローのような超人でなくとも、なにかといえば光が迸《ほとばし》り、爆発が起こっていたように思う。そのダイナミズムを東洋の超人思想、修行思想に基づくものであると仮定して、物語に落とし込んでみたんだ」

ジゴク・プリフェクチュア
ブルース・J・ウォレス
Bruce J. Wallace
Jigoku Prefecture

WARNING!!

本作には人体の損壊をはじめとした
暴力描写、残酷な表現が含まれています。
あらかじめご了承ください。

太陽が昇る王国、日本。皆さんご存知の通り、極東の神秘の世界は決して、スシ・サムライ・ニンジャで片付けられるものではありません。我々FEEEEE（ファー・イースト・エヴリー・エルダー・エンスジアスティック・エヴォルヴメント）社が提供するのは、神秘の国の表層を撫《な》でるおきまりのツアー・プランではありません。よりディープ、より学術的、より神秘的、より美味《おい》しい……つまり、何よりも素晴らしい体験。あなた自身の人生を変える旅をお約束します。

「ははは。ファック」

ジョシュアは涙声で呟《つぶや》き、広げたチラシを再びグシャグシャに丸めて捨てた。人生を変える旅。全くだ。何も嘘は言ってない。彼は右足首に嵌《は》められた石の輪、血と錆《さび》がブレンドされた鋼鉄の鎖が、テレビの横のドラム缶に巻きつけられて固定されているさまを見やった。そう、間違いなく彼の人生は変わった。最悪の方向に。間違いない。つまり、この旅行を最後にジョシュアは死ぬであろうから。

◆

ヘイデンが歌い終えると、バスの中を歓声が満たし、皆が一斉に拍手した。ヘイデンは照れ臭そうに肩をすくめ、息を吐いた。

「さあ、これで、まだ歌っていない方はいらっしゃらないですね？」

バスガイドのキクコがヘイデンからマイクを受け取り、微笑《ほほえ》んだ。貸切観光バス、バスガイド、そして車内カラオケ。残念ながらスシはついてこないが、カナダ発、北日本の篠山県《しのやまけん》を旅する一週間のツアーがわずか五百ドルというのは破格である。

「なかなか雰囲気溢《あふ》れる景色だと思わないか。松の木がこんなに」

ジョシュアは窓側に座るアシュリーの手を取った。アシュリーは表情を曇《くも》らせていたが、ジョシュアに笑いかえした。ジョシュアはアシュリーの髪に触れた。

「どうしたの？　調子が悪そうだね。確かにこのバスと山道は……その……快適とは言えないけれど」

「ううん、大丈夫」

ジョシュアはそれ以上聞けなかった。付き合いだして三年、ここ最近の彼らは特にギクシャクし始めている。お互いに不満はない……筈《はず》だ。ジョシュアはグラフィック・デザイナーで、アシュリーはフィットネス・クラブのインストラクター。年は同い年で、二十七。

二人の出会いは偶然の積み重ねだった。障子戸《しょうじど》で囲まれた茶の間で本格的な日本のカイセキを供するレストランで、屋号は「梅菊《うめぎく》」。当時、二人はそれぞれ別の相手と婚約していた。レストランの不手際でお互いの予約が重複し、確保された部屋は一つだった。なおかつ、二人はそれぞれ、相手からディナーの直前に突然別れを切り出され、二人はそれぞれに傷心だった。二人は半ば自暴自棄に相席となった。それ以来の付き合いだ。ドラマチックな馴《な》れ初《そ》めだった。体験が二人を強く結びつけ……それゆえに離れがたい。今こうして言葉にならぬしこりを抱えながら。

「何かしら。あれ」

この旅行でアシュリーの方から話しかけてくるのはこれが初めてのように思えた。ジョシュアは食いついた。

「どうした」

「ほら」

彼女は身を乗り出して窓を指差した。ジョシュアの視線は指先を追った。

「川だね」

ジョシュアは呟《つぶや》いた。手元のガイドをめくる。

「昏輪川《くらわがわ》」

「違うの」アシュリーは言った。「やっぱりそうよ。ねえ、間違いない」

「なに？」

「橋」

アシュリーは震えていた。橋？　ジョシュアは目を凝らした。確かに昏輪川を、ごく細い鉄橋が跨《また》いでいる。

「あの橋がどうかした？」

「……ううん。いいの。気のせい」

「気のせい？　気になるじゃないか」

バスはカーブを曲がり、昏輪川は見えなくなった。アシュリーの様子は目に見えて変わった。彼女はおびえているようだった。

「本当に大丈夫か。ずっと調子が悪そうだし、病院にでも……」

「ううん。本当に、本当に大丈夫」

アシュリーはジョシュアの手を強く握った。

「だから、ね、平気」

「後でなら、話してくれる？」

アシュリーは頷《うなず》いた。ジョシュアは息を吐き、シートにもたれた。

「歌っていない人がいたわ！」

バスガイドのキクコは、ジョシュア達の通路を挟んだ反対側の座席に座る男性に声をかけた。

「あら……あなた、日本人ですか？　お名前は？」

黒髪の若いアジア人は瞬きし、無表情に頷いた。

「はあ、まあ」

確かに、こりゃあ一般的な日本人だな。ジョシュアは思った。彼らは心を閉ざしており、普段から、なにを考えているかはよくわからない。友好的な時は常に微笑みを浮かべているが、心の中がわかる笑顔ではない。

「僕の名前は、ヒロです。僕、カナダに住んでいるんですがね。ちょっと、こちらに用があって。本当にすぐ済む用事なんですが、個人で行くより、ツアーに参加したほうが安いでしょう。

ツアー行程中で済ませてしまえるくらいの用事なんです」

「まあ！　でも、わかるわ。我が社のツアーは本当にリーズナブルですし……」

キクコは冗談めかして言った。

「こんな利発なバスガイドも同行しますしね」

車内がドッと沸いた。ヒロも微笑した。アシュリーもクスクス笑っていた。ジョシュアはアシュリーが笑った事に安堵《あんど》した。安堵ついでに、身を乗り出し、ヒロに声をかけた。

「ヒロ＝サン、こんにちは。私はジョシュアです」「ドーモ」「カナダのどちらにお住まいで？」

「モントリオールです」

ヒロは流暢《りゅうちょう》な英語で答えた。

「素敵ですね」ジョシュアは昼の光を浴びる聖堂の荘厳さを思い描いた。「私はトロントでグラフィック・デザインをしています。最近ニューヨークから移り住みましてね。ヒロ＝サン、仕事はなにを？」

「仕事ですか」ヒロは少しはにかんだ。「マンガを描いています」

「マンガですか。えっ？　日本のマンガを？」

「そうです。インターネットのおかげで、日本にいなくても原稿のやり取りができるようになりました」

「スゴイ！　マンガというと、NARUTO みたいな？」

「いやあ、全然そういうメジャーなものじゃありません。皆さんがご存知無い、本当にマイナーな作品です。日本のマンガ・マーケットは大きいので、僕のような人間でも、なんとかやれています」

「それはそれは……なんとまあ。ネットで原稿をやり取りとは。未来的というか……それまでは日本に？」

「ええ、そうです」ヒロは少し声のトーンを落とした。そして付け加えた。「日本で暮らすのはとてつもなくストレスフルです。僕は脱出したようなものですよ。それができて、本当に良かった」

「どうして？」

「ああ……スミマセン。皆さん日本にこうして観光に来ているっていうのに、やめておきましょう」

「いや、いや。わかりますよ。観光は気楽なもので、美しさの表層をさらうようなものかもしれません。実際に暮らすとなると、さまざまあるでしょうし。ニューヨークだって、大変なものですよ……ぜひ教えてください。日本のそういうところも」

「まいったな。正直、あまり気が進みません」ヒロは苦笑した。「東京はまた全く違うと思いますが、中心都市をひとたび離れると、全く文化も景色も違うんです。この国は、縁故の社会です。民主主義は、あるようで無いんです。ぼくの生まれ育った土地も例外ではありません。そこでは大昔のクラン・トーリョーが土地を支配していて、公共機関の職員も、すべてそのトーリョーの親戚筋が占めています。選挙の投票すらも自由ではない」

「投票が？　どういうことです？」

「想像できますか。土地の人間が、投票に行く人間の姿を、火《ひ》の見櫓《みやぐら》から双眼鏡で監視しているんです」

「そんな馬鹿な」

「いくらでもありますよ、そういう話が。トーリョーの機嫌を損ねれば、生きるためのインフラすらも満足に利用できなくなります……」

「ワオ。今日の宿泊地がそういった土地で無いことを祈るばかりですね」

ジョシュアは肩をすくめ、笑った。ヒロはあいまいな表情を浮かべ、笑い返しはしなかった。

ジョシュアはふと気づいた。

「先程、皆さんは観光に……とおっしゃいましたけど、ヒロ＝サンは？」

「さあ、左手方向をご覧ください」キクコのアナウンスがジョシュアの問いかけを遮った。

「ガードレール越し、崖下に倶等川《くらかわ》町の素晴らしい眺めが見えてきました」

誰もが感嘆の声を上げた。扇状の土地に煉瓦《れんが》造りの家々が立ち並び、渚《なぎさ》は太陽の光をうけてキラキラと輝いていた。生い茂る竹が風に揺れ、群れなす鳥が東から西へ飛び立っていった。

「ここからも見えます、あの高い建物が、本日みなさんが宿泊する……」

キクコのガイドは、急なブレーキに伴う車体のドリフトとタイヤの擦過音《さっかおん》、乗客のあげる悲鳴で中断された。

「ファック。何だ?」ジョシュアはドリンクホルダーに打ち付けた額を押さえた。「アシュリー! 怪我は……アシュリー?」

アシュリーは顔面蒼白で、頭を抱え、震えていた。

「アシュリー! 平気か!」

「ああ……ああ……ああ!」

他の乗客もざわつき、呻《うめ》き声をあげた。

「何だ!」「一体なにがどうした?」「鹿でも飛び出したのかい?」

「皆さん、怪我《けが》はありませんか?」

キクコが立ち上がり、乗客を見渡した。

「どうしたんだ、一体!」

運転席の真後ろに座っていた乗客が食ってかかった。ドライバーは振り返り、腕で汗をぬぐった。

「岩が」

「岩だと?」「通行止め?」「どうしたんだ?」「崖崩れか何かか?」

ドライバーが指差す先、進行方向に積み上げられた岩塊に、乗客達は息を呑んだ。**積み上げられている。**間違いなかった。岩肌が崩れたとか、そういう可能性はゼロだった。ジョシュアが日本を訪れるのはこれで二度目だ。一度目は姫路城を観光した。その際の城の石垣に似ていた。観光バスの青みがかったフロントガラス越しに見るそれは、当然、姫路城よりももっと粗雑なものであったが……。

「誰があんなマネをしたんだ」「危ないんじゃないのかい?」「日本ではよくあるんですか?」

「あああ!　ああああああ!」

アシュリーがいきなり悲鳴をあげ、車中の注目を集めた。

「やっぱり!　見間違いなんかじゃなかったのよ!　さっきの……ああああ!　こんなところに来るんじゃなかった!」

「落ち着いて。アシュリー、どうしたんだ。み、みなさん、すみません。ちょっと車に酔ったようなんです」

心配そうに見守る乗客達にジョシュアは説明した。視界の端に入ったヒロの様子が彼の注意を引いた。ヒロはよどみ無い仕草で足元のリュックサックを膝《ひざ》の上に引き上げ、中身を隣の座席上に出していっている。

通路に投げ倒されたキクコはプロらしい落ち着きで立ち上がり、マイクを取ってアナウンスした。

「皆さん、大丈夫です。今から方向を転換しまして、ひとまず……」

KRAAASH!

誰もが呆気にとられた。バスのフロントガラスが真っ白になった。なにかが車内に飛び入り、それがキクコを背中から貫いた。

「槍」

誰かが呟《つぶや》いた。確かにそれは槍としか言いようがない。先端を鋭利に削られた十フィートの物体が、キクコの胸元から飛び出し、そのまま つっかえ棒のように、血泡を吹いて前のめりに倒れる彼女の身体を支えていた。

「がぼッ。がぼッ。がぼッ」

バスガイドは濁った音を発しながら、三度強く震え、動きを止めた。

「う……」「うわあああ」「ああああああ!」

恐慌が車内に広がった。ジョシュアの肩を右から揺する者があった。そちらを見る。ヒロだ。

「これを」「何?」「これを!」

強い調子で差し出されたのは……肘先ほどの長さの柄の、手斧である。

「頭を下げなさい。窓から離れて!」

ジョシュアは従った。アシュリーにも同じように頭を下げさせた。KRAAASH! その一秒後、窓ガラスが爆《は》ぜ、槍がジョシュアの膝の横に突き立った。ジョシュアは悲鳴をあげた。

KRAAAASH! KRAAAASH!

「あああああ!」「あああああああ!」

絶叫が聞こえた。誰か負傷したのだ。ヒロは素早く立ち上がった。ジョシュアは目で追った。ヒロは右手に何か持っている。ジョシュアは理解する。ボウガンだ。彼は何の躊躇《ちゆうちよ》も無く、後部扉を手動で開放した。彼はジョシュアを振り返った。

「外へ! ここでは不利です」

「何だと……」

ＫＲＡＡＡＡＡＡＳＨ！　白くひび割れていたフロントガラスが破砕し、車内にバラバラと降り注いだ。何かが車内に入ってきた。今度は槍ではなかった。獣……否。人間だ。ガラス片で血塗れになったドライバーは自分自信を庇うように片手を掲げた。その手が切断されて天井に跳ね返った。

「あッ」

ドライバーは呻いた。手の次は首が切断されて飛び、天井に跳ね返った。切断された首から凄まじい勢いで鮮血が噴出した。血を浴びながら、人間は運転席の上に立ち、車内を見渡した。小柄な男だ。合成革のジャンパーを着、スタジアム・キャップをかぶっている。両手に握った刃物が光を反射してギラリと輝いた。

「ハヤクセ！　オメモ！」

男は外に向かって手招きした。それに応えて別の人間がフロントガラスを越え、車内に上がってきた。

「人間」

ジョシュアは呆然と呟いた。キャップの男は恐怖に凍りつく手近の乗客に飛びかかり、あっさりと殺した。ジョシュアはそのさまを見守った。

「はやく！」

ジョシュアは我に帰り、身を固くしたアシュリーを立たせて、ヒロに続いた。バスは岩壁に側面を向けるようにして止まっている。地面にはドリフトしたタイヤが円形の痕《あと》を刻んでいる。

「嗚呼《ああ》ッ！」

車外に逃れたのはヒロやジョシュア達の他に数人いた。ジョシュアの横でそのなかの誰かが叫び、岩壁を指差した。岩壁の上に三人ぶんのシルエットがあった。ガラガラ、ガラガラ、ガラガラ。嫌な音が鳴った。三人のうちの一人が手に持った何かを振っている。穴の開いたフライパンにたくさんの空き缶を結びつけたもののようだった。

「なあ、どういうことだ。ヒロ＝サン」ジョシュアは尋ねた。「一体何が起きているんだ。何か知っているのか」

ヒロは答えず、厳しい面持ちで岩壁を見、それから逆方向、今来た道を見た。そして呟いた。

「ダメか」

ガラガラ、ガラガラ、ガラガラ。同じ音がそちらからも聞こえてきた。四、五人が音を鳴らしながら徒歩で走ってきている。車内からはくぐもった悲鳴が漏れ聞こえた。ガラスに大量の血が飛び散った。ヒロはガードレールから身を乗り出し、崖下を見た。群生する松の木の緑と樹木の黒、岩肌の焦茶。遠くには美しい海と扇状の街が見える。ヒロは一瞬躊躇《ちゅうちょ》したあと、ガードレールを乗り越え、崖を滑り落ちた。

「ひッ」

ヒロの隣で誰かが息を呑んだ。ヘイデンだった。ジョシュアはアシュリーの手首を強く掴んだ。

「アシュリー。行こう」

そしてヒロに続いてガードレールを乗り越えた。アシュリーは従った。二人ともモタモタしなかった。

「あああああ！　ああああああああ！」

鈍器の殴打音とヘイデンの悲鳴が頭上を遠ざかる。ガササッ！　松の木の枝葉に飛び込むと、鋭利な松の葉が腕や脚に突き刺さった。斜面でつんのめり、背中から転がった。ガササササ……降りかかる土塊、音、上下左右。アシュリーの悲鳴。ガラガラと鳴る音。他の悲鳴……。

◆

「ホダラゴレガイジンキチトシメネバナバ」

「セネバナヤ」

耳にまとわりつく声。身体に触れる手。身体中を叩かれる。まるで果物の品定めのように。

「……！」

ジョシュアは目を開いた。狭い額と薄汚れた顔、虫歯だらけの乱杭歯《らんくいば》が目に入った。反射的にジョシュアは手を払いのけ、身を起こして後ずさった。

「アッハ！　アッハ！　アッハ！」「ホーウ！　ホーウ！　ホーウ！」

男たちは彼を指さし、手を叩いて嘲《あざけ》り笑った。男は三人。一人はデニムのツナギ姿、一人は黄ばんだタンクトップ、一人は乾いた血でピンク色に彩られた白いワンピースのドレスを着ている。

「なに……何だ？」

「シロタニクキチトイタダカネバ」

「メグミゾネ」

彼らは血走った目を見交わし、それぞれの手に何かを構えた。一人は錆びたスパナ。一人はロープ。一人はハンマーだった。目的は明らかだった。ジョシュアの右手が、地面にあった柄に触れた。滑落の前にあの日本人、ヒロが手渡した手斧だった。こいつらはジョシュアを発見したばかりなのだ。

「来るな！」

ジョシュアはもがいた。デニムの男が一歩踏み出し、「アイッ！？」手首を押さえて後ずさった。ジョシュアが振った手斧が当たったのだ。ジョシュアは威嚇《いかく》するように手斧を振り回し、立ち上がり、後ずさった。デニムの男は後ろで身をかがめ、呻き声をあげた。他の二人はじっとりとそのさまを見、それから、ジョシュアを見た。ジョシュアは踵《きびす》を返し、走りだした。

「マデコノオメ！」「クルシテチバヌカネバゾ！」

罵り声が後ろから追ってくる。ジョシュアは手斧を振って藪《やぶ》をかきわけ、竹林の中を、先へ、先へと進んだ。めちゃくちゃに走った。

「うッ！」

ジョシュアは不意に段差でつまずき、窪に倒れこんだ。

「ドコサイッタシロイノ」「ケヤツラカ！」「アッチデモノオトシタゾ！」「オイタテテケッカラ！」

罵り声がジョシュアの頭上を追い越していった。そのまま数分間、彼はじっと息を潜めて待った。彼は異様な高さまで生長した竹に囲まれていた。虫達がシンシンと鳴いている。白い靄《もや》が立ち込めている。時間は何時だろう。

アシュリーはどこに行った？　あの日本人は？　ようやくそれらの事に考えが向いた。彼は手斧を強く握りしめる。その刃に血と脂がついている。ジョシュアはぞっとした。これが無ければどうなっていただろう。あの日本人のおかげで助かった。助かった……さしあたりは。

ジョシュアは身体から土と落ち葉を払い、立ち上がって歩き出した。方角もなにもわからない。スマートフォンを取り出すと、当然、圏外である。

歩きながら彼は己の身に起きたことを整理しようとした。観光バスが山道を走行している最中、前方に岩が積まれている箇所にさしかかり、Uターンを余儀なくされた。ドライバーが方向転換しようとする間もなく、武器を持った人間が複数現れ、乗員、乗客に襲いかかった。恐怖で耳鳴りがした。まるきり悪い夢だ。身体のあちこちが痛む。滑落時の擦り傷だ。これからどうしたものか。

ジョシュアは足を止め、竹を摑んだ。すぐ前方が崖になっていて、下へ落ち込んでいる。危ないところだ。彼は竹の陰に身を潜めるようにして、下を見た。窪地になっている。白い靄が立ち込める中、民家らしきものを数軒目視する事ができた。ひとつは白い壁の一軒家で、屋外ガレージに軽トラックが停められている。残る二軒は、いわばバラックだ。錆びたトタンで作られている。住居ではなく、作業小屋の類《たぐ》いかもしれない。

ジョシュアは安堵しかかった。助けを求められる。そう思ったのだ。だがすぐにその安堵を封じ込めた。先程の厭《いと》わしい者達の笑顔がちらついた。あの家々がそもそも彼らのものだという可能性は十分にある。

ガラガラ、ガラガラ、ガラガラ……。

ジョシュアは息を殺した。崖上で、襲撃者たちが鳴らしていたのと同じ、異様な「鐘」の音である。それからほどなく、音の主が眼下の窪地に現れた。全部で十二人は居た。バスを襲った当人たちであることはすぐに解った。背格好、手にした血塗れの得物……後列の者たちは材木のようなものを、水平に、数人で支え持っている。靄の中、ジョシュアは目を凝らして見た。彼は震え始めた。水平の材木に等間隔で括《くく》りつけられているものの正体はすぐにわかった。それは逆さに吊るされた人間……乗客たちの成れの果てであった。恐ろしい事に、まだ息があるようだった。ジョシュアはそれらのなかにアシュリーの姿がない事をまず確かめた。一方、残念ながら、ジョシュアやヒロとともに車外へ逃れたヘイデンはそれら「獲物」に含まれていた。

材木に括られている五、六人に続いて、襲撃者の最後尾は台車を手で押す二人の男たちである。ジョシュアは吐き気をこらえた。台車の上にあるのは身の毛もよだつ堆積物だ。損壊した死体、四肢、はらわたの類いが無造作に山と積まれている。**髪の黒、肌の白、血と臓物の赤。**最悪の斑《まだら》のコントラストだ。ジョシュアの脊髄《せきずい》はひんやりと冷え、身体はカタカタと震えだした。あの襲撃は夢でもないし、襲撃者は野盗の類いでもない。異常者の集まりだ。

「ナンゴトデモネエ」「スゾマシロ」

彼ら一団を、別の者達が出迎える。それはつい今しがたジョシュアを追っていた二人だ。タンクトップと、ワンピース。二人は集団に対し、何かを早口にまくしたてた。集団がざわついた。何を伝えているのか想像がついた。

「ホイ！　オイ！」

そこへ更に別の呼び声が聞こえた。集団はそちらを見た。新たな男が現れた。まだらに禿《は》げた小太りの男で、引きずるように、抵抗する女性を引っ張って来る。女は錆びた手錠で両手の自由を奪われている。髪を振り乱し、叫び声を上げると、小太りの男はなんの躊躇もなく、その頬《ほお》を二度張った。女は砂利の上に倒れこみ、嗚咽《おえつ》した。

「ああ」ジョシュアは呻き声を漏らした。「あああ。あああ。……アシュリー」

ジョシュアの背後で藪がガサガサ鳴った。ジョシュアは振り返った。デニムのツナギの男が立っていた。

「オバエソコミツケタダゾ」

男は左手首を押さえていた。手首から先が見当たらない。それをやったのは他でもない、ジョシュアだ。

「そんなつもりじゃ」

ジョシュアは反射的に弁解しようとした。男の息がみるみる荒くなり、血走った目が見開かれる。

「オバエソコミツケタダゾ！　コンシロタオバエソ……エウッ」

ジョシュアは自分の口を手で押さえ、悲鳴を殺した。男は怯《ひる》んだ。その頸部《けいぶ》に、さっきまで無かったものがある。横から突き立っているのは細長い何かだ。男は鯉《こい》のようにその口をパクパクさせた。ストッ。音をたてて、それがもう一本。男のこめかみに突き刺さる。ようやくそれが何なのかわかった。矢だ。デニムの男は白目を剝《む》き、横ざまに倒れて痙攣《けいれん》した。

矢が飛来した方向の藪をかき分け、別の男が現れた。手にはボウガンを構えている。ジョシュアは後ずさった。足元で小石が欠け、パラパラと斜面を転がり落ちた。

「静かに」男は片手を口元に持って行き、英語で呟いた。「そのまま。身を屈めて」

ようやくジョシュアにもそれが誰だかわかった。

「……ヒロ＝サン……？」

「あなたは……ええと……ジョシュア＝サン」

ヌビニツコマ？　ソコガカッタハジデメ！　窪地の方向から声が聞こえた。

「まずい」

ヒロが呟いた。窪地の集団が互いに呼び合い、ジョシュア達の方向を指差している。忌々《いまいま》しいフライパンがガラガラと鳴らされる。デニムの男の叫びを彼らが聞きつけたに違いない。ヒロに促されるまま、ジョシュアは後を追って走りだした。傾斜を幾《いく》つも上がって下がり、せせらぎをまたぎ、蔦《つた》を切り開いて、二人は白い靄の中を、彼らの物音が聞こえなくなるまで動き続けた。やがて彼らは洞穴めいて口を開けた巨木のウロを見出し、そこに入り込んだ。

ジョシュアは尻餅をつくように、湿った土に座り込み、ウロに背を預けた。長い息を吐いた。

「限界だ」「わかります」

ヒロは頷いた。ジョシュアはヒロを見た。

「アシュリーが。アシュリーが捕まった」

ジョシュアはヒロの腕を摑んでゆさぶった。

「アシュリーがいたんだ！　今、いた！　僕は滑落して気を失って、目が覚めたら、奴らがいた。その時アシュリーはいなかった……だから僕は無我夢中で逃げて……アシュリーは……クソッ……クソッ……！」

「まだ命がある」ヒロはジョシュアをまっすぐに見て、言った。「私も貴方と同じように、見ました。彼女が引きずられて来たのを。少なくとも、つい今さっきアシュリー＝サンは生きていた」「ああ。ああ。ああそうだ。ダメだ。だから行かなければ」

駆け出そうとするジョシュアを、今度はヒロが摑んで、引き戻した。

「待って！　彼女を助けましょう。私も協力します。だから落ち着いてください」「落ち着けるか！」「落ち着くんです！　あの数を見たでしょう！　奴ら、殺人を躊躇しません。バスでの奴らを忘れましたか！」

「……」ジョシュアは深く呼吸し、うなだれた。「すまない……」

ヒロは咳払いし、説明した。

「アシュリー＝サンはすぐには殺されない筈です。半死半生の人々が何人もいました。まず潰されるのはその人たちです。アシュリー＝サンは、あの建物群のどこかに、しばらく……その……留め置かれるでしょう」

ヒロが言葉を選んでいる事がわかった。ジョシュアはヒロを見た。

「奴らの狙いは何だ」

「食糧です」

「何？」

「備えはして来ましたが、この目で見るまで信じたくなかった」

「あんた、奴らの何を知ってる。知ってるんじゃないか？」

「少し。ウワサです」ヒロは呟いた。「ここは篠山県の昏輪川村といいます。我々の観光バスは昏輪川村の住人の襲撃を受けた。噂は本当だったという事になる……」

「何の噂だ」

「都市伝説です」ヒロは言った。「そもそも昏輪川には村などありません。ただの山あいの雑木林に過ぎない。このあたりはマツタケが取れます。知っていますか？　マツタケは日本において希少な高級食材……。マツタケというのは生える場所が決まっていて、それは山の所有者が決して他の者に明かさない秘密になっています」

「要点を話してくれ」ジョシュアは眉間《みけん》にしわを寄せた。だが、なんとなくわかる。ヒロはこうして外堀を埋めるように話す事で、ジョシュアのパニックを鎮めようとしているのだ。話しながら、彼はリュックサックの中からＯＡ用紙のプリントアウトを出した。衛星写真をもとにしたこの付近の地図だ。それから、肘先ほどの刃渡りのナイフや、ノコギリを出し、土の上に並べていく。

「昏輪川村の都市伝説は、土地の所有者がゴールドラッシュ気取りのマツタケ盗採人を近づけない為に、山林の関係者が意図的に流した怪談だと思っていました。どちらにせよ、その怪談はなかなか魅力的に思えました……マンガの題材に」

「……」ジョシュアは目で促した。ヒロは続けた。

「昏輪川には人食いの村があります。付近の山道を通過する旅行者を捕らえ、引きずり込んで、食べてしまうのだと」

「バカバカしい話だ」

「全くです」ヒロは肩をすくめた。「私も、私の担当編集者のミコト＝サンも、あなたと同意見でした。カナダ在住の私のかわりに、ミコト＝サンが昏輪川を取材に訪れました。地理的な要素をまとめ、風景の写真をできるだけ沢山《たくさん》撮ってくる為の訪問です。勿論《もちろん》、人喰いの怪物達に対する備えなんて、彼はしなかった。……それが二週間前」

「二週間……」

「さっきの状況から鑑《かんが》みて、ミコト＝サンの生存は望み薄ですね」

「警察には報せなかったのか」

「勿論、カイシャや警察が、行方不明のミコト＝サンを捜索しました。しかし捜索は打ち切られました」ヒロの言葉は徐々に熱を帯びた。「これも都市伝説なのですが、昏輪川村の存在は国家レベルで隠匿《いんとく》されているらしいのです。何が理由なのかはわかりません。政府の実験だとか、カルト教団だとか……アンダーグラウンドのフォーラムでは、それらしい憶測があることないこと書かれているわけです。なんにせよ、実際ミコト＝サンは見つからずじまいです。そして私は、彼を救出しにこうしてノコノコやってきて……クソッ」ヒロは木の根を拳《こぶし》で殴りつけた。「都市伝説が真実だった事がわかった時、私はこうして敵のはらわたの中に捕らわれてしまったわけだ」

「そして僕も」ジョシュアが呟いた。「……アシュリーも」

ヒロは息を吐いた。

「ここから西、北へと回り込んで、あの窪地の居住地に降ります」

彼は地図上をなぞっていき、最後に、川にかかった橋を指差した。

「アシュリー＝サンを解放したら、この橋を渡って倶等川町に抜ける。ここが唯一の脱出路だと思います」

ジョシュアは息を呑んだ。思い当たったのだ。アシュリーは橋と、その上になにかを見て、様子がおかしくなった。おそらくそれは、人喰いの連中が橋の上に築いたなんらかの境界を示すオブジェクトなのだ。倶等川町の人間は日頃からそうしたものを目にしながら、ただ恐れ、日々を過ごしていたのだろうか……？

「使ってください」ヒロに促され、ジョシュアはナイフを手に取った。

「それから、これです」

茶色い包み紙を破り捨てると、警官用の回転式拳銃が二挺！

「銃だと。いいのか、この国で」

「全然よくありません」ヒロは苦笑いを浮かべた。「法を犯し、こんな準備までしてきたけれど、あの様子ではミコト＝サンは絶望的ですね。せめてアシュリー＝サンを助けましょう。ひとつどうぞ」

「……いいのか」

「二挺拳銃なんて意味無いでしょ」ヒロは肩をすくめた。彼は諦めと自嘲の笑みを浮かべていた。日本人は悲しい時も笑うのだ。

「ミコト＝サンは君のパートナーだったのか」

ヒロは頷いた。ジョシュアは何を言えばいいかわからなくなった。やがてヒロは言った。

「アシュリー＝サンを助けに行きましょう」

「ああ」ジョシュアは頷いた。ナイフと銃を受け取り、弾薬を受け取った。「ああ。そうだ。アシュリーを見つけ出して、そして、ここから出よう」

二人はウロから抜けだした。ヒロはボウガンを構えた。

「銃声は他の連中を呼び寄せます。それに、ジョシュア＝サン、撃ったことは？」「無いさ」

「私もです。だから、土壇場《どたんば》でこの武器が信頼できるかどうか。銃は最後の手段と考えてください」「違いない」

斜面を滑らぬように気をつけながら、彼らは木の根をまたいで進んだ。どこもかしこも、鬱《うっ》蒼《そう》と茂る竹と松の林だ。日本の森はジョシュアの知る植物相とまるで違う。陰があり、神秘的な雰囲気を持っている……。

「ひッ!」

ジョシュアは思わず声をあげた。ヒロが振り返った。ジョシュアは頭上を指差した。松の木の枝に、逆さに吊るされたそれを指差した。

「神よ……!」

ヒロはジョシュアの指差す先を見て、凍りついた。肉屋の冷凍室のようにも見えた。それは大きくて、赤く白い肉の塊だった。ブンブンと音を立てて蠅がたかっていた。肉塊はひとつではない。なんの肉なのか、考えたくもなかった。慄《おのの》いて目をそらすと、奥側の斜面の底に寄せ集められた鉄くず、ガラクタの類いが視界に入った。一緒くたに投棄されている無数の白い破片は当初コンクリートに見えたが、そうではない。骨だ。砕かれた骨。そのままの骨。腕骨。肋《あばら》。頭蓋!

「オマベノゲスタエド!」「イデバゾ!　シロイノ!」

声が飛んだ!　二人はそちらを見た。人だ!　靄をかき分け現れたのは三人。一人はアロハシャツ。一人は革のジャンパー。一人は花柄のパーカー。背格好と年齢感が服装に何一つ噛《か》み合っていない。ジョシュアは直感する。全て略奪品なのだ。略奪品を、なんの意識もなく、ただ身につけているのだ。持ち主は皆……松の木に吊るされた肉塊から汁がしたたり、ジョシュアの肩に落ちた……。

「チヨスモゲ！」「カスゲゼ！」

ガコッ！　ヒロのボウガンが音を立てた。革のジャンパーの男が胸を撃たれて倒れた。残る二人が唸りを上げて襲いかかってきた。ヒロはボウガンを捨て、ナイフを手にした。パーカーの男がジョシュアに飛びかかってきた。ジョシュアは悲鳴を上げて後ろに倒れ込んだ。パーカーの男はジョシュアにのしかかり、食らいついた。手にした金槌を振り下ろそうとする。くさい息がかかる。ジョシュアは男の手首を押さえ、金槌から逃れようとする。二人はゴロゴロと斜面を転がった。

「アイッ！」

「……！」

ジョシュアは身をもぎ離した。パーカーの男は痙攣を始めた。首元にナイフが刺さっている。アドレナリンがドッと流れこんだ。ジョシュアはナイフを引き抜き、振り下ろした。刺して抜き、また刺した。

「アイッ！　アイッ……」

ジョシュアは男にまたがり、繰り返し刺し続けた。ゴキブリをスリッパで繰り返し叩くのと同じだった。やがてパーカーの男は動きを止めた。ジョシュアはナイフを握りしめ、斜面の上を振り仰いだ。ヒロが後ずさりする。アロハシャツの男と革ジャンの男がバールを手にじりじりと近づく。ジョシュアは銃で狙い、叫んだ。

「おい！」

男たちが足を止め、ジョシュアを見た。ＢＬＡＭ！　ジョシュアは発砲した。銃声に驚いた小虫の群れが、奥の斜面の骨棄場の底からワッと立ち上った。当たったかどうか、わからない。彼らは身をすくめた。そこにヒロが反撃した。逆手に持ったナイフを革ジャンの男の肩口から突き刺し、蹴り飛ばした。アロハシャツの男が呻いた。**殺さなければ！**　ジョシュアは殆《ほとん》ど逆上していた。引き金を引いた。ＢＬＡＭ！　ＢＬＡＭ！　ＢＬＡＭ！　三度目の発砲でアロハシャツの男の顔面が爆《は》ぜた。ジョシュアは銃を構えたまま、荒い呼吸を繰り返した。ヒロがボウガンを拾い、斜面を降りてきても、ジョシュアはそのままだった。

「とにかく、助かりました」

ヒロに肩を叩かれて、ようやくジョシュアは銃を下ろした。

「僕が殺したんだ。殺した」

ジョシュアは呟いた。ヒロは頷いた。

「いざやってみると、どうという事はないでしょう」

「そんな事はない」

ジョシュアは涙声で言った。ヒロは息を吐いた。

「急ぎましょう」彼はジョシュアを促し、先導して歩き出した。「今の銃声で、敵が集まってくると思います。奴らがどれだけ居るのか、それもはっきりしないが」

「これが日本か。君の国なのか」

「さあね」ヒロは肩をすくめた。「地球のどこだって、自分を不幸にしようと赤の他人が手ぐすね引いて待ち構えているのは同じですよ」

二人は沢をまたぎ、切り株と筍《たけのこ》が密集する場所を通過した。樹の根本に得体のしれぬキノコが生えている。赤くて白い斑点をもつもの。茶色いもの。白いもの。マツタケも含まれているのかもしれない。それらは地中に遺棄された養分を吸って育つのだ。地中に遺棄された養分を吸って。胸が悪くなる。二人はもはやかわす言葉がない。竹の枝を押しのけ、藪を越え……不意に視界が開けた。

村だ。先程上から見下ろした窪地に下から回りこんだのだ。目の前に白い軽トラックがあった。二人は身をかがめ、声を殺して、軽トラックの陰に忍び寄った。村は竹林に囲まれている。竹と竹の間にビニールテープが何本も張られ、そこに染みだらけのシーツや衣類が干されている。干し柿も吊るされている。干し柿の隣には干からびた肉片が吊るされている。ジョシュアは口を押さえ、胃液の逆流を押し留めた。

周囲に人間の息遣いは感じ取れない。二人は軽トラックの陰からバラックのトタンにゆっくりと移動する。向かいには二階建ての近代的な作りの一軒家がある。二階のベランダには室外機があり、衛星テレビ放送のアンテナが設置されている。テレビを見たり、エアコンをつけたりする人間が、なんの躊躇もなく人を襲い、狩って、食肉にするというのか。……するのだ。ベランダの手摺《てすり》にビニール紐で結ばれ、吊るされたものがそう語っている。肘先《ひじさき》で切断された人間の腕が何本もぶら下がっているのだ。

「大根をあんな風に干します」

ヒロが言った。

「そういう話は、要らない」

ジョシュアは疲弊しきった声で答えた。彼らは一軒家に隣接するガレージに忍び寄った。車は無い。ガレージの隅にペンキの缶が幾つも放置されている。こぼれた塗料の染みすらも血や脂に見えてくる。次に、向かいのバラック群だ。戸口で耳をそばだてても、息遣いや話し声の類いは聞こえない。

「開く」

ヒロが扉を引き開けた。饐《す》えた臭い。バラックの中に積まれているのは、花柄の布団と、血で汚れた衣類だった。老若男女、何十人分もの衣料が集められていた。顔をしかめ、隣のバラックに向かう。今度は扉にチェーンが巻きつけられ、ダイヤル錠でロックされていた。この建物の前の土は気持ち湿っているように思えた。ジョシュアは壁に耳をつけた。

「……」

二人は目を見交わした。

「人がいる」

「向かいの二階建てを、引き続き警戒していてください」

ヒロがジョシュアに言い、リュックサックから折りたたみ式のノコギリを取り出した。それをもって、ギコギコとやり始める。ジョシュアは拳銃を手に、一軒家の窓を注視する。

「奴ら、どこに行ったのか」

「さあね……近くにいるかもしれないし、もっと離れた場所にいるのかも。倶等川市街だったりね……よしッ」

ガラン。切断されたチェーンが土の上に落ちた。ジョシュアは拳銃を構えたまま、ドアノブをひねり、開いた。アンモニア性の刺激臭が目鼻を突く。ジョシュアは呻き、目をすがめた。

「助かったか」

バラックの中から英語が飛んだ。ジョシュアはそちらを見た。太った男が座り込んでいる。ヘイデンだ。衣類を剝ぎ取られ、肌着姿である。彼の隣にはもう二人、バスツアーの客がぐったりと横たわっていたが、ジョシュアが注目したのは彼らではなく、部屋の隅によりかかって動かない女だった。手首には手錠が嵌められている。

「アシュリー……！」

「彼女は生きている」

ヘイデンが言った。

「俺達の後に彼女はここに放り込まれた。つい今しがただ。代わりにトレントが運ばれていった。奴は出血が酷かったから、見限られたんだろう」

バラックの中は床がなく、土が剝き出しだ。土は湿っていた。血の染みだとわかった。ヘイデンは座り込んだままだった。すぐにその理由がわかった。アキレス腱を切られている。

「俺はこのとおりだ。アシュリーは……まだ、されていない」

「アシュリー！　僕だ。アシュリー！」

ジョシュアは恋人の白い肩を揺さぶった。アシュリーは呻き声を上げ、焦点の合わぬ目を開いた。擦り傷以外の怪我はなさそうだった。

「ジョシュア……」「行こう。立てるかい」

「クルマがなかったか」ヘイデンが震え声を発した。「クルマを盗んで逃げよう。クルマに運んでくれないか。そうすれば俺も」「ああ。ああ。そうしよう」「俺を見捨てないでくれ」

ヘイデンは震えていた。顔色は土気色《つちけいろ》で、脂汗を流している。ショック症状が出ているのかもしれない。生きられるのだろうか。そして地面に横になった二人は……。

ＢＬＡＭ！　ジョシュアは背後の銃声を振り返った。外を見張っていたヒロが、がっくりと膝をついた。信じられぬという表情で、その目を見開き、ジョシュアを見た。額から流れてきた血が彼の目に入った。ヒロはそのままうつ伏せに倒れた。ジョシュアは駆け寄った。外の二階建ての一軒家のベランダで、逆光になった影がライフルを構えていた。影は笑ったようだった。

「ああああ！」

ヘイデンが悲鳴を上げた。新たな一人が現れ、出口を塞いだ。その者はヒロの背中を踏みつけ、手にした何かをジョシュアの脳天に振り下ろした。

◆

暑い。不快だ。すさまじい悪臭。羽音がうるさい。黒い視界の右上にチラチラと光が揺れている。ジョシュアは煩《わずら》わしく思った。光を振り払おうと手を伸ばしたが、届かない。身体がだるく、思うように動かない。起き上がろうとして、右足首に妙な違和感を覚えた。

目覚めたジョシュアの目に入ったのは、その右足首に嵌められた、なかば錆びた鉄の輪だった。鉄の輪からは鎖がのびている。ジョシュアは反射的にそれを摑んだ。

「何」

とぐろを巻いた鎖を引く。ジャラジャラと音が鳴る。重い。視界の右上にチラついていたのは蛍光灯だった。周囲を見回す。屋内。ここは二階建ての家屋の中か。リビングだろうか。ソファがあり、テーブルがあり、テレビがある。異様な量の羽虫がブンブンと飛び回っている。テレビの横に、さも当然のように、赤茶けた巨大なドラム缶がある。鎖はドラム缶に巻きつけられて固定されている。

「……！」力を込めて鎖を引っ張ると、ドラム缶の強固な重みが伝わってきた。砂でも詰めてあるのか。「クソッ！」

頭がズキズキ痛んだ。ジョシュアは立ち上がった。食卓テーブルの上にあるものが目に入った。ジョシュアは絶叫した。彼は声を枯らして泣き叫んだ。叫びながら咳き込み、それから嘔《おう》吐《と》した。食卓の上で、ヒロの目は穏やかに閉じられていた。顔と、手首から先と、足首から先は無傷だった。

床に吐瀉物《としゃぶつ》をぶちまけ、胃酸しか出るものがなくなって、それでも吐いた。首の後ろに嘔吐時独特の鈍痛が生じた。吐き終えると、ジョシュアはまた泣き叫んだ。

「ああああああ！　ああああああ！　ああああああ！」

呼応するようにリビングの扉が乱暴に開け放たれ、頭にタオルを巻いた髭面《ひげづら》の男が入ってきた。ジョシュアを鈍器で殴りつけ気絶させた男だった。男は何かを引きずってきていた。ヘイデンだった。哀れなヘイデンにはまだ息があった。痙攣する彼を男は抱え上げ、卓上、ヒロの残骸の上に乱雑に叩きつけた。もはやヘイデンには呻き声を上げる力も残されていなかった。

「メバサマネメシロイノ。オメソナユカヨゴシテケヤラツカ」

男はジョシュアに忌々しげに言った。ジョシュアは後ずさりし、背中を壁につけて震えた。

「ドンズモゴズモ！」

男は舌打ちし、ブリキのバケツを食卓の脇に並べた。それから奥の戸棚へ歩いて行き、広刃の鉈《なた》を持ってきた。何をするか、見ずともわかった。ジョシュアはギュッと目を閉じ、耳をふさぎ、歯を食いしばった。それでも音は聞こえた。ゴンッ！　ゴンッ！　ゴンッ！　ゴンッ！　ゴンッ！　ガッ！　ガッ！　ガッ！　ガッ！　ガッ！　ガッ！　断ち切り、削ぎ切る音は、ジョシュアを逃がしてはくれなかった。その後、ドボドボと、何かをバケツに満たす音が聞こえた。解体作業の間、男はずっとブツブツ呟いていた。耳をふさいでいても、なにもかも聞こえてくるのだった。ジョシュアは嗚咽していた。

作業を終えると、男は鉈を奥の戸棚にしまい、ブリキのバケツを両手に下げ、入ってきたのと同様、足早にリビングから出て行った。取り残されたジョシュアは、頭の奥が朦朧《もうろう》とした状態で、もはや無感情に、食卓の上の残骸を見やった。ソファの上に冊子がある。手が届いた。ジョシュアはそれを取った。今回のツアーの観光パンフレットだ。旅行客の誰かから剝ぎ取りでもしたか。

「……ははは。ファック」

ジョシュアは泣きながら笑った。何もかも終わりだ。ジョシュアはここで死ぬ。アシュリーもまもなく死ぬ。力ないその手からパンフレットが離れ、血塗れの床に落ちた。ドォン！　いきなりドアが再び開いた。頭にタオルを巻いた髭面の男が手ぶらで戻ってきた。

「ヤンレヤンレ」

血走った目がジョシュアを見た。口を半開きにしたまま、じっと見据えていた。やがて男は口の端を歪め、揃いの悪い歯を見せて笑った。性的な薄笑いを浮かべながら、ジョシュアに近づいてきた。ジョシュアは退がろうとした。後ろは壁だ。足首の鎖がジャラリと音を立てた。

「オトナシゴシロナシロイノ」

男が手を伸ばした。ジョシュアはすでに驚くことに疲れ、恐れ疲れていた。男がジョシュアの肩を摑んだ。ジョシュアはもはや離人症めいて、なんの恐怖もおぼえなかった。蛇に食われる小動物が祈るように無抵抗で顎《あぎと》を待つように。……否。ジョシュアの平坦な心を不意に満たしたのは、怒りであった。何故《なぜ》こんなところで、こんな事になっている？　彼は歯を食いしばり、男の鼻に頭突きを食らわせた。

「アイッ！」

突然の抵抗に心底動揺したのか、男は曲がった鼻を押さえてうずくまった。ジョシュアは拳を固め、男の首の後ろを繰り返し殴りつけた。男は暴れだした。ジョシュアは倒れ込んだ。吐瀉物の中で掴み合いになった。ジョシュアは足首から延びる鎖を掴み、男の首に巻きつけた。

「オトナシゴシロナシロイノ！　コンダバ！」

「死ね！」ジョシュアは叫んだ。「死ね！　この悪魔め！　死ね！」

ジョシュアは鎖を引いた。驚くほどの力が出た。男の顔が青黒く変色した。憎しみが後から後から湧いてくる。それがジョシュアに更《さら》なる力を与えた。ジョシュアは締め続けた。男は抵抗をやめた。ジョシュアは男の首が引きちぎれるまで鎖を引くのをやめないつもりだった。やがて握力が失せ、手が笑い出した時、彼はようやく鎖から手を離した。男は動かなくなっていた。ジョシュアは男の上着を剝ぎ取り、ポケットをあらためた。

「鍵……クソッ、無いのか。鍵、無いのか！」

無益な行動だったとわかると、ジョシュアは苛立ちのままに死体を繰り返し蹴りつけた。死体が裏返り、男のベルトに括られた金属が目に入った。鋏《はさみ》と、ノコギリだ。それら道具の普段の使いみち……ジョシュアは頭を振った。彼はノコギリを奪い、自分の鎖に当てた。鎖は血と錆で劣化が激しい。やってやれないことはない。できなければ鋏を使う。それしかないのならば。

部屋の中は強烈なアンモニア臭で満たされていた。ジョシュアは羽虫にたかられ、何度もえずきながら、必死でノコギリを動かした。最終的に、パキ、と乾いた音がして、鎖は切れた。幸い、鋏の出番は無かった。

彼は忌まわしい室内を歩きまわった。部屋の隅にリュックサックが放置されている。自分のものと、ヒロのものだ。自分のものには大した中身はない。ヒロのリュックサックを開けた。衛星写真のプリントアウトと銃弾がそのままだ。ジョシュアはヒロのリュックを背負った。それから奥の戸棚をあらため、鉈を手に取った。**これなら殺せる。**手段を得た途端《とたん》、より激しい、先程の十倍もの怒り、抑えようのない憤激が瞬時に沸き起こった。ダムに堰《せ》き止められた水が決壊したようだった。ジョシュアは犬のように唸り声をあげた。椅子を蹴り倒し、テレビを横倒しにし、戸棚に積まれた汚い食器類を床にぶちまけた。ドアを蹴り開け、廊下に走り出た。彼は階段を駆け上がった。一瞬の躊躇もなくフスマを引き開けた。タタミ敷きの部屋で、男があぐらをかき、タバコを吸っていた。男の手元に猟銃があった。男はジョシュアを一瞥《いちべつ》し、猟銃に手を伸ばした。ジョシュアは鉈を振り上げ、男の腕をつけねから切断した。

「イアアア！　イアアア！」

男は悶絶《もんぜつ》した。ジョシュアは鉈を振りかぶり、その頭を、口の高さで水平に切断した。これで男は死んだが、ジョシュアは鉈を勢いに任せてさらに二度振り下ろし、死体を十二分に損壊した。それから畳の上の猟銃を拾い上げた。部屋を物色すると、タンスの引き出しの中に銃弾があった。銃弾と一緒に、黄色く変色した骨……指の骨のようだった……が収められていたが、もはや驚きも恐怖も感じなかった。それをポケットに詰め込めるだけ詰め込んだ。

「まだあるはずだ」ジョシュアはブツブツと呟いた。引き出しごとタタミの上に投げ落とす。骨が散らばる。「返せ。返せ。返せ！」

ガラス棚の中にそれはあった。ヒロの拳銃が二挺。ジョシュアはそれらを手に取り、ウエストに突っ込んだ。彼は階段を駆け下り、呪わしい家から飛び出した。

「ナダオメガバ、バッ！」

表をうろついていた村人を、ジョシュアは躊躇なく撃った。村人が体を曲げて倒れると、後頭部に鉈を振り下ろして殺した。彼は足を止めず、トタンの小屋に再び戻った。アシュリーは入ってきたジョシュアを見て身を固くした。横たわる二人は動かない。ジョシュアにはどうでもよかった。彼はアシュリーに腕を上げさせた。銃口を手錠の鎖に当て、撃って壊した。悲鳴をあげて倒れこむアシュリーを、ジョシュアは引きずるように起こした。

「来るんだ。アシュリー。ここはジゴクだ」

「ジョシュア……あなた」アシュリーは後ずさった。「ねえ。あの日本人の人は？　運ばれていった……」

「死んだ」ジョシュアは言下に言った。「仇はとった。このクソッタレのジゴクを抜けるまで、もっと殺すことになる。ジゴクにはジゴクのやり方がある」

アシュリーは肩を震わせ、俯《うつむ》いて、嗚咽を始めた。ジョシュアはアシュリーの手を取り、立たせた。

「行こう」「妊娠しているの」

アシュリーは腹に手を当てた。

「妊娠しているの……」

「なら、尚更《なおさら》こんなところでむざむざ殺されるわけにはいかない」

「……貴方の子供ではないのよ……」

「……フーッ……」ジョシュアは深く息を吐いた。「……だろうな。薄々わかっていたよ」

アシュリーは目を見開いた。

「そんな事はどうでもいい。今はどうでもいい」ジョシュアは言った。「いや、違うな。僕が謝るべきなんだ。旅行にでも連れて行って関係を改善しようなんて。そういう問題じゃないってのに。格安のツアー……」

アシュリーは泣きながら、ジョシュアにすがりついた。ジョシュアは彼女の背中を撫でた。

「君の子供だろう。イカレ野郎どもに自分の子供を殺させるつもりか」

アシュリーは泣きながら首を振った。ジョシュアはアシュリーから離れ、銃をひとつ渡した。

彼女は銃を握りしめた。

「使えないわ……」

「僕がやる。君はやらないでいい。おまじないにでもしてくれ」

ジョシュアは表に出た。日は傾き、竹林の影と朱色の空が溶け合った。何事もなければ旅情に溢れた光景だろう。クソくらえだ。何もかも、クソくらえだ。衛星地図に従い、二人は再び竹林に分け入った。アシュリーは時折つまずくが、不平を言わずに追従してきた。ジョシュアも振り返らなかった。クソくらえだ。食人だと？　鉛弾を嫌というほど食らわせてやる。殺してやる。殺しまくってやる！

「ナドッ……」「ナドカシロイノド？」

竹林の獣道を前方から歩いてきた二人組がジョシュア達を発見して慄いた。食糧が自分達の村の敷地を歩いているなど信じられないという事だろうか？　ＢＬＡＭ！　ジョシュアは挨拶《あいさつ》代わりに発砲した。右側の、割烹着《かつぽうぎ》を着て竹籠を両手で抱えた男が肩を打たれて回転ドアのように回りながら倒れた。左のロングＴシャツの男はこちらを指さし、喚きながら走って逃げた。ＢＬＡＭ！　ＢＬＡＭ！　ＢＬＡＭ！　当たらず、弾が切れた。ジョシュアは舌打ちし、鉈に持ち替えて、うつ伏せに苦しむ割烹着の男のもとへ歩いた。まだ息がある。背中を踏みつけ、鉈を叩きつけて首を刎《は》ねた。

「ジョシュア……！」

アシュリーが呻いた。

「わかるよ」ジョシュアはアシュリーを見ずに呟き、銃弾を装塡した。「クソなんだよ。こんなのは」

ぶちまけられた竹籠の中身はぶつ切りの人体だった。今更そんなことで驚くのは止めた。彼はそれを無造作に蹴散らし、獣道を進んだ。

上り坂の先で竹林が開けた。二人は斜面の縁に立って、谷を見下ろした。暮れてゆく山の斜面に、列になった火が見える。目を凝らすと、松明《たいまつ》をかかげた人の列だとわかった。こちらの方向へ、ムカデのように蠢《うごめ》きながら近づいてくる人の列だ。遠出をしていた村人だろうか。さっき逃げた奴が事態を伝え、ジョシュアを狩るために戻ってきたという事か。

「望むところだ」ジョシュアは唸った。「ロックンロールしてやる」

「ジョシュア。ねえ。あの橋を渡るのよね」アシュリーは遠く昏輪川の鉄橋の影を指差した。

「あれを渡って、逃げるのよね……」

「君はバスの窓からあの橋を見た」ジョシュアは言った。「何を見たんだ」

「……恐ろしいものを……」アシュリーは呟いた。「上手く言えない……酷いものを。ねえ、でも、あの橋を渡れば、ここから出られる……ここから出て行くのよね、ジョシュア」

「そうだよ」ジョシュアは答えた。「だけど、見えるだろう。連中の灯が。やられる前にやる。出て行くのはその後だ」

「ジョシュア」

「君はただついてくればいい」

「あなたは自暴自棄になっているのよ」アシュリーは言った。「こんな異常な状況と……私のせいで」

「黙ってくれ」ジョシュアは遮った。彼自身、驚くほど大きな声が出た。「普通でいられるわけがないだろ」

そして谷を下り始めた。アシュリーはそれ以上話さなかった。彼らは道を外れ、大きく迂回《うかい》するようにして、松林の中を進んだ。ジョシュアは鉈を振るって枝葉を払い、草を薙《な》いで道を作った。飛び出した枝でシャツが破け、足首は泥土に塗れた。それもこれも……。

「しゃがんで」

ジョシュアはアシュリーを振り返り、唇に指を当てた。藪の陰から、高さ二メートル程度の崖の下の道を見下ろす。それから右を見る。先程遠くに見えた松明の集団がこの道に差し掛かろうとしていた。ジョシュアは目を凝らした。列をなす村人たちに会話はない。作業服、Tシャツ、オーバーオール、ミニスカート、ジャージ、トレーナー、スーツ。服装はバラバラだ。片手に松明を持ち、片手に斧やハンマーやバールを持っている。火の明かりに照らされる彼らの顔は一様に厳しく、緊張感と敵意に溢れている。勝手な奴らだ。殺されて当然だというのに。彼は猟銃に弾丸を装填した。アシュリーは彼の後ろで嗚咽をこらえている。松明の列は眼下の道を通過してゆく。ジョシュアに気づくことはない。ジョシュアは深呼吸をひとつした。そして、猟銃を構えた。

ＢＬＡＭ！「アイッ⁉」ＢＬＡＭ！「アイッ！」「アイッ⁉」

村人の頭が爆ぜ、別の一人の胴が爆ぜた。たちまち、蟻《あり》の列に小便をかけたような混乱が発生した。

「イイイヒエエエエ！」「ナベナサバマ！」「コラスバ！」

ジョシュアは銃身を折り曲げ、次の二発を装填する。スタジアム・ジャンパー姿の村人が、藪から身を乗り出したジョシュアを指差した。ＢＬＡＭ！　ジョシュアはそいつの首に銃弾を撃ち込み、殺した。ＢＬＡＭ！　手近の一人に銃弾を撃ち込み、更に殺した。

「シロイノ！」「コナバスガデ！」「ヤブルスカ！」

「ドーモコンニチハ！」

ジョシュアは叫び返した。彼は猟銃を足元に捨て、拳銃を構えた。ＢＬＡＭ！　ＢＬＡＭ！　ＢＬＡＭ！　ＢＬＡＭ！　ＢＬＡＭ！　二メートルの崖上から彼は撃ちまくった。ある者は頭から血を流して痙攣しながら仰向けに倒れ、ある者はもんどりうって倒れ、ある者は悲鳴を上げて他の者と折り重なるように倒れた。

「ギギギギイ！」「イブルズグゾ！」「ゴヌヤラ！」

無事な者たちは血走った目を見開き、罵声を上げながら、崖を登ってこようとする。弾丸を装塡する暇は無い。

「アシュリー！　銃をよこせ！」

ジョシュアはアシュリーを見た。アシュリーは恐怖に凍りついていた。誰への恐怖に？　ジョシュアは舌打ちして鉈を構え、上がってきた最初の一人の頭を割った。次の一人は頭を蹴って転げ落とした。三人目には鉈が間に合った。叩き殺した。ジョシュアは雄叫びを上げ、崩れた列に向かって飛び降りた。明らかに彼らはジョシュアがこれほど好戦的に振る舞うとは予想だにしていなかった。ジョシュアは手近の人間に鉈を叩き込み、後ずさりする次の相手へ返す刀で襲いかかった。反射的にかざした腕を鉈が無慈悲に切断した。もう一振りして、顔面を垂直に断ち割った。

「ははは！　ハハハハハハ！」

殺すほどに、笑えてきた。村人は松明を取り落とし、転びながら逃げていく。ジョシュアは声を上げて笑った。

「人間じゃないか！　結局人間じゃないか！　**ナメやがって！**」

逃げ遅れ、四つん這いで呻く村人の背中に鉈を振り下ろす。ナイフを手に走ってくる村人。左腕の付け根を刺される。ジョシュアはこらえ、力任せにその首に鉈を叩き込む。ガラガラ！ガラガラ！　ガラガラ！　打ち鳴らされるフライパンの音。道の向こうから、ぞろぞろと人の群れ。こいつら全員が人喰いなのだ。

「アシュリー！」

ジョシュアは崖上を振り仰いだ。アシュリーはいなかった。ジョシュアは笑い、弾丸を装填した。

◆

アシュリーは木の根につまずき、うつ伏せに手をついた。手の平が擦りむけて泥に汚れ、血が滲んだ。彼女は歯を食いしばり、銃を拾った。争いの叫び声から、随分離れた。彼女は松の木の幹にもたれ、呼吸を整える。茂みの先に赤土の道路が見えた。水音が聞こえてきた。近い。夕暮れは終わりを迎えようとしていた。夜が訪れれば脱出の機会はなくなってしまうのではないかと思われた。彼女は茂みを越え、赤土の道に出た。水音の方向を見た。昏輪川だ。拳銃を両手で握りしめ、息を弾ませて走った。昏輪川はほとんど渓谷のような深さである。断崖と急流が、倶等川町と昏輪川村を隔て、孤立させている。アシュリーは少し逡巡《しゅんじゅん》したが、ガラガラ、ガラガラというフライパンの音が背後の山に反響し、彼女を恐怖によって促した。川には幅四メートルほどの鉄橋が架かっている。彼女は全力で走った。赤く塗られた鉄橋。その色もなにか嫌な意味をもって見えてしまう。アシュリーは意を決して橋を渡りだした。長い長い橋だった。手摺は低く、強い風が吹けば落とされてしまいそうで不安だった。

半分ほど渡った地点にそれはあった。激しい悪臭と橋のその地点を霧のように埋め尽くす羽虫が、バスの中から彼女が垣間見たものが悪夢でも錯覚でも無かった事を告げていた。

それは橋を塞ぐ巨大なオブジェだった。小山のように頭蓋骨が積み上げられ、その頂上付近には何本もの太い杭が突き立てられていた。太い杭には干からびた人体が逆さに貼り付けられていた。中心にあるのは、何本もの骨を組み合わせ、なめした皮膚を縫い合わせて被せ、ビニールテープをめちゃくちゃに結んだ、意味不明の円形の物体だった。頭蓋骨の間に懐中電灯が差し込まれ、上へ向かって光で照らしている。最悪のライトアップだ。

アシュリーは祈るように下腹部を押さえ、すくみ上がる足を強いて、その物体の横を通り過ぎた。橋の倶等川町側にはポールが立てられ、黄色と黒の「KEEP OUT」のテープが幾重にも張り渡されている。この橋と、忌まわしいオブジェが、まともな世界とジゴクを隔てる境界なのか。

太陽は殆《ほとん》ど沈んでおり、空の色は橙色から暗い紫に変じつつあった。彼女は後ろを一度振り返った。山の影。川の流れ。ライトアップされた円形の皮のオブジェの表面に毛筆で書かれた「め」の平仮名。日本の文化について彼女が知るところは少ない。だからといって、これが正気の精神から生み出されたものでないことは容易にわかる。アシュリーは足を早め、橋を渡りきった。

強烈なフラッシュライトが点灯し、アシュリーを照らした。彼女は怯み、目を閉じて後ずさった。

「ウゴカナイデ」

拡声器を通し、警告らしき声が轟いた。アシュリーは反射的にホールドアップし、銃を落とした。フラッシュライトは白黒のワゴン車から放たれていた。ルーフ部にはフラッシュライトとは別に赤灯があり、赤い光が旋回していた。車輛のフロント部には菊の花のエンブレムが飾られ、「倶等川町」のレタリングが施されている。警察機構の車だとすぐにわかった。だがアシュリーは安堵させてもらえなかった。車輛の横に警察官が二人。どちらもアシュリーに銃を向けたままなのだ。

「たすけて」

アシュリーは乞うた。

「ヒザヲツイテ！　ソノママ！」

「……ウウッ、ウッ」

アシュリーは震え、しゃくりあげた。困惑と緊張に再び涙が溢れ出した。

「ヒザツケ！」

警察官は銃口を下に向け、ジェスチャーで指図した。アシュリーは膝をついた。もう一人の警察官が頷いた。その警察官はホルスターから警棒を引き抜き、手に持った。違う。ナイフだ。ナイフを持ち、アシュリーのもとへ近づいてくる。何か……なにかおかしい。

ＢＬＡＭ！　その警察官の頭が破裂した。息を呑むアシュリーの顔に警察官の顔の肉と血が降りかかる。もう一人の警官がアシュリーの後ろに銃を向ける。ＢＬＡＭ！　その警官の頭も破裂した。アシュリーは振り返った。全身を返り血で真っ赤に染め、髪を振り乱した男がアシュリーを見た。男はアシュリーを凝視したまま、猟銃に弾を込め直した。

「……誰」

男は答えなかった。男はアシュリーの横を素通りし、警察車輌のスライドドアを引き開けた。数体の血みどろの死体が外へこぼれ出た。見覚えのある死体だった。ツアー客達の……。

「とにかく、これで足が手に入ったか」

男はようやくアシュリーに言葉を発した。

「……ジョシュア……？」

アシュリーは呟いた。ジョシュアは手招きした。

「全員敵だ。村の外も。倶等川町の住人も人喰いだ。全員グルなんだ。やってられるか」

「何を言っているの」

「もしかしたら篠山県全体が。もしかしたらこの国の人間全員が。もしかしたら……ハハッ」

ジョシュアはせせら笑った。

「もう沢山だ。ファック・オフだ。なにもかも」

彼は運転席に滑り込み、警察車輛のエンジンをふかした。アシュリーは逡巡した。だが、やがて、おずおずと車輛へ歩を進めた。スライドドアを開け放ち、血腥い車内に乗り込んだ。

「全員やるだけだ」

ジョシュアは低く言った。荒っぽくギアをシフトアップし、警察車輛を加速させた。やがて車輛は舗装道路へ乗り上げ、街明かりの中へ入っていった。家々の間に設置された火の見櫓に立つ見張り番が、爆走する警察車輛を双眼鏡で追った。カーン！　カーン！　カーン！　カーン！　見張り番がハンマーで鐘を乱打すると、周囲の火の見櫓が呼応して、町中に鐘の音を鳴り響かせた。それは警告の合図……あるいは、狩りの始まりか。家々の戸が開き、中から住人が表通りに出てくる。彼らはみな松明を手に持ち、鈍器や刃物を手に持っている。アシュリーはぎゅっと目を閉じ、身を固くした。ジョシュアは熱に浮かされた目を見開き、アクセルを思い切り踏みしめ、道路を塞ぐバリケードに向かっていった。ジゴクの門に。

ＫＲＡＡＡＳＨ！　バリケードが砕けながら吹き飛び、押し寄せる住人が吹き飛び、木屑と肉と血が撒き散らされる……ジョシュアは笑い、アシュリーは涙を流した。

夜が訪れ、車は鐘の音の中へ吸い込まれていった。

訳者解説

ジゴク・プリフェクチュア

Jigoku Prefecture

作者名：ブルース・J・ウォレス（Bruce J.Wallace）

作者来歴：一九七二年生まれ。ニュージャージー州出身。ニューヨークで様々な職種を転々としながら、オフシーズンにはニュージャージーの自宅で趣味のホラー小説執筆を続けている。作中に登場する日本人キャラクターの「ヒロ」は、ブルース本人がプライヴェートで知り合った日本人の友人をモデルにしているという。ブルースに日本の旅行経験は無く、映画や書店で購入した日本旅行ガイド、日本のバイオレンス映画、およびヒロ（のモデルになった日本人）から食事中に聞いた話などをもとに恐るべき篠山県《しのやまけん》のイメージを練り上げていった。

ブルースはスティーヴン・キング、ジョー・R・ランズデール、ジャック・ケッチャムなどの新旧アメリカン・モダンホラー作家勢の影響を強く受けており、本作もアメリカ中～西部を舞台にしたホラー小説としてプロットを組んでいたが、どうにも新規味に欠けていたため、数年間アイディアノートの中で眠っていたという。ヒロとの親交を深めるうちに、彼はまずそこへ日本人キャラクターを加えることでプロットに深みと独自性を増すことを思いついた。しかしブルースはまだ満足がいかず、その舞台を北日本の篠山県（実在しない）に移し、自分の分身とも言えるジョシュアをそこにアウトサイダーとして送り込むことで、ブルースはついにこの独特のアトモスフィアを持つ作品を完成させたのだ。

ブルースはこの他にもいくつか日本を舞台としたエキゾチックなホラー小説を執筆しており、またいつか同様のアンソロジーにて紹介できる日がくるかもしれない。

隅田川オレンジライト

デイヴィッド・グリーン
David Green

Tales of Omiyama: The Dream

「本当ですか？」

「ええそうです。そうやって頭を下げさせたんだそうです」

「コワイデスネー！」

黒漆塗りのリムジンが停まり、自動でドアが開くと、大木間エンタープライズ社のサラリーマン達はそぞろ笑いながら降り立ち、料亭「お深山《みやま》」の玄関に吸い込まれていった。ゲイシャ達が玄関で一斉に頭を下げると、椿油《つばきあぶら》の蠱惑《こわく》的な匂いが鼻腔《びこう》を刺激した。濡れた石畳の両脇にしだれ柳が生え、足元に埋め込まれたガラス灯が美しい光を投げかけている。

「さあここで靴を脱ぎましょう」

「そうですね！」

大木間エンタープライズ社のサラリーマン達が靴を脱ぐと、最後尾から付いてきた新入社員が九十度のお辞儀をしながらしずしずと近づき、靴を手に持っては一組ずつ横の靴箱へ移していった。

ドンコドンコドンドン……ドンコドンコドンドン。

廊下の突き当たりに据えられた巨大な太鼓《たいこ》を、ハッピに褌《ふんどし》姿の太鼓係が気合を入れて枹《ばち》で叩いていた。

「さあさあお客さん、よそ見しちゃいけません、足元にお気をつけてね。こちらのお部屋に用意してあります」

女将が頭を下げながら後ずさり、手慣れた手つきで障子戸《しょうじど》を引き開けた。

「さあ来た来た！」

「海老《えび》ちゃんアワビちゃんだ」

「ビールを飲みたいね！」

「いやあ疲れたねえ！」

部屋にあるのは横長の掘りゴタツだ。サラリーマン達は笑いあいながら座布団に座っていく。一番奥の上座には部長が座り、そこから、部長代理、課長、課長代理、係長、先輩、後輩と続き、最後が新入社員だ。このヒエラルキー順列は厳密なものであり、崩すことは許されない。

さて、今回、新入社員はこの飲み会の幹事でもある。幹事は飲み会の責任者であるため、宴《うたげ》の席を楽しんではならない。新入社員でなおかつ幹事であれば、それは奴隷に等しい。彼らは出入り口付近に膝立ちで控え、緊張した面持ちで、他の人間の顔色をうかがい、要望があれば彼らが口に出すより早く察して店員を呼びつける必要があった。当然、アルコール類を口にしてはならないし、食事は足元に準備されたオムスビに限られる。

「ハーイみなさんイラッシャイマセー！」

仲居《なかい》が手をたたくと、後に続いて作務衣《さむえ》姿の男たちがヒノキの桶を担いで入室してきた。桶には氷が詰められ、そこに瓶ビールが何本も突き刺さっている。彼らは瓶ビールを長テーブルに等間隔で並べ、オシボリを置いて行った。

「イヨッ！」「セイッ！」

威勢《いせい》のいい掛け声とともに、ビールの栓を抜いていく。瓶の口から白い冷気が立ち上る。サラリーマン達はビニール袋を破り、熱されたオシボリを取り出して、顔、顎《あご》、首を念入りに拭《ぬぐ》った。

「いやあ生き返る！」

「さあ、皆そろったかな？」

部長が見渡した。

「山木場係長は少し遅れるそうです」綿村係長が同僚の遅刻を伝えた。そして小指と親指を立て、電話ジェスチャーをした。「案件につかまっちゃったみたいで」

「そりゃしょうがないな！」部長が頷《うなず》いた。「先に始めよう！」

この場で最も上位の存在が承認したことで、ようやく宴が始まる。作務衣姿の男たちと仲居が手分けしてビールを注いでいった。

「さあみんな、行き渡ったかな？」

部長がビールグラスを掲げて一同を見渡し、満足げにうなずいた。

「それじゃあ、カンパーイ！」

「カンパーイ！」「カンパーイ！」「カンパーイ！」

サラリーマン達が一斉《いっせい》に和し、一斉にビールグラスをあおった。

「クーッ！」

「生き返ります！」

「この日のために生きている！」

店の者たちが退出すると、社員たちは和《なご》やかに会話を始めた。社のアジェンダや日々の業務の悲喜こもごも、取引先の会社の担当者の人間性等についてである。幹事新入社員は緊張した面持ちで彼らの様子を見つめている。「あッ」と呻《うめ》き、すぐに障子を開けて仲居を呼び止める。

「ビール三本、追加願います」

「はい、わかりましたよ！」

仲居はにっこり微笑《ほほえ》み、すり足で廊下を去っていく。幹事新入社員は額《ひたい》の汗をぬぐった。彼は決して宴の場で酒が絶やされる事が無いよう、常に監視していなければならないのだ。一方、幹事を申し付けられていない新入社員もいた。その者は楽しい時を過ごしていただろうか？否、そういう事もない。彼の隣には課長が座り、直々《じきじき》に様々なアドバイスを行う。

「そこはね、うまくやらせとけばいいんだよ。そこがダメ。そういうところが。でも勉強すればだんだんできるようになるから。そこはそういうものだから。私が君らぐらいの時よりずっとね……」

「ハイ！　そう思います！」

新入社員は課長のグラスが空になった瞬間に素早くビール瓶を傾けて酌をする。

「うん、ありがとう」

課長は満足げにうなずく。そして話を続ける。

「だいたい君、仕事覚えきれてないんじゃないの？　そろそろ学生気分を抜いていかないと。本当ダメだよ」

「ハイ！　すみません！」

新入社員は済まなそうに頭を下げた。先輩社員は横目でそのさまを見、囁《ささや》きあう。

「柏谷課長に捕まっちゃってるよ。かわいそう！」「洗礼だな洗礼」「いなし方が身についていないからね」

「さあ、お料理入りますよ！」

入室してきた仲居が手を叩くと、作務衣姿の男たちが全員に行き渡るように、船を模した檜《ひのき》の板に盛られた刺身を並べていく。

「こりゃすごい！」「さすがだね！」

歓声が上がる。なぜなら刺身にはいまだ魚の頭がついており、尻尾《しっぽ》が断末魔めいてピクピクと動いているからだ。活《い》け造《づく》りである。

「新鮮だ！」

「それから、アワビちゃん！」

仲居が手を叩くと、作務衣姿の男たちが全員に行き渡るように、小さな焼き網を並べていった。水色の固形燃料にバーナーで着火し、焼き網の上にアワビを乗せていく。アワビは熱に苦しみ、身をよじった。

「これは凄い新鮮だね！」

サラリーマン達は喝采《かっさい》した。アワビは収縮し、表面に火ぶくれを生じながら、徐々にその蠕《ぜん》動《どう》を緩慢にしてゆく。死ぬ寸前が「半生《ハンナマ》」、すなわち食べ頃なのだ。

幹事新入社員は宴の様子を眺め、安堵《あんど》の溜息をつく。

「どうだ、よかっただろう、この店で」

先輩社員が彼にそっと耳打ちした。幹事新入社員は力強く頷いた。

「は、ハイ！　本当に、佐藤先輩に何から何まで教えていただいて」

「会費、ちゃんと全員からとるんだぞ。ごまかそうとするやつがいるからな」

「ハイ、気をつけます！」

「実際幾《いく》ら？」

「ええと、一人当たり四三四〇円です」

「違う違う」

佐藤先輩は苦笑し、声を低めた。

「部長や課長からは二万円払ってもらいなさい。それでほかの人たちを再計算するんだよ」

幹事新入社員は目を丸くした。

「ほ、本当ですか？　そんな事を言ってもいいんでしょうか」

「当たり前だよ。上に立つ者の度量《どりよう》だよ。もっとも、君がちゃんと頼まないと、払ってはくれない。腕の見せ所だぞ。それから、ほかの連中からは、少し多めにお金を集めるんだ」

「何故《なぜ》ですか？」

「お前が余りをもらってしまえばいいんだ。チップみたいなもんだよ。取っておけ」

「う、うわあ……！　成る程ですね……！」

幹事新入社員は驚きに目を見張った。そして、この佐藤先輩に、これからも力の限りついていこうと心に決めたのである。

佐藤は幹事新入社員の肩をポンと叩き、障子戸を開けて廊下に出た。すれ違う仲居に尋ねる。

「お手洗いどこですか」「あちらです」

示された方角に歩いていく。障子戸越しに、それぞれの個室から笑いさざめきが聞こえてくる。

「おや、ちょっとすみません。えへへ！」

泥酔《でいすい》した他社のサラリーマンとすれ違う。時間もまだ早いのに、完全に酔いが回っているのだ。

「おっとっと！　おっとっと！」

佐藤はジグザグに歩く男の後ろ姿に苦笑を投げ、トイレにたどり着いた。小便器はクリスタル樹脂で作られており、氷が詰め込まれている。（見た目は奇麗《きれい》だが、あまり衛生的とは思えんな）佐藤はぼんやり考えながら用を足した。

右横では他社のサラリーマンの二人組が会話している。

「また綾小路さん、勝手に進めちゃってるの？」「そうなんですよ」「そりゃ大変だな。あの人、言う事聞かないからな」「そうですよねえ」

用を足し終えた佐藤は再び廊下に戻った。ドンコドンコドンコ……太鼓に三味線《しゃみせん》の音が混じりはじめた。なかなか風流なものだ。この店「お深山」は佐藤がこれまでに数度使った事があり、重要なビジネスを決める時は常にここだった。感じのいい接客で、値段もそこそこ、料理が素晴らしい。本来、後輩社員に教えてやる義理などないのだが、半月後に九州への異動を控えた佐藤は、はなむけの気持ちだった。

「ええと……おや」

佐藤は障子戸に手をかけ、眉根を寄せた。この部屋だったか確信が持てなかったのだ。

「まあいいか」

引き開ける。そして佐藤は息を吞んだ。部屋を間違えた。否、ただそれだけなら、動揺したりはしない。室内には着物姿の女が背中を向けて正座し、三味線を弾いていた。三味線の音は彼女のものだった。部屋はさほど広くなく、奥の障子戸は開かれていて、女の肩越しに、縁側と夜の隅田川が見えた。

「あ……」

佐藤は畏敬の念に打たれ、凍りついた。隅田川を屋形船が通過する。オレンジ色の提灯の明かりが川に映る。女が三味線を弾く手を止め、振り返った。

「あら。佐藤さん」

「僕をご存じなんですか」

「いつもうちの店を使ってくださっているじゃないですか」

女は佐藤を無言で促した。佐藤は女の隣に正座した。

「何かお悩みでも?」

女は問うた。

「ありませんよ」

佐藤は言った。だが女は微笑んだ。

「顔に書いてありますよ」

「参ったな」

佐藤は苦笑した。美しい女だった。廊下を歩くとき、庭を垣間見る《かいまみ》時、佐藤は時折《ときおり》、彼女の横顔を目にした事がある……。

「実は、転勤なんです。九州に。まだ、内々の話ですが」

「まあ」

「単身赴任ですよ」

「出世なんでしょう?」

「係長になります」佐藤は頷いた。「たまらないですよ。東京で生まれ、東京で育ちました。この隅田川を見ながら。それが会社の命令で家族を置き去りに、遠い場所に移住しなければならないんです。生活の基盤を根こそぎ奪われてしまう。だからといって断れば、閑職に送られます。……そういう事は、どうしても慣れることができなくて。暮らし、生活、そういうものへのダメージが……」

思いがけず、言葉が溢《あふ》れ出た。女は三味線を横に置き、膝を叩いた。

「どうぞ」「え……」「今だけ、おやすみになってください」

佐藤は言われるままに横になり、女の膝を枕にした。花の香りがした。

「つらいんですよ……」「そうですねえ……」

女は佐藤の頭を優しくなでた。やがて、夜の隅田川にしぶきを散らし、新たな屋形船が通りかかった。佐藤は起き上がった。

「ありがとうございました。飲み会に戻らないと」

「ねえ、行きませんか？」

女は佐藤の手を取り、屋形船を見た。

「そんな事……」

「大丈夫ですよ」

女は笑い、佐藤の手を引いて、縁側に向かった。屋形船は一跨《ひとまた》ぎで乗れるほどに近く寄せていた。二人は屋形船に乗り込んだ。桜の花びらを含んだ風が吹き抜けていった。

「行きましょう」

女が言った。佐藤は頷いた。

「行きましょう、どこまでも」

オレンジの明かりが明滅し、「お深山」は背後に流れ去っていった。

「……藤さん。佐藤さん？」

「エッ！」

慌てて起き上がると、幹事新入社員が驚いて飛び下がった。

「い、いやあ、寝ちゃってたみたいでしたから」「寝て？　俺？」

佐藤は慌てて見渡した。長テーブルに並べられた刺身やビール、額にネクタイを締めて歓談する社員たち。説教につかまった新入社員。確かにそこは会社の宴会の場だ。

「屋形船が……」「屋形船ですか？　たしかに時々通りますけど」「いや、もういい」

佐藤は頭の奥の鈍痛に顔をしかめた。柄《がら》にもなく、飲み過ぎてしまったか。ではあの桜の風は、オレンジの明かりは、幻に過ぎなかったのか。佐藤は頬《ほお》を伝う一筋の涙を慌てて拳《こぶし》で拭《ぬぐ》った。

「ご到着です」

障子戸がかすかに開き、仲居が囁いた。

「あっハイ！」

幹事新入社員は慌てて障子戸を開き、応じた。

「いやあ参ったよ！　ずいぶん捕まっちゃって」

山木場係長がネクタイを緩めながら入室した。

「山木場係長の到着です！」

幹事新入社員が声を上げると、社員たちは拍手と歓声で応えた。

「イヨッ！　若大将！」「主役が来ないと！」「ヤッタ！　ヤッタ！」

「皆さんの山木場です！　さあ盛り上がっちゃうぞ！」

山木場係長は飛ぶように奥まで走り、部長に深々と頭を下げた。ふう、と佐藤は息を吐き、廊下を一瞥《いちべつ》した。

「あッ」

佐藤は思わず声を上げた。着物姿の女が、歩きながら佐藤を見た。優しく微笑み、そのまま通り過ぎた。

「どうしました？」

幹事新入社員が心配そうに声をかけた。佐藤は頭を掻《か》いて、障子戸を閉めた。

「何でもない、なんでもない」

「さあ、もういい時間だし、山木場君を加えて二次会に行く前に、まずは万歳《バンザイ》のサンサン七拍《ナナビヨ》子《ウシ》をしよう！」

部長が提案すると、社員全員が歓声を上げた。佐藤も両手を挙げて歓声を上げた。

「ヨオーッ！」

チャチャチャ！　チャチャチャチャ！　チャチャチャチャチャチャチャ！　リズミカルな手拍子と、どっと沸《わ》いた歓声のなかで、佐藤は夢と現《うつつ》のはざまのあの美しい短い時間を惜しんでいた。

Tales of Omiyama: The Geisya

隅田川ゲイシャナイト

デイヴィッド・グリーン
David Green

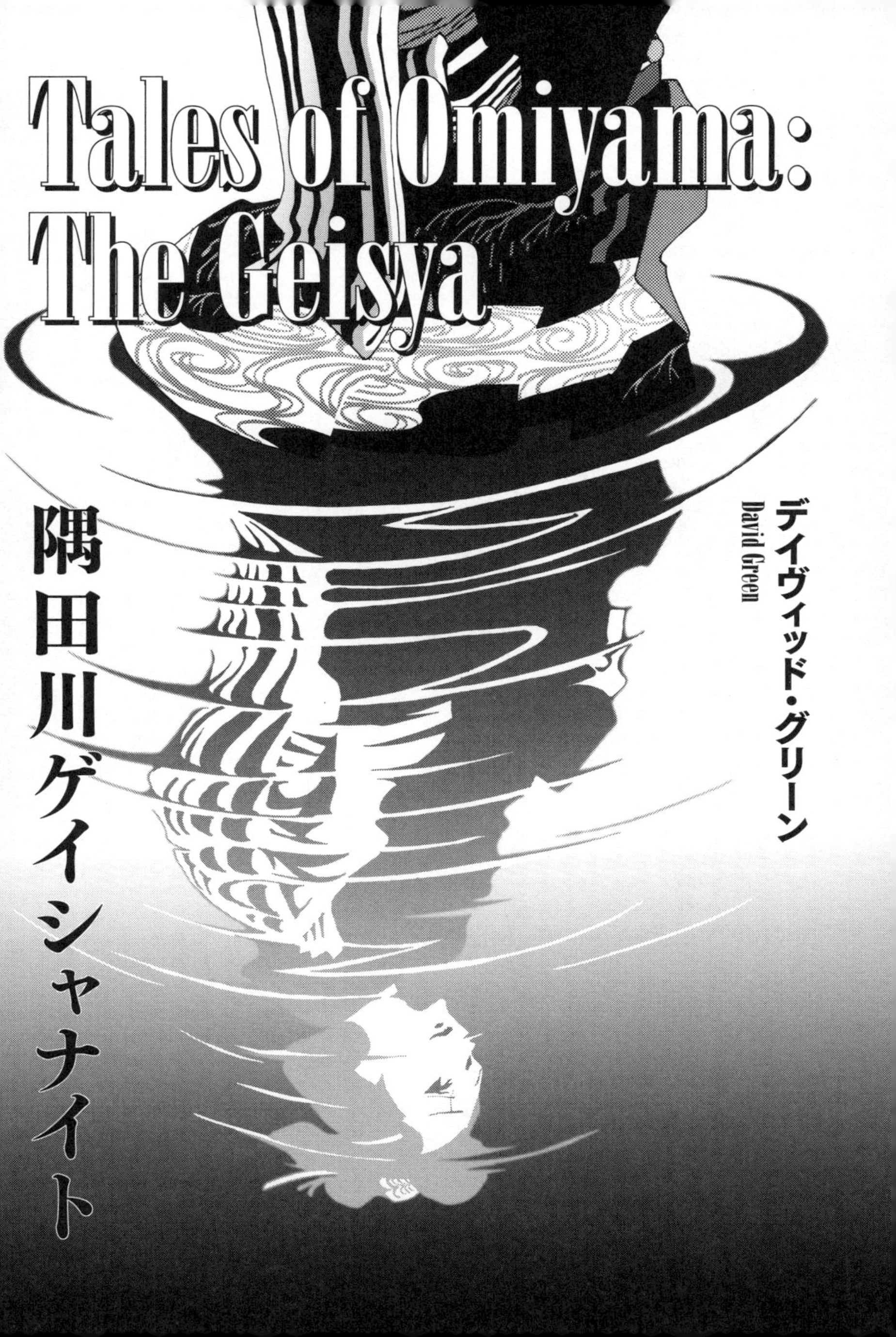

「本当ですか？」

「ええそうです。そうやって頭を下げさせたんだそうです」

「コワイデスネー！」

黒漆塗りのリムジンが停まり、自動でドアが開くと、大木間エンタープライズ社のサラリーマン達はぞそろ笑いながら降り立ち、料亭「お深山《みやま》」の玄関に吸い込まれていった。

他のゲイシャ達と共に頭を下げて見送った後、佳代子は従業員専用門をくぐった。客の目に触れない通用口は、さながら軍隊のガレージにも似ている。奥には施錠されていない物置小屋があり、廃棄物や掃除器具が積まれている。

物置小屋の陰で若い娘が泣いている。目を凝《こ》らすと、仲居《なかい》見習いの由香里だ。田舎から出てきて、住み込みで働いている。おおかた、仲居リーダーの綾にこっぴどく叱られたのだろう。他のゲイシャ達はそのまま足早に邸内へ入っていったが、佳代子は泣き声を耳にしてしまった手前、無視するのも気が引けた。

「ちょっと。由香里さん」

「ヒック……か、佳代子さん」

由香里が顔を上げ、頬《ほお》を赤らめた。ゲイシャはこの「お深山」の従業員ヒエラルキーのなかでも特別の位置にある。とくにこうした見習い従業員からは、雲上人《うんじようびと》じみた憧れをもって見られてしまうものだ。佳代子はハンカチを差し出した。

「涙を拭《ふ》いて、仕事に戻りなさい」

「すみません……」

由香里は嗚咽《おえつ》した。

「綾ちゃんに何か言われた？」「いえ……綾さんは悪くないんです。私が、ヒック、私が何もできないから」

「そんなのは普通よ」佳代子は苦笑した。「最初から何でもできる人なんて、いないのよ」

「でも……」

「見て。これ」

佳代子は着物の裾《すそ》をつまんでたくし上げた。白い膝下《ひざした》があらわになり、由香里はますます顔を赤らめた。

「ほら。このふくらはぎのところ。縫《ぬ》い痕《あと》があるでしょう」

佳代子は示した。由香里は息をのんだ。

「あ……」「これはね、石畳で転んだ時についた傷なの。底の高いサンダルを履くでしょう？なんでも失敗するものよ。たくさんやらかしたわ、私も」

「ごめ……ごめんなさい」由香里は青ざめた。佳代子の過去を知ってしまった罪悪感から。

「いいのよ」佳代子は微笑《ほほえ》んだ。「私が言いたかったのは、今あなたがつらかったとしても、きっと後で、笑って話せるようになるっていう事。……陳腐《ちんぷ》な事言っちゃったね」

由香里は涙をぬぐい、深々と頭を下げて、持ち場へ駆け戻っていった。

「いけない」佳代子は時間を思い出した。「人の事を言っている場合でもないわ」

佳代子は裏口を通り抜け、ゲイシャ専用の控室に入った。

「ごめんなさいね！　ちょっと時間がかかっちゃって」

「大丈夫ですよ！」「任せてください！」

娘たちが素早く佳代子の着物を脱がせ、新たな着物を着せてゆく。佳代子は両手を広げて佇み、されるがままになっていればよい。彼女は目を閉じた。ほんのしばしの休憩時間だ。

（石畳で転んだ、だなんて）佳代子は己の物言いに苦笑した。佳代子は十五歳で親元を離れ、東京に逃げてきた。田舎町の政治家の娘として育った佳代子は、生まれた時から結婚相手が決められていた。それが獣じみた粗野な男だという事は、それまで伝え聞いていた話と、対面した時のじっとりと湿った視線だけで、幼い彼女にも完全に理解が可能だった。

頼るあてもなくネオン輝く東京に身を寄せた佳代子が生きていくには、夜の街以外の選択肢はなかった。何も知らない彼女のもとに、様々な男たちが現れては消えた。中小企業の社長、ホストクラブの男、末端のヤクザ、悪徳警官、投資家、商社マン……。その誰もが彼女の肉体と金を搾取し、暴力を残して去っていった。ふくらはぎの傷は、四人目の情夫によって刃物でつけられた傷だ。脇腹にはもっとひどい傷跡がある。それは黒いライラックの刺青で隠されている。

時々彼女は思う。地元のあの、イノシシのような残忍な男の妻としておとなしく暮らしていれば、これほど苛酷《かこく》に痛めつけられた人生を送る事もなかったのではないか。結局自分は、東京に出てきた事で、当時懸念したよりもずっと手ひどい試練にさらされているのではないかと。

……否。彼女は首を振った。

（でも、それは自分で選び取ったこと）冬の嵐のような日々にさらされながら、彼女は内なる火をずっと力強く燃やし続けた。どんな理不尽な目にあわされようとも、彼女は日本舞踊と三《しゃ》味《み》線《せん》の修業を絶やすことはなかった。今の彼女は「お深山」の支配人よりも高額のギャランティーを得ている。仮にこの料亭が無くなったら、あるいは彼女がこの料亭を見限ったとしたら、すぐさま東京中のあらゆる店が彼女の獲得に乗り出すだろう。この地位は彼女自身がつかみ取ったものだ。それで充分だ。過去の事は……。

「お待たせしました」「終わりましたよ！」

娘たちが帯を締め終え、そろって頭を下げた。

「ありがとう」

佳代子は彼女らに笑いかけ、通路を通って縁側に出た。左手には隅田川の暗い流れがある。それは彼女の先の知れぬ人生の暗喩めいてもいた。それではその川の上を時折流れてゆく屋形船は、出会いの象徴か……。縁側を歩き、しばらく進んで障子戸《しょうじど》を開けると、そこは彼女のために用意された三味線演奏室だ。彼女は障子戸を開いたままにした。暗い夜の隅田川の風が彼女を慰めてくれるように思ったのだ。

佳代子は正座し、三味線を取った。ドンコドンコドンコ……。遠い太鼓《たいこ》の音にあわせて佳代子は三味線を取り、演奏を始めた。ペン、ペペン、ペペペン、ペペン……。

「あ……」

後ろで声。佳代子は演奏を止め、振り返った。サラリーマンが申し訳なさそうに佳代子を見た。間違えて入ってきたのだ。佳代子は男に見覚えがあった。この店をよく使ってくれる大木間エンタープライズの営業社員だ。いや、彼女にとっては……。

「佐藤さん」

「僕をご存じなんですか」

「いつもうちの店を使ってくださっているじゃないですか」

佳代子は繕《つくろ》った。彼女は佐藤を知っている。忘れよう筈《はず》もない。四人目の情夫に脇腹を刺されながら、雨と泥の中を走って、走って、逃げたあの夜。血を流し、ずぶ濡れで足を引きずる佳代子のすぐ横を通り過ぎようとしたタクシーが止まり、乗客の佐藤がドアを開けさせた。そして彼女をそのまま病院へ連れていき、警察を呼んでくれた。ほんの僅《わず》かなやり取りだった。佳代子が明かさねば、佐藤は決してわからないだろう。しかしあの日の邂逅《かいこう》が、彼女に苦しいトンネルから這《は》い出すきっかけを作ってくれた……。

「何かお悩みでも？」

佳代子は心の中を悟らせぬよう、先に問うた。

「ありませんよ」「顔に書いてありますよ」

「参ったな」佐藤は苦笑した。「実は、転勤なんです。九州に。まだ、内々の話ですが」

「まあ」

「単身赴任ですよ」

「出世なんでしょう？」

「係長になります」佐藤は頷《うなず》いた。「たまらないですよ。東京で生まれ、東京で育ちました。この隅田川を見ながら。それが会社の命令で家族を置き去りに、遠い場所に移住しなければならないんです。生活の基盤を根こそぎ奪われてしまう。だからといって断れば、閑職に送られます。……そういう事は、どうしても慣れることができなくて。暮らし、生活、そういうものへのダメージが……」

佳代子は三味線を横に置き、膝を叩いた。

「どうぞ」「え……」「今だけ、おやすみになってください」

佐藤は従った。心地よい頭の重みを佳代子は感じた。

「つらいんですよ……」「そうですねえ……」

佐藤の頭を撫《な》でながら、佳代子はある種の寂寥《せきりょう》を覚えていた。佐藤は英雄ではなく、日々のサラリーマン生活に押し潰されようとしている弱い存在に過ぎないのだ。あの日の特別な手助けは、善良な一市民が、当たり前の親切を示したに過ぎないのだ……。

やがて、夜の隅田川にしぶきを散らし、新たな屋形船が通りかかった。佐藤は起き上がった。

「ありがとうございました。飲み会に戻らないと」

「そうね」佳代子は頷いた。「お引止めしてしまって」

「とんでもない」佐藤は笑った。「その……一生の思い出にしますよ。こんな素敵な方に」

「いつか戻ってきてくださいね、東京に」

「僕がですか?」佐藤は不思議そうに佳代子を見た。そして言った。「ええ、生まれ育った町ですからね」

佳代子はにっこり微笑んで立ち上がり、障子戸を引き開けた。佐藤が一礼し、去っていくと、彼女は再び座りなおして三味線を取った。

ペン、ペン、ペペン、ペン……。涙を隠すように奏でる佳代子の演奏に送られるようにして、やがて隅田川の屋形船は夜景の明かりの中に埋もれて見えなくなり、桜の花びらを含んだ風が吹き抜けていった。

訳者解説

隅田川オレンジライト＆隅田川ゲイシャナイト

Tales of Omiyama : The Dream&Tales of Omiyama : The Geisya

作者名：デイヴィッド・グリーン（David Green）

作者来歴：一九七二年生まれ。ロサンゼルス在住。

　デイヴィッドは日本文化に親しみ、昭和の日本映画を片っ端から視聴している。特に伊丹十三《いたみじゅうぞう》作品を好み、彼が日本映画に傾倒したきっかけも伊丹十三の映画『タンポポ』である。

　デイヴィッドは日本における「飲み会」の様相に極めて強い執着心を持っており、大量の映画やコマーシャル・フィルムを視聴する中で、そうしたシーンをまるで採集作業のように心のアーカイブに集めていったのだという。「ニスが塗られた木の板、障子戸《しょうじど》、掌《てのひら》サイズのビールグラスにゲイシャがビールを注ぎ、サラリーマン達がオシボリで顔を拭《ふ》いて歓談する。あの情景は非常に刺激的だと思う。まるで、時間も空間もすべてが現世から切り離され、独特の温かい空間に封じ込められているようだ。とにかく私はその光景をクリスマス・スノー・ドームのように小説として保存することに心を注ぎたい」と語る彼の作品には、憧憬《しょうけい》と郷愁《きょうしゅう》が溢《あふ》れている。

　本作を見ても、何ら特別な出来事は起こらず、登場人物は「お深山《みやま》」のような奥ゆかしい料亭でいくつかの言葉をかわし、日常へ帰っていく。そこには彼自身が特に影響源として強く挙げる日本の映画やコマーシャル・フィルムだけでなく、近代日本文学の私小説群の影響も強く見られる。サスペンスがほとんど発生しない内省的な作品として、彼の二作は本短編集の中でも特に異色の存在感を放っている。その独特な読み味のどこまでが彼の哲学的・文化人類学的ですらある執筆動機と綿密な計算に裏打ちされたものなのか、あるいは単に起伏ある物語を書く事を苦手としているのか、試みが成功しているのか、ひどい失敗に終わっているのか……なにもかも定かではない。

「日本は驚くべき速度で洗練されていっている。しかし、ブラック・レインの警察署で蕎麦《そば》を食べるシーンのような、あのアトモスフィアに、私は極力これからも注目していきたい。サラリーマンの飲み会、会議、満員電車、商店街、食品サンプル、ゲイシャ……そうした要素は、たとえば僕のような人間には極めて刺激的であり続けるんだよ」とデイヴィッドは語っている。

Welcome, Wilhelm!

ようこそ、ウィルヘルム！

マイケル・スヴェンソン
Michael Svenson

1

竜の辻の魔女狩師《ウィッチハンター》、ウィルヘルムの脳裏に焼き付いていたのは、故郷の西、赤い砂嵐が吹きすさぶデッドランドの荒野に突然現れた、あの虹色の竜巻のこと。いつものように、境界線を超えて死の森からやってくる忌《い》まわしいネクロ・ファクションの略奪部隊を追っていたウィルヘルムは、運悪く、愛馬ロードキルごとその竜巻に呑まれてしまったのだ。

「うう……」

頰《ほお》を叩く雨粒に気付き、ウィルヘルムは飛び起きた。彼は反射的に水筒の蓋《ふた》を捻《ひね》り、そこに雨水を貯めようとして、手を止めた。その手には濡れた泥がまとわりついていた。ここは砂漠ではない。濡れた土。岩がちな斜面。まばらに生える美しい針葉樹。視界を覆う幻想的な霧。……見覚えのない山岳地帯だ。かなり標高が高いとみえる。全く別の世界に来たかのようだ。

「どうなってやがる……」

体のあちこちが痛んだが、厳格な魔女狩師の気概とタフさをもって、ウィルヘルムは立ち上がった。すぐ近くにはせせらぎがあり、澄んだ水が流れていた。血の川でも、毒の川でも、溶岩の川でもない。デッドランドでは極めて貴重な、正真正銘の真水だ。透き通ったまっさらな水面には、ウィルヘルムの傷だらけの厳《いかめ》しい顔が映っていた。

ウィルヘルムは笑いながら駆け寄り、水筒でそれをすくって、ごくごくと喉を鳴らしながら飲んだ。ここで水はおそらく、いかほどの価値も持たぬのだろう。それはウィルヘルムにとって喜ばしい事だった。水筒の中身の残りを気にしなくて良い世界は、大歓迎だ。

間もなくして、彼は自分の軽はずみな言葉を後悔した。気が滅入《めい》るほどの土砂降りの雨に襲われたからだ。

ウィルヘルムは悪態をつきながらあたりを散策し、ロードキルの名を呼んだ。不幸中の幸いにして、愛馬は近くの林の中で気を失って倒れていた。ブルルルル、と威勢の良い鼻音を鳴らして立ち上がり、愛馬は主人のもとに駆け寄った。外傷もなく、ロードキルはすぐに彼を乗せて歩き出した。

雨はなお強まり、腹も減り始めた。小動物を探して狩りを試みたが、どうにもうまくいかない。理由は土地勘のなさだけだろうか。とてもそうとは思えない。ウィルヘルムのボウガンの腕前《スキル》は、少しも鈍ってなどいなかった。単純に、ここには動物がほとんど生息していなかったのだ。

速やかに下山し、街を探さねば、野垂れ死にするだろう。

「不運という名の猟犬が、俺たちの足首にかじりついてやがるな」ウィルヘルムはロードキルの背に揺られながら、十三層地獄の悪魔たちに対して不遜《ふそん》な悪態をついた。「くそったれのアークデーモンどもめ！　もっとマシな世界を作りやがれ！」

数時間後。ウィルヘルムはたった独りで、当て所もなく山を彷徨《さまよ》っていた。

ロードキルはもういなかった。豪雨の中、がれ場を進んでいた時に、中型のワイヴァーンから不意打ちを受け、愛馬ロードキルは致死毒におかされた。ワイヴァーンはボウガンで頭を撃ち抜かれ、猛毒の血を流して死んだが、その毒は強く、返り血を浴びたウィルヘルムですらも酷い熱に襲われたほどだ。

ワイヴァーンの尾の針で毒液を体内に注ぎ込まれたロードキルの運命は、あえて説明するまでもあるまい。ロードキルは岩場に倒れ、痙攣《けいれん》しながら、苦しげに息をしていた。空には黒雲がわだかまり、雷が鳴っていた。助かる見込みは無かった。

「あばよ、ロードキル。強欲な暗黒の神々にも、デザート・グールの信徒にも見つかるな。お前の魂は、奴らの骨の腕より早く、ヴァルハラに昇れ」

ウィルヘルムは優しく語りかけながらロードキルを撫《な》で、その目を閉じてやった。そして瑪瑙《めのう》の装飾が施されたナイフを抜き、それを素早く閃《ひらめ》かせた。

愛馬を毒の苦しみから一瞬で解放するため。そしてロードキルの肉で飢えをしのぐために。ウィルヘルムの涙を押し流すように、雷と豪雨がなお激しさを増してゆく中、彼はナイフを振るって愛馬の死体を解体していった。

……だが、何かがおかしかった。

全てが滞《とどこお》りなく終わった時、ウィルヘルムは異変に気付いた。本来ならば、このサイズの馬を殺せば生肉が最低でも三個、腸と臓物が一個、さらにレザーの素材となるラフハイドが二個は手に入るはずだった。運が良ければ、魔女どもがウィッチクラフトの材料に使う見事な頭骨も一個、レアドロップするはずだった（それはかなりの金額が期待でき、新たな馬と馬具一式を買うのに十分なほどだ)。

だがロードキルの死体からドロップしたのは、「イグゼシオ」と刻印された奇妙なコイン一枚だけであった。しかもロードキルの亡骸と血の跡は、次第に色を失って真っ黒に変わり、バチバチと雷撃を放ちながら消えてしまったのだ。まるで天上の神々が、お前はこの世界に存在してはならぬとでも言っているかのように。

「……どうなっちまったんだ」

空腹と戦いながら、ウィルヘルムは南に向かって丘を下っていった。夜、山の上からそちらの方向に文明の灯りを見つけたからだ。彼の手には食べかけのリンゴが握られていた。道中でリンゴのなる樹を見つけなければ、ウィルヘルムはここに来るまでに行倒れていたことだろう。

やがて寂れた街道らしきものを見つけ、それを辿《たど》っていった。霧の向こうに、巨大な街の影が見え始めた。近づくにつれ、街道は次第に石畳へと変わった。

「でかいな……城塞都市か……？」

雨はもう止んでいた。霧が晴れ、街道の先にある都市の全貌が露《あら》わになった。白く美しい防壁や尖塔群は仰ぎ見るほど高く、洗練された曲線美を誇っていた。

なんと巨大で壮麗な都市であろう。ウィルヘルムは目を見開いた。果たしてここには、どのような種族が暮らしているというのか。彼はすぐにその答えを知る事となった。

やがて街道は四つ辻で交わり、四人組の美しい女エルフの冒険者たちが、快活にジャンプしながら西へと向かって行くのが見えた。

(#@X%!　エルフの@#&%?どもか……!)

神々も目も伏せるほどの罵倒の言葉を呟きながら、ウィルヘルムは反射的に、四つ辻の樹の陰に隠れ、ボウガンを構えた。魔女狩師は、人間以外の種族を決して信用しない。エルフは人間の完全な敵とは言えないが、決して心を許せる相手ではない。かつての栄光を失って久しいといえど、連中は元自分たちの奴隷であった人間族を劣等種族と見なしており、その薄笑いの奥には根強い差別意識が隠されているからだ。

異種族に心を許してはならない。物品の売買を持ちかけられても、エルフに対しては五割増しの値段を吹っかけるのが竜の辻の慣習である。

(しみったれのエルフどもに、これほど大規模な都市が維持できるとは思えん。他の種族は居ないのか……?　人間は……?)

街道沿いの木々に隠れながら、防壁の門へと忍び歩きで近づくにつれ、他にも大勢の冒険者たちが快活にジャンプしながら街道を行き交っているのが見えた。エルフ、人間、ドワーフ、誰も彼もが美男美女。輝かしい鎧をまとい、巨大な武器を持っていた。

(何だこれは……!)

中には、青や赤の肌を持つ奇妙な種族や、半人半獣のごとき謎めいた種族もいたが、当然これらもみな、彫像の如く顔立ちの整った美男美女ばかりであった。特に人間族の男たちはほぼ皆、色とりどりの髪を鋭角な束状に固めており、耳が尖《とが》っていない以外はエルフと大差無い、煌《きら》めくような容姿の美しさであった。そして誰も彼もが爽《さわ》やかな笑顔を浮かべており、彼らが皆、デッドランドでは想像もつかぬほどの平和と調和の中にいるのが見て取れた。

ウィルヘルムは雷撃のようなショックに打たれ、よろめいた。そして、ある伝説が脳裏をよぎった。

「これほどの種族がいるのに、何故いさかいが起こらない……？　もしや、ここは……」彼はボウガンを収め、ゴクリと唾を飲んで額の汗をぬぐった。その時であった。

「あれあれー？　もしかして初めての人かな。コンニチワー！」

爽《さわ》やかなワサビ色の髪をした女性が、市門から無警戒にウィルヘルムへと近づいてきた。他の冒険者や市民たちとは明らかに一線を画する、不自然に露出度が高い、奇抜な服を着ていた。ウィルヘルムは決して油断しなかった。恐るべき魔女の類《たぐ》いかもしれぬからだ。

（まずいぞ、異種族か……！）

鷹のように鋭い魔女狩師の目は、彼女の頭の上にカチューシャめいて生えた兎の耳を見逃さなかった。人間の耳と合わせれば、彼女は四つの耳を持っているのだ。異形の怪物か。ワーアニマルの類いか。

「プライムガルドに来るのは初めてですかァ!?」彼女はたおやかなバストの谷間を強調しながら、嬉しそうな表情を作って近づいてくる。

ウィルヘルムは反射的に、腰に吊ったマンゴーシュを抜き放ち、彼女の腹部を貫こうとした。見知らぬ異種族に心を許すな。それがデッドランドの掟だからだ。

だが、ウィルヘルムは思いとどまった。

それは賢い判断であった。城壁の上の衛兵たちが、彼の方を一瞥《いちべつ》したからだ。

この世界の流儀が解るまで、おかしな行動は慎まねばならない。さもなくば、死あるのみ。

「……プライムガルド？」ウィルヘルムは訝《いぶか》しむような視線のまま、顎《あご》から唇《くちびる》の下まで続く深い傷に触れ、無精髭を撫でた。「この街の名か？」

「そうです！　正確には、ロード・オブ・イグゼシオのイグゼシオ大陸中心部にある首都、魔導都市プライムガルドですよ！　私の名前はマリカです。初めてこの街に来た人をサポートするのが私の仕事なんです！」

「……そうか、俺は魔女狩師だ。俺の親父も、その親父もまた、偉大な魔女狩師だった。俺は無数の異種族を狩り殺し、奴らに加担する堕落した人間どもを火炙《ひあぶ》りにしてきた。人間の尊厳を守るために、正しきことをなすために」ウィルヘルムは、彼がいつも竜の辻でしているように、誇らしげに口上を述べた。

「魔女狩師って何ですか？　聞きなれないクラスですね。そのコートとか装備も初めて見ます。そんなクラス、あったかなあ……？」マリカはきょとんとして、首をひねった。

「魔女狩師を知らないだと……？」ウィルヘルムは己の名誉を傷つけられたと感じ、いささか刺々しく返した。「マリカとやら、魔女の類いではなさそうだが……お前も奇妙な服だ。街道で出会えば、即座に殺されても文句が言えぬほどのな。それは王族から与えられた服か何か？」

「あ、これですね？　確かに冒険者は着れませんし、この街にも不似合いですよね。これ、セーラー服の一種です！　春のキャンペーンが終わったはずなのに、好評だったせいで、ずっとこのままなんです！」マリカは屈託のない笑顔とともに返した。ほとんどウィルヘルムには理解不能だったが、あるひとつの単語が彼の心をとらえた。

「キャンペーン？　この世界にも、戦役《キャンペーン》があるのか？」

「ハイ、そうです！」

「なるほどな……」ウィルヘルムは複雑な表情で頷《うなず》いた。ようやく互いの共通点を見出すことができた気がしたからだ。

「俺の世界でもそうだった。地獄の軍勢との間で続く、永遠の戦役だ。人間族の世界は滅びの危機に瀕《ひん》している。お前たちの戦役も、かんばしくないのか？」

「えっと、そうですね。キャンペーンは……。ウィルヘルムさんも、プレイヤーじゃないみたいですし、ここだけの話ですけど……実は、キャンペーンがあまりうまくいかなくって、経済的に大変みたいです。プレイヤーも減る一方らしいですし……」マリカは少し暗い表情を作った。

「プレイヤー？　ああ……冒険者の事か。俺たちとは違う、世界を渡るほどの特別な魂を持った連中のことだな」

「そうです！」

「ともかく、戦役が終わって冒険者が減った。それで、街の案内人までもが、娼婦《しょうふ》まがいの仕事をしなくてはいけなくなったか……世知辛《せちがら》い話だ」

ウィルヘルムは世の常を儚《はかな》み、かぶりを振った。

「娼婦？」

「いや、すまん、何でもない。悪かったな、立ち入ったことを聞いてしまって。人が死んで減れば、国の財政もおのずと傾く。街の再興のためならば、手段は選べまい」

「そういうことです！　この街をたくさんの人に好きになってもらって、昔みたいに冒険者の人数を増やすのが、私の仕事なんです。私、この街のために毎日頑張ってるんですよ！」

マリカは誇らしげに胸を張った。

その献身的でひたむきな姿勢は、ウィルヘルムの胸を強く打った。

「……お前は気丈だな、マリカ。俺はお前のことを誤解していたようだ。ガッツがある。お前は正しいことをしている。それにひきかえ俺ときたら、他種族を見るとすぐ装備や言葉や信仰でそいつの価値と脅威度を判断しちまう……俺の悪い癖だ」ウィルヘルムは肩をすくめて、自嘲的な苦笑いのemoteを行った。

「エッ、それほどでも。そ、そんなに褒められると、何だか、照れちゃいますね……」マリカは上目遣いで頬《ほお》を赤らめ、両手の人差し指を合わせてモジモジするemoteを返した。

それはウィルヘルムが生まれて初めて見る奇妙なemoteだったが、少なくとも自分に対して敵意を持っていないことは解《わか》った。まだこの世界の事情は解らぬが、少なくともこのマリカという女は信頼してよさそうだ。安全な酒場に案内してもらうとしよう。ウィルヘルムはそう考え、食べ終えたリンゴの芯を彼女に見せた。額から垂れる酷い汗を拭《ぬぐ》いながら。

「実は、腹が減っていてな、酒場の類いは……」

直後、彼は卒倒した。未だワイヴァーンの毒が残っていたのだ。本来彼は、道中で行倒れとなっていてもおかしくないほどの高熱であった。ようやく街に到達し、敵ではない者に出会ったことで、限界まで張り詰めていた精神が、一気に緩んだのだ。

「ウィルヘルム＝サン!?　ウィルヘルム＝サン!?」

マリカは絶叫し、衛兵を呼んでウィルヘルムを診療所へと運んだ。

2

二日後。毒から回復し、どうにか歩きまわれるようになったウィルヘルムは、見舞いに訪れたマリカとともに街を散策することにした。

「つきあわせてすまんな、マリカ。俺は余所者《よそもの》だ。お前からここでの流儀を学ばねば、ついうっかりと、無作法なことをしでかすのではないかと心配だった。それにお前が一緒にいれば、住人たちも驚かずにすむだろう」

「全然気にしないでください！　今日は平日ですし、新しいプレイヤー……ええと、冒険者も来ないでしょうから。それより、街の人たちにウィルヘルム＝サンを紹介できることの方が嬉しいです！　冒険者じゃなくて新しい住人が増えるのは、本当に久しぶりですからね！」

「そうか、お前は本当に前向きだな。出会うたびに驚かされる」いまやウィルヘルムはマリカに対して、ある種の敬意を抱くようになっていた。

「私、本当に嬉しいんですよ！」マリカはemoteを繰り返しながら先導した。

「いささか喧《やかま》しいほどに前向きだ」

「何か言いました？」

「いいや」

「ゲオルグさんなんかは、退屈しすぎて、瞑想ばかりするようになってしまいましたから、話し相手ができればきっと喜びますよ！」

二人は酒場を手始めに、衛兵たちの詰所や、街の要所要所を巡った。

驚いたことに、献身的で善良なのはマリカだけではなかった。看護にあたってくれた医者も、衛兵たちも、宿屋の主人も、酒場の主人も、異教の神官たちですら、容姿端麗で善良な者たちばかりだった。とりわけ、市内の丘の広場にいる古老傭兵隊長ゲオルグは、禅の教師のように達観した偉大な人物であった。

そして彼らは皆、他の世界から飛ばされた挙句《あげく》に愛馬を失ったウィルヘルムの不運に対して心から同情し、治安を乱して冒険者たちに迷惑をかけるようなことをしないならば、いつまでもプライムガルドで暮らして良いのだぞと言ってくれた。

「なんと素晴らしい世界なんだ」ウィルヘルムは感銘を受け、マリカはその言葉を聞いて心から嬉しそうに微笑《ほほえ》んだ。

「助けてもらった礼をせねばならん。俺もこの素晴らしい世界の役に立ちたい。マリカ、俺を戦争の最前線か、小競り合いが頻発している辺境の開拓地まで案内してくれないか。むろん、道を教えてくれるだけでいい」

「最前線？　戦争の……？」

「ああ、危険は百も承知だ」

「ええと、プライムガルドの市門を一歩出ると、いつモンスターに襲われてもおかしくはないですけど、戦争は……」

「いいかマリカ、俺は魔女狩師なんだ。怪物を退治して街を守ったり、道を教えてやるのは、俺の得意分野じゃない。それは衛兵やお前の仕事だ。高い知性の異種族、あるいは堕落したエルフや堕落した人間どもが、俺のもっとも得意とする獲物なんだ。国境線を侵犯してきた敵国の冒険者どもを容赦なく追跡して殺すのが、俺の役目なんだよ。俺の鋭い目は、卑劣なスキルを使って忍び寄ってくるシーフやアサシンどもでさえ、瞬時に見つけ出すことができる。俺のマンゴーシュは、そいつらの不潔な心臓を何千何万と貫いてきた。俺のボウガンは、泡を食って逃げ惑う汚れた卑怯者どもの心臓を、背中から何千何万と……」

「ウィルヘルム＝サンは、恐ろしい世界からやってきたんですね……。でも、安心してください。大丈夫です、この世界にプレイヤー間の戦争はないんです。それどころか、盗みや殺人も起こらないんですよ」

「起こらない⁉　何故《なぜ》だ？」ウィルヘルムはその衝撃的な言葉に眩暈《めまい》を覚えた。

「ええと……難しいですね。最初からそうだったんです。神々がそう定めたんですよ」

「待て、理解が追いつかない。……そうだ、近くに狩場はあるか？　この世界にも、狩場はあるだろう？　大勢の冒険者たちが、怪物どもを求めて集まる場所だ」

「狩場……ありますよ！　一番近いのはカボチャ農園ですね。そこならあまり離れていないので、私でも案内できます。行きましょう！　そこを見れば、ロード・オブ・イグゼシオがどれだけ平和で安全な世界か、ウィルヘルム＝サンにもきっと解ってもらえると思います！」

マリカは意気揚々とウィルヘルムを先導した。

ウィルヘルムはようやく、自分の世界との接点を再度見つけ出すことができると考え、胸をなでおろしていた。いかに平和な国といえど、あらゆる欲望が渦巻く狩場では、人間の醜い本性が剝《む》き出しになる。いかにプライムガルドが善良な市民と冒険者たちばかりといえど、狩場に赴《おもむ》けば、自《おの》ずと堕落した者たちや邪悪な者たちが見つかるはずである。ウィルヘルムはそう考えたのだ。だが。

「何だこれは……！」

農場に広がる光景を見て、ウィルヘルムは愕然《がくぜん》とした。

「ＧＲＲＲＲ！」カボチャ頭のスケルトンがそこかしこの畑から一斉《いっせい》に這い出し、その目を緑色に輝かせて、禍々《まがまが》しい唸《うな》り声をあげた。この土地全体に対する何らかの古き呪いが生み出した、低級のアンデッドどもであろう。

だが次の瞬間、パーティーを組んだ四人のニュービー冒険者たちが、言葉もなく整然とスケルトンを取り囲み、剣や杖で殴りつけてこれを殺害した。すぐに同じ畑から、新たなスケルトンが這い出してきた。四人は素早くそこへ駆け寄り、再びこれを取り囲んで殺害した。

これだけならば、デッドランドでもしばしば見られる光景だ。だが、市門前のカボチャ農園にはこれと同じような畑が周囲に何箇所も存在し、それぞれに同様のニュービー冒険者四人組がいた。彼らはまるでベルトコンベア工場作業をしているかのように、極めて効率的に、手早く、自分たちのいる畑の上のスケルトンだけを狩り殺していたのだ。スケルトンは休みなく湧き出してくるわけではない。自分たちの畑だけしばらくスケルトンが湧き出して来ないこともある。いわゆる「枯れ」の状態だ。

そんな状態でも、枯れた畑にいる冒険者たちは不満一つこぼさず、行儀良く時を待ち続ける。他のパーティーがいる隣の畑に手を出すことは、決してしない。それを区切る柵も、ルールもないというのに。驚くべき自制心である。

そして、それだけではなかった。それぞれの畑の前には、次にその畑でスケルトン狩りをしたいと思っている人々が、整然とした列を作って待ち続けているのだ。

「整列している⁉　狩場で整列だと⁉　伝説の通りだ……。こんな平穏な世界が存在していたとは……！」ウィルヘルムは衝撃のあまり、手と膝がガクガクと震え、その場にボウガンを取り落とした。

「そうです、みんな順番を守っているんです！」

「信じられん。なぜ皆、律儀《りちぎ》に順番を守る？　そのような法律があるのか？」

「いいえ、無いです！」マリカは自分が褒められているかのように、胸を張った。緑色の髪の毛の間、頭頂部から生えたウサギ耳も、自慢げにぴんと立っていた。

「法律も無いのに、何故⁉」

「エッ？　どうして、って……みんなが気持ちよく楽しむためですよ！　冒険者たちが自主的にこの決まりを作って、教え合ったんです！」

「自主的に……⁉」

　このカボチャ農場は、脅威度の低いモンスターたちの大量出現ポイントであった。新米の冒険者たちが腕を鍛えるのに最適の狩場であり、結果として、常時ごった返すこととなる。

　無論、同様の狩場はデッドランドにも存在する。だがそこには規律も譲り合いもあったものではない。生き馬の目を抜く世界だ。獲物を奪われ続けフリークアウトした者が、他の冒険者に殴りかかり、しばしば血みどろの惨事へと発展する。だが当然、獲物を奪われ続けるようなニブい冒険者が勝利する目などない。

　デッドランドの新米冒険者たちがそこで叩き込まれるのは、この世界がいかに無慈悲な競争原理に基づいているか、そしてそこから這《は》い上がり、栄光を手にするには、タフにならねばならぬことを真っ先に学ぶのだ。ウィルヘルムも、それが全ての世界の真理であると考えていた。狩場で行列を作り、他の冒険者への直接攻撃が許されない世界など、愚かな夢物語だと思っていた。

　だが、違った。この二つの世界は、別々に存在したのだ。

「マリカ、この世界は素晴らしい。理想郷は実在した……！　イェー！」

ウィルヘルムは大発見を目の当たりにし、感極まって叫んだ。故郷の者たちに伝えたら、彼らはどれほど驚くだろう。流石《さすが》は聡明にして勇敢なる魔女狩師だと、賞賛を浴びるだろうかと、ウィルヘルムの胸は高鳴ったのだ。そしてこのシャウトすらも、この穏やかな世界では静寂と均衡《きんこう》を乱す場違いなもののように思えたため、彼は咳払《せきばら》いをして農場に背を向け、プライムガルドの市門へと歩き出した。

「悪かった、目立つのは良くないよな」

「いえ、私が悪かったんです。事前にちゃんと知らせておけばよかったんです。あんなに驚くなんて、思ってなくて……」マリカは驚きで口元をおさえていた。

「いいや、マリカ、お前は何一つ謝る必要なんてない」ウィルヘルムは笑みを返した。それでマリカはほっと胸をなでおろした。

「おそらくこの世界では、誰も責められるべき者などいないのだ……伝説の通りだ」

この世界にはゼンが満ちている。完璧な調和だ。ウィルヘルムの荒《すさ》んだ心臓は、澄みわたる流水の如《ごと》きゼンの精神によって、洗い清められてゆくかのようであった。

しかし次の瞬間、不意に、ウィルヘルムの顔から穏やかな笑みが消えた。彼は一瞬、足場がガラガラと崩れ落ちてゆくような、漠然とした恐怖の表情を浮かべた。彼は決してそれを認めぬないだろう。熟練の魔女狩師は、いかなる困難を前にしても、恐怖など決して抱いてはならぬのだから。しかし彼がいかに弁明しようとも、その不安感は言葉となり、不意に口をついて出てくるのだった。

「だが待てよ……この争いの無い世界で、俺は何をすればいいんだ……？」

そして自分は、故郷であるデッドランドに帰れるのだろうか？　消滅してしまったロードキルのことが、彼の脳裏をよぎった。

「えっと、それは」マリカも返答に窮した。両者の世界の違いがこれほどまでとは、彼女も予想だにしていなかったのだ。彼女はウィルヘルムとともに市門に向かいながら、頭をひねった。彼女に解ったのは、すぐには答えが出ないということだけだった。そんな時に彼女にできるのは、相手を元気づけることだけだ。

「まずは休むことですよ！　ワイヴァーンの毒が抜けたばかりじゃないですか。宿屋はどうせいつもベッドが空いてますから、今後のことは、ゆっくり休んでから決めたらいいと思います。酒場も空いてますから、いつでもビールが飲めますよ。私たちは無料なんです！」

「ああ、ビールか。それも悪くない」ウィルヘルムは肩をすくめた。「ノンアルコールなのは少々さみしいが、よく冷えている」

「エヘヘ、もう知ってたんですか。ごめんなさい。この世界はそうなんです」

「まあいいさ、お言葉に甘えるとしよう。デッドランドじゃ休息は許されないが、ここは違う。手が空いた時には、酒場で一杯付き合ってくれよ。お前ともっと話がしたい」

「エッ？　私とですか？」

「マリカ、お前はこの街の案内役だろう？　この世界は、俺の暮らしていた世界と何もかもが違う。俺はこの世界のことをもっと知りたいんだ。この世界の歴史や成り立ちについて。なぜ人々はこれほど幸福な調和に満ちていて、争いが起こらないのか。何が俺の世界と違うのか。種族や、言葉や、宗教の壁を、どうやって克服しているのか。なぜ人々は、自分の利益だけを優先して混乱を生み出すのではなく、狩場で整然とした行列を作り、心穏やかに譲り合えるのか。……それを知りたいんだ。手伝ってくれるか、マリカ？」

「もちろんです！　たくさん話しましょう！　ウィルヘルム＝サンの世界のことも教えてくださいね！」もはや冒険者たちから必要とされない日々を過ごしていたマリカは、その申し出を受けて、満面の笑みを作った。

3

ウィルヘルムは夢を見ていた。

それは故郷デッドランドの、殺伐《さつばつ》とした日常の夢だった。竜の辻には、天井の焼け落ちた古いサルーンの廃墟がある。

「どこかにあるらしいんだよ、戦争の無い世界がね」女の魔女狩師、ニコール・ザ・ワン・アイは、シルクハットに開いた弓の穴を裁縫スキルで塞ぎながら言った。彼女の左目を覆う眼帯の下、唇の横に走る傷跡も、かつてニコール自身が縫《ぬ》ったものだ。デッドランドでは、男も女もタフでなければ生きてはゆけない。

「ああ、俺も聞いたことあるぜ」屋根の残骸が作る狭い日陰の中で短い休息を取りながら、ウィルヘルムは煙草を吹かしていた。「見渡す限りパステルで、キャンディの家があるような、ガキどもしか入れない夢の世界だろ？　怪物どものいない世界があるってな、よく聞く話だ」

「いや、違うね」ニコールは返した。「なんでも、そこには言葉の壁も、種族の違いによる差別も、宗教戦争も無い。人々が怪物どもの湧き場で、奥ゆかしい行列を作る……って聞いたよ」

「行列を作る……？　何だって⁉」

「譲り合うんだってさ。揉《も》め事があったら、全部話し合いで決めるんだってェ」

「信じられんな、夢のような世界だ」ウィルヘルムはかぶりを振って笑った。「そんな世界になったら、俺たちゃ開店休業だ。辻の絞首台で、首でも括《くく》ってくるだろう」

「アタシはいっぺん、行ってみたいけどね」ニコールは小さく溜息をついた。

その時、竜の辻の周辺でにわかに魔術の爆発が起こり、何人かの断末魔の悲鳴が響いた。それに続き、鋼と鋼が打ち合わされる音と戦士たちの唸り声、怒号、そして十三層地獄の悪魔たちでさえも顔をしかめるほどの罵詈雑言が響き渡った。

「レイドだ！　ネクロどもが攻めてきたぞ！」

「イェー！　殺せ！　殺せ！」

「クソチート野郎が混じってるぞ！　通報しろ！」

「ウィルヘルムの近くまで引け！　ＮＰＣに殺させようぜ！」

「ちくしょう！　@%&@# どもめ！　%@&%$#& に帰れ！　&%&@$ でも喰ってろ！」

これに対し、ネクロ陣営も挑発的なemoteとともにさらなる殺戮《さつりく》の雨を降らせた。たちまち両陣営の大規模な戦闘が始まった。血の匂いに引き寄せられるように、無数の馬の蹄音が辻の四方から集まってくる。

「どれ、異種族と裏切者どもの血で、デッドランドを潤《うるお》してやるとするか」

「どっちが先に殺すか、行列作って決めるゥ？」

「馬鹿を言え、ビッチめが」

「なら競争！」

ウィルヘルムとニコールも武器を携え、竜の辻の酒場を飛び出し、血みどろの戦闘へとなだれ込んだ。

「GRRRRR! MwrGLA! Hsh! Hsh! Kwlll! Kwll!」

耳障りな暗黒語で叫びながら、ワーキャット魔女が残虐な二本のダガーを振り回しながら飛びかかってきた。

ウィルヘルムは素早くその一撃をかわし、腰に吊った聖別のマンゴーシュで、怪物の心臓をひとつきにした。

「ARRRRRGH!?」白目を剝いたワーキャット女は盛大な血飛沫を吹き出して倒れ、ガクガクと痙攣して死んだ。レイドはまだまだ始まったばかりで、周囲は血で血を洗う乱闘が繰り広げられていた。

街道の向こうから、数十もの新手が攻め寄せてきていた。

「ウィルヘルム！　ちょっとこっち手伝って！」

「待ってろ、こいつを片付けたら……」

ギラギラと照りつける太陽の下、ウィルヘルムはネクロ族の戦士を斬り殺し、顔を染める真っ赤な血を拭《ぬぐ》いながら、ニコールのほうを振り向いた。

次の瞬間、敵軍側から放たれた黒い魔力の連続爆発を受けて、ウィルヘルムとニコールは吹っ飛び、乾いた街道の上に投げ出され、見るも無残なゴアに変わった。敵軍の冒険者たちが彼らの死体に群がり、レアドロップを漁《あさ》っていった。


「ハッ！」ウィルヘルムはうなされ、ベッドの上で飛び起きた。そこはプライムガルドの宿屋の一室だった。彼は汗を拭《ぬぐ》い、乱れた息を整えた。小さなデザートヴェノムスネークの頭骨アミュレットを握り、魔女狩師の間に伝わる祈禱《きとう》の言葉を口ずさんだ。

第十三階層のアークデーモンどもよ、願わくは、この悪夢をどこか別のところで盛大ないびきをかいて寝ているクソ野郎のもとに送り届けたまえと。

「いや、ダメだ……」ウィルヘルムは両手で頭を抱え、首を横に振った。ここはデッドランドではない。この世界では、そのような自己中心的な祈りなど捧げるべきではないのだ。

自己否定に次ぐ自己否定。狩場の行列を見て強烈なカルチャーショックに陥ったウィルヘルムは、自己の存在意義を揺るがせ、極めて危険な精神状態にあった。あの後、何度かマリカと酒場で落ち合い、この世界の諸相についての話を聞いた。そのたびに、ウィルヘルムの心は安らぐどころか、むしろ、言いようの無い不安感を募《つの》らせるのみであった。

確かにここは理想郷だ。伝説は真実だった。だがここは自分のいるべき世界ではないのかもしれない。今はただ、デッドランドに戻りたい。あの乾いた砂漠が、言葉よりも流血の多い粗暴なあの街が恋しい。いや、そのような泣き言は魔女狩師には許されぬ。そのような弱い自分を他者に曝け出すなど、もってのほかだ。己は厳格なる魔女狩師なのだから。……だが、争いも憎悪も無いこの世界に、魔女狩師の生きる余地など果たしてあるのだろうか？

考えろ、考えるのだウィルヘルム……。

彼は苦悩し、そして、夜のうちにプライムガルドの市門をそっと抜け出した。

4

「フー、今日も一日疲れたァ……」マリカは午後の仕事を終え、風を浴びて気分をリフレッシュするために、丘の上の広場へと向かっていた。疲れは肉体的なものではない。日に日に募る不安感からだ。今日彼女に話しかけてきた新米冒険者など、数えるほどしかいないのだから。

ロード・オブ・イグゼシオの世界は、遠からず消滅するのではないか。そのような不安を振りはらい、いつもの笑顔に戻るために、マリカは風を浴びようと思ったのだ。プライムガルド内を一望できるこの丘の広場にはいつも、古老傭兵隊長ゲオルグがいる。彼はこのエリアの固定ＮＰＣであり、かつてはイベントごとに冒険者たちに特別なクエストを授けたものだが、今は何も役目がなく、日々を穏やかな瞑想のうちに過ごしている。

久々にゲオルグと話せば、この焦燥感《しょうそうかん》も紛《まぎ》れるのではないかとマリカは考えたのだ。だが今日、そこには先客がいた。

「あ、ウィルヘルム＝サン！　こんなところで何してるんですか？　最近見かけなかったので、心配してたんですよ！」

夕暮れの丘の上には、古老傭兵隊長ゲオルグだけでなく、ウィルヘルムもいた。彼はゲオルグと向かい合って正座し、書道筆を手にしていた。

「マリカか。見ての通りさ。俺は、ゲオルグ先生から書道とヨガと瞑想を習うことにしたんだ。肉も食わない。菜食主義者になる。もう殺しや暴力はやめだ。拷問道具は捨てる。異種族を敵意の籠《こも》った目で見たりなんてしない。火あぶりや処刑なんて以ての外だ」

「エッ、そんな……どうしちゃったんですか、一体？」

塞ぎ込んでいたウィルヘルムがこうして出歩き、何か新しいことを始めたのは、もちろん喜ばしいことだ。だがしかし、あまりにも極端ではなかろうかとマリカは不安になった。

「しばらく辺境の街を転々としてみたが、やはり戦争の無いこの世界では、俺の居場所はどこにも見つからなかった。いつまでもタダ酒を飲んで世話になり続けるわけにもいかない。俺もこの街の人々に溶け込み、この街の役に立ちたいと思ったのさ。この世界は素晴らしい。争いのない理想郷だ。だからもっと開拓して、それにふさわしいくらい人口を増やすんだ。そのためには、生まれ変わらなくちゃならん」

「でも、ウィルヘルム＝サンには、素晴らしい戦闘の技能があるじゃないですか？」

「俺の技能は、対怪物ではなく、対人に特化している。堕落したクソどもを追い詰め、弱らせ、火炙りにするためにだ。だが、この世界じゃそんな物騒な能力の持ち主は歓迎されない。魔女狩師なんてお呼びじゃないのさ」

「でも……！」

「いいかマリカ、俺にはやっと解ったんだ。骨の髄まで染みついた攻撃性と猜疑心《さいぎしん》をきれいさっぱり抜くには、このくらいの無茶をしなけりゃならない。毒を出し切るために」

「ウィルヘルム＝サン……。この街でずっと一緒に暮らせるのは嬉しいですけど、なんだか……複雑な気持ちです」マリカは伏し目がちに言った。

「あとは、できればこの凶悪な面相も作り変えちまいたいくらいだがな」ウィルヘルムは広場の水鏡に映った醜い傷跡だらけの顔を覗《のぞ》き込み、自嘲気味に笑った。

「そんなこと言わないでくださいよ！　何だか、ウィルヘルム＝サンらしくないですよ！」マリカは苦笑いした。その頭頂の耳は、しおれかけた花のように垂れていた。「どこまで本気で言ってるんですか？」

「これでいいんだよ。これでいいんだ」ウィルヘルムは目を細め、首を横に振った。彼はいまや怒りや憎悪にとらわれず、ゼンを学んだ僧侶のように穏やかな眼差《まなざ》しであった。

「さあ、ウィルヘルム＝サン、書道の練習を続けるとするかの」

　青銅の鎧を着込んだ古老傭兵隊長ゲオルグは、書道筆のように白く長い鬚をしごきながら、静かに笑った。

「ハイ、ゲオルグ＝センセイ」

ウィルヘルムも彼に習い、深々とお辞儀してから、筆で文字を書き始めた。一文字一文字を書き終えるたびに、自分の積み上げた負のカルマが浄化され、穏やかな顔つきになってゆくようだった。デッドランドにおいて、技能の習得は忘却とトレードオフだ。全てのものを最大限まで極めることはできない。書道とヨガの技能を伸ばせば、彼は少しずつ殺戮のための技能を失ってゆくだろう。

彼はそれで良いと思っていた。魔女狩師は、この世界に必要とされていないのだから。マリカも喜んでくれると思っていたのだが……なに、いずれ彼女も理解してくれるはずだ。彼は穏やかな気持ちでそう考えた。まるで自分が生まれ変わったかのようだった。

「では次は、禅という文字を書く。よいかな、ウィルヘルム＝サン」

「ハイ、センセ……」

次の書道練習に移ろうとした、その時、ウィルヘルムは視界の端に何かを見た。

「あれは……!?」

西からプライムガルドへと街道を進む、巨大な黒い絨毯《じゅうたん》のごときもの。彼は懐から水牛骨のスパイグラスを取り出し、目を凝らした。それは数十匹もの巨大ムカデの大群であった。その先頭には黒い全身鎧を着込んで走る騎士の姿。

「何だ？　騎士が怪物の群れに追われて、逃げているのか……？」

「ウィルヘルム＝サン、心を乱さずに」ゲオルグは鬚をしごき、書道を続ける。

「怪物に？　大変です！　衛兵を呼ばないと！」市門へと帰ろうとしていたマリカがそれを聞きつけ、頭頂部の耳をピンと立てて、駆け寄ってきた。

「いや、あの数では衛兵でも対処しきれまい。凄まじい数の巨大ムカデだ……」

ウィルヘルムはそう言いかけ、何かがおかしい事に気づいた。騎士の笑い声が聞こえたのだ。モンスターの大群に追われている者が、笑い声など上げるだろうか？

「巨大ムカデの群れ？　もしかして……！」マリカは苦々しい表情を作った。


「ＭＵＨＡＨＡＨＡＨＡ！　ＭＵＷＡＨＡＨＡＨＡＨＡＨＡＨＡＨＡ！」その暗黒騎士は、プライムガルドへと続く街道を全力スプリントしていた。世界を統べる暴王の如く哄笑《こうしょう》しながら。

「「「ＧＲＲＲＲＲ！」」」彼の後ろに続く狂乱した巨大ムカデの群れは、少なく見積もっても数十匹。一匹の体長が二十メートル近い、プライムガルド周辺でも有数の大型モンスターだ。あまりの数ゆえ、巨大ムカデたちは重なり合うように走っており、正確な数はもはや判じがたい。

「「「ＧＲＲＲＲＲ！」」」怒り狂った巨大ムカデたちの複眼はルビーのように真っ赤に輝き、前方の暗黒騎士を睨みつけている。そして目の前に哀れな通行人がいれば、それを見境なく踏み潰しながら進むのである。

見よ、哀れな犠牲者たちを。

「「「ＡＩＥＥＥＥＥＥＥ！」」」街から金鉱に向かおうとしていた女エルフの冒険者四人組

が、なすすべもなく、その巨大な殺戮列車《トレイン》に踏み潰され即死した。

暗黒騎士はまた心底愉快そうに笑った。

「MUWAHAHAHAHAHAHA!」

最上質のダーク・ゲヘナ・フルプレート装備をガチャガチャと鳴らし、紫色のマントを風になびかせながら。


「お願いだ、教えてくれ。あれは何だ、マリカ」

「……MPK行為です。正直、ウィルヘルム＝サンには見て欲しくなかったです。ごめんなさい、この世界の汚点です。ここは、理想郷なんかじゃないんです」マリカは申し訳なさそうに背を向け、深い溜息をつき、首を横に振った。ウサギ耳も力無く垂れている。

「隠していてごめんなさい。ウィルヘルム＝サンを失望させたくなかったんです。それに、ここ数週間は起こらなかったので、もう終わったものだと……」

MPK行為とは、モンスターに他プレイヤーを攻撃させることで間接的にPK（プレイヤーキリング）を行う、いわば外道《げどう》の所業である。

あたかもハーメルンの笛吹を思わせる光景だが、巨大ムカデを引き連れる暗黒騎士は、楽器も魔法も持ち合わせていない。

悪名高き西の金鉱ダンジョンは多層構造になっており、高ランクの冒険者ならば、弓で先制攻撃を仕掛け、多数の敵のターゲットとなりながら逃げ回ることが可能だ。本来はそのような状態でチームプレイで巨大ムカデを狩り殺すのが常道であるが、この真の外道と呼ぶにふさわしい暗黒騎士は、苦痛と盲目的な怒りで巨大ムカデたちを導く。

暗黒騎士は全力疾走で逃げながら、数百歩ごとに後方を振り向いて炸裂弓を撃ちこみ、モンスターたちの怒りを持続させているのだ。

およそ正気の沙汰ではない。

真の外道の所業である。

「西の金鉱から巨大ムカデの大群を引っ張ってきて、ここの狩場で放すんです……」

「だが奴は、一体、何のために……？」ウィルヘルムは、ロード・オブ・イグゼシオの暗黒の一端を覗き込んだかのように、ゴクリと唾を飲んだ。

「もちろん、狩場のニュービーを、殺すためです」

「何故、そんな回りくどい事をする？　殺したいなら直接殺せば……」

そこまで言いかけて、ウィルヘルムは口を手で押さえた。ここはデッドランドではない。

「そうです、神々が直接攻撃を禁じているからです」

暗黒騎士は直接手を下してはいない。だがあのエルフ冒険者たちは実質、この暗黒騎士によって殺されたも同然である。直接的な他プレイヤーへの攻撃がシステム上許されていないロード・オブ・イグゼシオ内において、この暗黒騎士はシステムの穴をつき、モンスターの大群を率いて、卑劣な殺戮行為とニュービー狩場荒らしを繰り返していたのだ。

「マリカ、ここは平穏と調和を尊ぶ世界ではなかったのか？」

「初めはそうでした、でも今は違います。ごめんなさい。これが日常茶飯事なんです。どんどん人が離れていきます。でも……大丈夫です！」マリカの目から輝きは失せ、彼女は虚ろな笑みを浮かべていた。「嵐は、いつかきっと過ぎ去りますよ！　私たちには……それまで……耐えることしか……ウィルヘルム＝サン⁉」

彼女が振り返った時、魔女狩師はもう、ボウガンを構えて走り出していた。

（マリカ、お前は何も謝る必要などないのだ……！　なにひとつも！）

5

プライムガルドの市門を出てすぐの農場には、ニュービーを脱したばかりの未熟な冒険者たちの狩場がある。そこではカワイイ・スライムを倒すのが精一杯の、まだろくに装備も整えられていない、若枝のごとき冒険者たちが、礼儀正しく行列を作りながら鍛錬に勤しんでいるのだ。自らチューターとなって彼らを鍛える先達もいる。

「ほら、カボチャスケルトンが湧いただろ。剣を振って倒すんだ。凄い！　上手いね！」

「楽しいです！」

その隣では美しい女ウィザードが、右も左もわからぬニュービーに順番を守ることの大切さについて説いている。この世界やこの街にそのような掟があるわけではない。ただ冒険者たちが自主的に、そのような秩序を生み出しているのだ。

「ちゃんと順番を守らないとダメよ」

「ハイ、すみません！」

今日もまた、驚くべき調和と平穏の光景がそこにあった。

決して軽々しく砕かれてはならない、神秘的な光景が。

まだ彼らは、死の殺戮列車が近づいていることに気づいていない。

もしここに、あの殺戮列車が飛び込んでくればどうなるか。その結果は、火を見るよりも明らかである。数百人以上のニュービーが、なすすべもなく殺戮されるのだ。その後も巨大ムカデたちはこの狩場に居座り、近づくニュービー全てを殺して意欲を萎《な》えさせ、絶望した冒険者の多くは失意のうちにこの世界を去ることだろう。


「ＭＵＷＡＨＡＨＡＨＡ！　ＭＵＷＡＨＡＨＡＨＡＨＡＨＡＨＡＨＡＨＡ！」

暗黒騎士は市門のすぐ側まで迫っていた。

まるで破壊と殺戮の列車。忌むべきモンスター・トレインＰＫ。

かの暗黒騎士は、所属ギルド「マンゲツ」のために、そして無論自分自身の愉悦のために、この非道行為を率先して行っていた。

全ての発端は、数週間前にアカマツ・ギルドの新米戦士が誤ってマンゲツ・ギルドの狩場を荒らしてしまったことであった。ギルド間の諍《いさか》いは対話だけでは収めきれず、ついにマンゲツ・ギルドは威厳を示すための実力行使に出た。このような突発的トレインＰＫ行為を繰り返し、アカマツ・ギルドのニュービーが多い狩場を荒廃させたのだ。無関係の者たちも多数その犠牲となった。だがマンゲツ・ギルドには重度の課金プレイヤーが多かったため、神々も手を出しあぐね、見て見ぬ振りを続けていたのだ。

冒険者同士の直接戦闘が許されていないため、アカマツ・ギルドの者たちも、これに対抗すべくデス・マンティコアを東の谷から引き寄せて戦わせたが、狩場にさらなる殺戮と混乱の渦が生まれただけであった。奥ゆかしいアカマツ・ギルドは、どれだけ殺されようともマンゲツの暴虐を耐え抜くよう、皆に呼びかけた。数日も経てば、マンゲツも手を引くだろうと。だがそれを知っていたマンゲツ・ギルドの者たちは、ますます横暴の度合いを深め、他の者たちを追いはらい、独占領域を増やしていたのだ。

まごうかたなき外道の所業である。

無論、そのような事情など、ウィルヘルムは何ひとつ知りはしなかった。

ただウィルヘルムには許せなかったのだ。この理想郷のように調和のとれた世界を破壊しようとする者どもがいる、ただ、そのことが許せなかった。こんなのは間違っている、と。

故にウィルヘルムは考えるよりも早く、衝動的に行動し、駆け出していた。丘を下り、防壁の上を駆け、市門前へと飛び降りた。

彼の荒っぽい右腕はさらに早く、ボウガンを構え、その引き金を引いていた。

「ムウーッ!?」彼方からボウガン射撃の一撃を喰らい、暗黒騎士は不快そうな声を発した。

「この俺に手傷を負わせるとは、何者か!?」

暗黒騎士はニュービー狩場の前に立ちはだかる一人の男に気づいた。暗黒騎士はすぐに、不

自然さを感じ取った。そのような外見のキャラクターが、この世界に存在するはずはなかったからだ。その通り、ウィルヘルムは世界の外から来た者であった。ウィルヘルムはこの世界のルールに縛られない。彼は誰に対してであろうと、先制攻撃を仕掛けられる。

「死ね！」ウィルヘルムはボウガンの第二射を行った。

「クッ！　何だこいつは⁉　運営のアバターか⁉　いや、バグだな⁉」暗黒騎士は戸惑いながらも、突き進むのを止めなかった。ここで立ち止まれば、モンスター列車によって轢殺《れきさつ》されるのは自分だ。

最高ランクの暗黒騎士にとっては、このような巨大ムカデ一匹の攻撃など、蚊に刺されたほどの痛みも感じない。だが数十匹となれば話は別だ。いかな最上位のレベルに到達した戦士とて、数十体以上の巨大ムカデに囲まれて同時攻撃を受ければ身動き不能となり、致命的なラグによって死ぬ運命だけが待つ。

そのような無様な姿を晒《さら》せば、無様な操作ミスとみなされ、ギルドからの除名処分は免れえまい。自らのメンツにかけて、暗黒騎士は止まれないのだ。

「死ねい、ＮＰＣめ！」暗黒騎士はスタミナを振りしぼってスプリント加速し、巨大な両手剣を大上段に構えながら、ウィルヘルムめがけ突撃を仕掛けた。

ウィルヘルムも迎え撃つ姿勢を取った。

両者は衝突した。

血が勢いよく噴き出した。

だがウィルヘルムの頭からではない。

暗黒騎士の左脇の下からであった。

「……死ぬのは貴様だ、堕落しきった外道めが」ウィルヘルムは敵の一撃を紙一重でかわしていた。大剣は空を切り、虚しく石畳を打った。代わりにウィルヘルムは、ワイヴァーンの毒を塗った鋭いマンゴーシュを、暗黒騎士の鎧の継ぎ目へと突き立てていたのだ。

勝負はその一撃で決していた。

「う……動けない！　NPCのせいで動けない！　毒だと⁉　バカな！　こんなことが起こる確率は〇・一％以下！」暗黒騎士は狼狽《ろうばい》した。

「お前が連れてきた蟲《むし》どもに食われて死ぬがいい」

ウィルヘルムはふらつく暗黒騎士の体を後ろ向きにぐるりと回すと、その尻をレザーブーツの踵《かかと》で蹴りつけた。

「ウワーッ⁉」毒で前後不覚に陥った暗黒騎士は、自らの足でフラフラと、モンスターたちのほうへと近づいていった。

追いついた巨大ムカデの群れは、暗黒騎士を取り囲み、一斉に身をもたげ、その大顎で情け容赦なく喰らいつかんとした。

「AIEEEEEEE！」暗黒騎士は絶叫した。ここでもし、暗黒騎士が即座にセップクのemoteを実行していたならば、最低限のメンツは保たれたことだろう。だが目論見が外れて狼狽《ろうばい》した暗黒騎士は、魂を失ったかのようにその場で項垂《うなだ》れ、動かなくなったのである。

回線切断ログアウトであった。

「切断して逃げたぞ！」

「せめて正々堂々死ね！」

「ブシドーの欠片《かけら》もない卑怯者だ！」

「マンゲツ・ギルドは卑怯者の集団だ！」

目撃した大勢のプレイヤーたちが、口々にその背徳行為を非難した。

ロード・オブ・イグゼシオにおいては、戦闘中にログアウトした場合、キャラクターはペナルティとして六十秒間に渡ってその場に残り続けねばならない。逆に言えば、暗黒騎士が六十秒間この攻撃を耐え抜けば、死ぬことなくこの場から消えて逃げ果せるのだ。そして残された巨大ムカデは、再び他の者たちを襲い始めるだろう。暗黒騎士の身にまとう装備は、チート級に堅牢《けんろう》なことで知られる最上質のダーク・ゲヘナ・フルプレートである。

果たして結末やいかに。ウィルヘルムももはや手が出せない。近づいた瞬間、巨大ムカデに踏み潰されて殺されてしまうからだ。

「「「GRRRRR！」」」巨大ムカデの攻撃が始まった。徐々に暗黒騎士の体力が削り取られてゆく。

その場にいた数十名近い者たちは、祈るように成り行きを見守っていた。市門の内側、プライムガルド内からは、百人を超える者たちがそれを見ていた。彼らは、この事態を打開するために、叫んだ。この奇跡の如き六十秒間を無駄にしないために。

「今がチャンスだ！　高位者を呼んできてくれ！」

「ムカデ列車を止めるぞ！」

「緊急招集かけろ！　引退した奴らも全員呼び戻すんだ！」

「辞めていった全てのギルドを、呼び戻すんだ！」

切断から六十秒後。その時が来た。

「「「GRRRRRR！」」」怒り狂った巨大ムカデたちは、情け容赦なく暗黒騎士を攻撃し続け、ログアウト寸前についにこれを殺害した。

「オオーフ！」情けない断末魔の叫び声とともに、暗黒騎士はゆっくりとその場に倒れた。

プレイヤーたちの手で、この卑怯者の屈辱的な死に様のスクリーンショットが多数撮られた。

それは、少なくとも爪の垢《あか》ほどのブシドー精神を持つものならば、まず二度とこの街に戻って はこれぬだろうと容易に想像できるほどの、最大級の恥辱《ちじょく》であった。この暗黒騎士とマンゲツ・ギルドの威厳は地に落ち、永遠に後ろ指を指され、笑いものとなるだろう。彼らは名前を変えてイチから全てをやり直すか、あるいはこの世界から去るか、残された道はその二つしか無いのだ。

「「「GRRRRRR！」」」未だ怒りの収まらぬモンスターたちは、次なる獲物を求めて、街とウィルヘルムの側を振り返った。

「くそったれめ、次は俺か……！」ウィルヘルムは死の覚悟を固め、剣を抜いた。

だがその直後、ウィルヘルムの後方から勇ましい鬨《とき》の声が聞こえた。光り輝く鎧やローブを纏《まと》った何十人もの高位冒険者らが、ウィルヘルの両脇を抜けて突撃し、大ムカデの大群に向かっていったのだ。プライムガルドの市門前に光のポータルが次々と生み出され、偉大な戦士や魔術師たちがテレポートアウトしてきていたのである。ウィルヘルムが加勢するまでもなく、彼らは大ムカデたちと死闘を繰り広げ、少しずつその勢いを削いでいった。

「奇跡だ！」

「奇跡が起こった！」

「応援も来たぞ！　まだまだ増える！　まだまだ戦える！」

「皆が戻ってきた！」

人々は総出となって巨大ムカデを狩り殺した。それはプライムガルドの歴史に残るほどの大規模な戦いであった。

多数の犠牲者を出しながらも、やがて全ての巨大ムカデが殺し尽くされた。偉業を達成し終えた街の皆は歓声を上げ、市門前で成り行きを見守っていたウィルヘルムを取り囲んだ。そして感情を露わにし、熱狂的なバンザイや礼儀正しいお辞儀の emote で祝福したのだ。ＮＰＣもプレイヤーも区別なく、誰もが熱狂的に、ウィルヘルムを讃えた。

「バンザイ！」

「もうマンゲツ・ギルドの横暴には屈しないぞ！」

「俺たちの勝利だ！」

「ところであのクールなＮＰＣ、いつから居たんだ⁉」

が彼のスピーチを待っている。

「最高にクールだったぜ！　正しい事をしたんだ！」

皆に囲まれたウィルヘルムは、その光景に胸を打たれつつも、いささか困惑していた。誰もが彼のスピーチを待っている。

（……ああ、そうだ。正しいことをした……）

以前の彼であれば、感情をむき出しにして叫び、神々を罵《ののし》る下品なガッツポーズを作ったであろう。そして魔女狩師の偉大さについて、自ら誇らしげに喧伝《けんでん》したであろう。だがプライムガルドの人々との交わりが、ウィルヘルムにもいくらかの影響を与えていた。この騒ぎが、平和と調和を乱してしまうのではないかと恐れたのだ。

ゆえにウィルヘルムは、控えめなデッドランド式敬礼の emote を返した。

そしてこう言った。

「……ここにいる全員が、正しいことをしたんだ。アリガトウゴザイマス」

しかし予想外に、人々はさらに大きな歓呼の声でもってそれを讃えた。ウィルヘルムは驚き、目を見開いた。熱狂した人々は、さらに互いを讃え合い、誰からともなく祝宴が始まった。そこかしこでカラフルな手持ち花火が上がっていた。カリフォルニア・ロールのように鮮やかな色彩だった。

自分は余所者だ。自分の存在に気づいた冒険者たちから質問攻めにあい、その出自を問いただされれば、面倒な事になるのは目に見えている。落ち着かぬウィルヘルムは、フードを目深にかぶり、衛兵たちの間を通って人ごみから逃れた。

デザートヴェノムスネークのように狡猾《こうかつ》な足取りで、ウィルヘルムはいつもの酒場まで退避したが、すでに中は冒険者たちで溢《あふ》れかえり始めていた。

「いつも開店休業だってのにな……」ウィルヘルムは所在なく、丘を登り宮殿の兵舎まで歩を進めた。

そこにマリカがいた。彼女は数年ぶりの人混みのために街道へと出られず、丘の上から、市門前で起こった事すべてを見守っていたのだ。

「本当に、ありがとうございました、ウィルヘルムサン……！　あなたのおかげで、街が沸き返っています。どんなアップデートよりも賑やかに」マリカが歩み寄り、ウィルヘルムに感謝の言葉を述べた。

「俺は……また余計なことをしちまったのかもしれないな……街を騒がせちまった」

「いいえ、これで良かったんです。この世界が初めて作られた時も、街はこのような熱狂に包まれていたんですよ！　みんな、行儀がいいだけじゃないんです！」マリカは涙ぐみながら微笑み、それはウィルヘルムをまた少し勇気付けた。

「ああ、そういえば、誰かが言ってくれた。お前は正しい事をしたって」

一見物静かで口数も少なく、ゼンの境地めいてほとんど感情を露わにしないのではないか、あるいは感情というものをそもそも持っていないのではないかとすら見えたプライムガルドの人々も、その奥にはしっかりと、このような人間的な感情が隠されていたのだ。ウィルヘルムはようやく微笑んだ。

「光栄だ。救われた気分だよ」

ウィルヘルムは天を仰いだ。

ここに暮らす人々は皆、天上の神々のごとき美男美女ばかり。服に異種族と魔女の血が染み込み、傷だらけの顔の自分が讃えられるのは、何とも居心地の悪い気がしていた。だがウィルヘルムは、それがそもそもの間違いであったことを悟った。

容姿の美しさも、言葉も、種族も、信じる神も、関係無いのだ。行動を通して人々は互いを理解できる。そして行動によって助け合い、違いを乗り越えることができるのだと。ウィルヘルムはそれを、言葉少なに語った。このような事を語り合える相手は、マリカしかいなかったからだ。

すぐに、兵舎すらも人でいっぱいになった。果たしてどれほどの人々がログインしてきているのか、マリカには想像もつかなかった。

「こんなにプライムガルドが活気に満ちたのは、いつ以来かわかりません」マリカは大きな瞳を潤ませながら、賑わう街のありさまを見ていた。そして思い出したように、慌てて駆け出した。

「そうだ、私も自分の仕事をしなくっちゃ……！」

「ああ、大切な仕事だ」

ウィルヘルムは頷き、手を振って彼女を見送った。

日が落ちた街では、盛大な祝宴が開かれていた。数ヶ月ぶりに出会ったという人々が互いにお辞儀し合い、手持ち花火を打ち上げ、楽器を弾き鳴らし、楽しげに語り合っていた。今夜一日の痛快な出来事を回想し、皆が一体感に包まれていた。庭園に座り込み、よりよい世界を作るために、どのように行動すべきか、前向きに話し合い始める者たちもいた。神々に再び声を届けるには、どうすれば良いのか。仮に、この世界が滅びゆく定めだとしても、耐え続けるのではなく、理不尽だと思っていることに対して声を上げ、何か行動を起こすべきなのではないか。

あるいは小難しいことを考えず、単純に駆け回り、飛び跳ね、再会と賑《にぎ》わいを喜んでふざけ合うようにemoteを繰り返すだけの者たちもいた。それだけでも十分に、いやある意味ではお堅い議論以上に、意義ある行動であった。それによって皆一様に、初めてこの世界が作られた時のような、無限の可能性に満ちた胸躍るような喜びを、再び味わっていたのだから。

マリカや衛兵たちも、信じられないといった様子でそれらを眺めて歩き、大きな誇りと喜びに包まれていた。この世界がいかに素晴らしいものだったかを、再び思い出させたのだ。彼女は市門前に行き、案内役という本来の仕事に忙殺《ぼうさつ》された。久々に帰ってきた者たちは、セーラー服姿のマリカを見つけると、驚きながら話しかけた。マリカは彼らに対し、アップデートの仕様変更とウェルカムバックキャンペーンを説明する仕事が存分に果たせ、心の底から喜びと笑顔を溢れさせていた。

戻ってきた者たちは、昔を懐かしみながらも、以前に比べて世界が確かに変わっていることに気づいた。そしてその変化の一端は、神々による大規模アップデートだけでなく、今日起こった奇跡の如き出来事と、他ならぬ自分たちの手によって引き起こされたのだと理解していた。

古参の一人が、興奮気味にマリカたちに聞いて回っていた。

「もしかして、魔女狩師のクラスが実装されるんですか⁉　あんなクールな装備とモーション、初めて見ましたよ！」

「いいえ。ええと、あれはですね……実装、されるわけでは、ないんですけど。ちょっとわからないですね！」マリカは苦笑いを作った。そして、何か妙な胸騒ぎを感じた。

「そんなァー！」

「ちょっとゴメンナサイ！」

マリカは質問をはぐらかしながら、祝宴でごった返す人々の間を抜け、ウィルヘルムを探した。徐々に、いいようのない不安感が募り始めた。

「ウィルヘルム＝サンを見ませんでしたか⁉」

「さあ」「そういえば見ないな」「酒場にも居なかった」「こんな時こそ、一番に酒を飲みそうなものなのにな」「ノンアルコールだけどさ……」

衛兵たちがそうマリカに答えるたびに、胸騒ぎはなお強まっていった。

そして街の高台、噴水の横の古老傭兵隊長ゲオルグのところにやって来た。

傭兵隊長は長い白鬚をしごきながら、北の山脈を指差した。

「嵐じゃ。また世界が乱れておる」

マリカは息を切らし、傭兵隊長のガントレットの指が指し示すものを見た。マリカの予感は決定的なものとなった。

虹色の竜巻だ。祝宴に夢中で、誰も気づかなかった。果たしていつから発生していたのか。電気信号の気まぐれか。あるいは途方もない人数の祝宴によって生まれた世界への負荷が、意図せずして再びそれを呼び寄せたのか。

北の山脈を黒雲が覆い、激しい雷が鳴り響き、虹色の竜巻が吹き荒れていた。

「もしかして……！」

6

ウィルヘルムは騒動から逃げるように、街の外れへと忍び歩いていた。特に冒険者たちに見つかって質問攻めにあうことだけは避けたかった。そして人目を避け、街を離れ、山に向かって駆けだそうとしていた。鞄のスロットの中には、十分な食料と酒も入れてある。

急がねばならない。あの虹色の竜巻が消える前に。

花火と踊りで浮かれる祝宴の外周部を、可能なかぎり目立たぬようにすり抜け、ウィルヘルムは門まであと少しの所へとたどり着いた。

その時、彼の腕をマリカが摑んだ。

追いかけてきていたのだ。

「マリカ」

「……ウィルヘルム＝サン、あれは危険です、滅びの嵐です。不吉な言い伝えがいくつも残っています」マリカは彼の腕を離さず、首を横に振った。

「マリカ、聞いてくれ。あれに飛び込めば、俺はデッドランドに戻れるかもしれないんだ。俺がこの世界に来た時も、砂漠であの虹色の嵐に飲み込まれた。……ああ、思い出してきたぜ。それで俺は、雷が鳴り響く暗黒の空間を抜けて……馬のケツから放り出される糞《くそ》のようにあの山の中に落下……。すまない、下品な物言いだった。ともかく、俺は帰れるんだ」

「でも、危険すぎますよ。ウィルヘルム＝サンが元の世界に帰れる保証はどこにも無いんですよ？　運良く別の世界に飛べただけで、永遠に消滅してしまう人もいると聞きます。それに……何で帰る必要があるんですか？」マリカは問うた。「隠してただけで、本当は、プライムガルドや私たちのこと、嫌いだったんですか……？　ビールも、ノンアルコールだし……私みたいな種族は、デッドランドじゃ敵だし……もしそうなら……止めませんけど……」

「違う、断じて違う。マリカ、聞いてくれ。ヴァルハラの神々と、十三層地獄のアークデーモンたちにかけて」ウィルヘルムは言った。「俺はこの世界やお前たちのことが、大好きだ。だからこそ俺は、ここに残ったら危険なんだ。この世界を変えたくない。……頼む、マリカ」

　ウィルヘルムは彼女に触れた。その途端、強烈な電気ショックが両者を襲った。

「ッ……！」マリカは斥力《せきりょく》によって弾かれるように、数歩後ろに下がった。

「クソッタレめ、これは一体……!?」ウィルヘルムは訳も分からぬまま立ち上がり、自分の両手を見た。体の一部が色を失って透け始め、指先からはバチバチと不吉な稲妻がほとばしっていた。新たなスキルを会得したのだろうか。とてもそうとは思えない。そしてその放電は、明らかに、マリカをも苦しめていた。

「ウィルヘルム＝サン、一体、何が……？」マリカは苦痛に顔を歪めながら立ち上がった。

「おそらく、これが歪みだ。クソッタレめ。マリカ、不運という名の猟犬が、俺たちの足首にかじりついてやがる……！」頭蓋骨が砕かれそうな頭痛を追い払うように、ウィルヘルムは激しく頭を振った。

「俺は本来、この世界に存在しちゃならないものだ。それが居座り続ける。冒険者たちも俺の存在に気づく。そうしたら、何が起こる。世界が矛盾で崩壊しちまう。この放電は、その先ぶれだ」

「あの嵐のせいかもしれないじゃないですか……！　やり過ごせば、ウィルヘルム＝サンだって前みたいに暮らせるようになるかもしれませんよ。それに、あの竜巻で、本当に元の世界に帰れるかもわからないんですよ⁉」

「……」ウィルヘルムは返答に窮した。確かにその通りだ。この宇宙には無数の次元があるという。デッドランド以外の世界に流れ着く可能性は高い。結局そこで、また歪みを生み出すだけなのか。あるいは、自分が消滅するか。そのどちらか……。

その時、聞き覚えのある馬の嘶《いなな》きが聞こえた。ウィルヘルムは顔を上げた。

「まさか、ロードキル……！　地獄より蘇ったか⁉」

そのまさかであった。虹の竜巻の発生によって世界法則が乱れ、北の山脈で期せずして復活を遂げたロードキルは、主人ウィルヘルムを求めて猛然と走り来ったのだ。ウィルヘルムは鞄のスロットから反射的にニンジンを取り出し、ロードキルに与えた。

「ブルルルル！」

馬は棹立ちになって喜ぶと、すぐに頭を下げて、自分に飛び乗るようウィルヘルムに促した。急げ、時間が無い、といわんばかりに、前脚の蹄で地面を何度も引っ掻いた。

「やはり、今しかない！　ロードキルも直感しているのだ。この機を逃すわけには！」

「……ウィルヘルム＝サン！」マリカが涙を流しながら首を横に振り、胸の前で両手の拳《こぶし》を握るemoteをした。

ウィルヘルムはマリカを抱き寄せ、デッドランド式の荒っぽいキスを交わそうとした。だが、それはできぬ。今の自分がどのような存在なのかは解っている。二世界観の歪みが自分の体に集まり、破滅的なエネルギー炉のようになっているのだ。マリカに触れれば、彼女はこの世界に現れた時のロードキルのように、消滅してしまうかもしれない。そしてそれは、この世界そのものに対して、何らかの次元の乱れをもたらしてしまうかもしれないのだ。

「ダメだ、マリカ。世界が乱れている」

ウィルヘルムは寂しげに首を横に振った。彼は数年前にデッドランドで起こったとされる、悲劇的な伝説を思い起こした。

「……かつて、数百日間に及んで世界の時間が巻き戻ったことがあるという。蓄えられた富は消え去り、滅ぼされた邪悪なギルドの砦が再び聳《そび》え立ったという。そのような悲劇が起これば、人々は再びこの国を去るだろう。見ろ、この稲妻を。今の俺は歪みの中心点だ。仮に俺がここに留まり続けることで、今日のこの出来事、そのものすらも、無かったことになってしまうとしたら……ダメだ。俺はプライムガルドに生き残って欲しいんだ。この争いの無い世界に」

「そんな……でも」

「見ろ！　すごい馬だ！」「馬に乗れる⁉　いつ実装されるんだ⁉」「クール！」

人々が気付き始めた。ロードキルの体からも、バチバチと放電現象が始まった。

「サヨナラ、マリカ……！」

魔女狩師ウィルヘルムは彼女に別れを告げ、愛馬に飛び乗った。言葉以外には、別れの品を何一つも残して行くことはできなかった。それがさらに歪みを残すかもしれないからだ。もし明日神々が地上を歩み、神聖なるメンテナンスを行うならば、彼は自分がここにいた痕跡をひとつたりとも残してはならなかった。

雷鳴に混じる激しい蹄音。マリカの声が遠ざかって行く。プライムガルドの喧騒が遠ざかってゆく。街の門が。懐かしいリンゴの樹が。整然とした石畳の街道が。

ロードキルは山岳地帯へとひた走った。道中で襲いかかってくる怪物たちを、ウィルヘルムは見事なボウガンと剣の腕前で蹴散らした。盲目の巨人の如く山肌を彷徨っていた虹色の竜巻が、運良く、南へと方向を変えた。それはすぐ先の丘の上に見えた。ウィルヘルムは全身がビリビリと痺《しび》れるような感覚を味わった。ただでは済むまい。

一瞬、ウィルヘルムは身構え、怖気《おじけ》づいた。マリカの言った通り、元の世界に帰れる保証はいのだ。

無い。二度とデッドランドに蘇ることなく、永遠に暗黒の中を流されることになるかもしれな

果たして、それはどのような気分だろうか。殺し合い、荒野で死に、次の日の赤の夕暮れには六フィート下の棺桶から蘇るのがデッドランドだ。ウィルヘルムが知る唯一の世界だ……今ではほんの少しだけ、ロード・オブ・イグゼシオの世界も知ったが。闘争も死も蘇りも無いまま、あるいは平和を愛するマリカやプライムガルドの仲間たちもいないまま、暗黒の中を永遠に流されるのは、きっと、想像もつかないくらい孤独で退屈なことだろうと考えた。

だがロードキルがいれば、少しは気も紛れよう。どうした、誇り高き魔女狩師が何を恐れている。気概を見せろ。ウィルヘルムは酒を呷《あお》り、ロードキルに拍車をかけた。ブルルル、とロードキルは嬉しげに鼻息を鳴らした。

「これでいいんだ、ロードキル。マリカの言った通り、ゆっくりと滅びゆく世界では、俺みたいな場違いな奴も必要だったのかもしれん。だが、俺は結局のところ、余所者だ。居座り続けたら、この世界を乱しちまう。だから俺はもう一回だけ、正しいことをしなくちゃならないんだ。何度も付き合わせて悪いな、ロードキル」

ロードキルは構うものかと言わんばかりに、再び猛然と走り始めた。

「ゴー！　ロードキル！　ゴー！」

激しく拍車《はくしゃ》をかけられ、ロードキルは加速した。そしてウィルヘルムを乗せたまま、虹色の竜巻の中へと、自ら飛び込んだ。視界がぐちゃぐちゃになり、何も見えなくなった。

何も感じなくなった。

また俺は馬鹿なことをしでかしただろうか、とウィルヘルムは考えた。

7

腹を空かせた赤銅甲虫の群れが、彼の肌の上をゾロゾロと這い回っていた。

「ARRRRRGH!　くそったれめ!」

ウィルヘルムが目を開けると、彼はいつものように、血腥い棺桶の中に収められていた。彼は叫び、虫どもを払いのけ、内側から板を破り、乾いたデッドランドの土を六フィート上に這い出した。そこは竜の辻だった。

「おい、何だこりゃ」

ブルルルルル、と、愛馬ロードキルが駆け寄り、彼の顔を舐《な》めた。

「俺は長い夢でも見てたのか?」

「いいや、少なくとも夢なんかじゃないね」辻にある酒場の廃墟からニコールが出てきて、肩をすくめるemotoを作った。

「アンタ、虹色の竜巻に呑み込まれて、一ヶ月近くも帰ってこなかったんだよ。久々に十三層地獄の偉そうなアークデーモンがやってきて、アンタがどこかに挟まって動けなくなってないか、あちこち調べてったほどさ。それでも解決しなかった。で、今日になって突然帰ってきたってワケ。こんなのは初めてだよ。いったい、何があったんだい?」

「俺は……俺は、争いの無い世界に行ってきた。そこでプライムガルドという街に流れ着いた」ウィルヘルムは言った。「伝説は本当だった。そこは美男美女ばかりが暮らし、言葉の壁も、種族の違いによる差別も、宗教戦争も無い。人々が怪物どもの湧き場で、奥ゆかしい行列を作る。ニコール、お前の語った伝説通りの世界が、実在したんだ」

「へえ？」ニコールはビール瓶を傾けながら、頭にウジでも湧いたの？のemoteを作った。

「そこで何してきたの？」

「そこで俺は……ハ！　厄介払《やっかい》いさ。争いのない世界に用はない」

「いい女でも漁ってたんじゃないの？」

「女か。あいにくあの世界じゃ、俺のような傷顔を相手にする奴はいない。だが……驚くことにな、向こうにもお前に負けず劣らずの、骨のある女がいたのさ。敬意を払うに値する奴がな」

「ははあ、惚《ほ》れたってことね？　それで、悲劇の別れとかァ？」

「誰がそんなことを言った」

「アッハハハ、この娘でしょ？」

ニコールは悪戯《いたずら》っぽい笑みを浮かべながら、廃墟サルーンのドアを後ろ手に指差した。

そこにマリカが立っていた。

「ごめんなさい、ウィルヘルム＝サン。あの後、虹色の竜巻が市門前まで近づいてきて、呑まれちゃったんです……」

「マリカ……⁉」

「礼を言うならロードキルに言いな、ウィルヘルム。ロードキルがかばわなかったら、今頃この娘の頭にゃ、アタシのボウガンの矢が突き刺さって、死体からウジでも湧いてただろうよ」

ブルルルル、と、ロードキルが得意げに鼻を鳴らした直後、境界線側で爆発音が聞こえた。

ネクロ族の略奪部隊だ。

ウィルヘルムたちはすぐに行動を起こし、攻め込んできた異種族どもを皆殺しにし、そして考えねばならなかった。次に虹色の竜巻が現れるまで、この過酷な砂漠でどうやって彼女を守るかを。

訳者解説

ようこそ、ウィルヘルム！

Welcome, Wilhelm!

作者名：マイケル・スヴェンソン（Michael Svenson）

作者来歴：生年不詳（三十代であること以外は出身地含めて非公開）。

昔からゲームが大好きだったマイケルは、十代後半から二十代前半の多感な時期に『ウルティマオンライン』や『エバークエスト』などの米国産第一世代コンピューターＭＭＯＲＰＧにどっぷりとハマった。そしてそれ以来、ＰＣプラットフォームかコンシューマー機かモバイルかを問わず、また米国産か国外産かを問わず、様々なＭＭＯＲＰＧをライフワークのようにプレイし続けている。

「いろいろプレイしてるだけで、腕前はたいしたことない。ゲームの腕前自体は、きっと何十年経ってもノービス級のままさ」と語るマイケル。彼の情熱の大半は、ランキング上位に入ることや対人戦のスキルを磨くことではなく、ゲームを通じて知り合う様々な国籍のプレイヤーとの交流に向けられているのだという。とはいえ彼は、数力国語を操るコミュニケーションの達人というわけでもなく、「僕は英語しか話せないから、気のいい外国人プレイヤーや、拙《つたな》い翻訳ツールの助けを借りて、どうにかこうにか意思疎通が取れてる程度だよ」とも語っている。

そうしたコミュニケーションの中で、互いのゲーム文化の違い、お国柄の違いなどに気づいた時、マイケルはまず困惑を、そしてその次には、知的好奇心を強烈に刺激される喜びを味わうようになったという。やがて彼は「米国産ゲームと日本産ゲームの間には、何か根本的な違いがあるのではないか？」と考えるに至り、以来まるでウィルヘルムのように様々なMMORPGを行き来して、未だ見つかっていないその答えを探し続けているのだ。

マイケルは自身のMMORPG体験をもとに、本作「ようこそ、ウィルヘルム！」のような小説をいくつか執筆してきた。中でも「ウィルヘルム」シリーズは、最も人気があり作品数も多い。続編の「地獄へようこそ、マリカ！」では、日本産MMORPGからやってきたマリカの奮闘が描かれる。描かれる世界は二つだけに止まらず、やがてさらに別なゲーム世界へもウィルヘルムは旅立って行く。そして毎回何らかの新たな発見や友人を得て、自分の世界へと帰ってくるのだ。これはMMOという現代的な体裁《ていさい》を取ってはいるが、『魔法の国ザンス』シリーズに代表される異世界渡り歩きファンタジー小説のような読み味がある。そしてその都度、各エピソードごとに「米国産ゲームと日本産ゲームの違い」（またはそのプレイヤーの違い）一個を何かしら主題として据《す》える点には、『テルマエ・ロマエ』にも似た比較文化論的な愉しさもある。そしてもちろん、ウィルヘルムやマリカといった主要キャラクターたちの魅力は、エピソードを重ねるごとに増してゆくのである。

どんなにハードコアで過酷なゲームの世界に行こうとも、（多少のゴア描写はあるが）筋立ては基本的にポジティブで、前向きで、ユーモラスだ。それは「異なる文化の相互理解によって、ゲームは絶対にもっと素晴らしいものになるはず」というマイケルの信念をよく表しているといえるだろう。ちなみに「日本人プレイヤーが狩場で律儀《りちぎ》に整列している」という現象は実際に存在するものであり、ＭＭＯＲＰＧをプレイしていたマイケル自身が、初めて強烈なカルチャーショックを受けた光景でもあるという。

◆訳者あとがき◆

二〇一六年三月一日。ブラッドレー・ボンド氏に呼ばれた我々は、急遽《きゅうきょ》ニューヨークへ向かうこととなった。一〜二月のような零下十数度の雪嵐は無くとも、三月のニューヨークはまだ寒く、天候も荒れやすいため、ダウンジャケットに防寒シティブーツという重装備で赴《おもむ》かねばならない。実際、一週間ほどの滞在中には、一日中天候が荒れてかなりの雪が降り、全てのストリートや摩天楼《まてんろう》がモノクロームに変わった日もあった。

幸い、ボンド氏と落ち合う日は快晴であり、セントラルパークを歩いていると微《かす》かに汗ばんできて、風が心地よく感じられるほどの快適さであった。……だが油断してはならない。我々は無慈悲なるニンジャや、アメリカン・シリアルキラーや、タコ頭の邪神を大統領にしようとするカルト教団員や、危険なスーパーヴィランなどに路上で襲撃されないよう、注意深い足取りでマンハッタン島を北へ北へと進む。あるいはカイジュウだ。我々は視線を上げ、海岸線にも目を凝らす。いつカイジュウが海から現れてNYを襲ってもおかしくはない……カイジュウの脅威はもはや、日本だけのものではないからだ。このように我々は警戒を怠《おこた》らず、そのために何度かストリートの本数を間違って行きつ戻りつすることにはなったのだが、その弛《たゆ》まざる警戒心が功を奏したか、ニューヨークに潜む数々の危険と遭遇することなく、無事、コロンビア大学の近くにある大きな教会で久々にボンド氏と再会することができたのである。

ニューヨークへの警戒と緊張を見て取ったのか、ボンド氏はとても我々に親切にしてくれた（本当に優しかった）。そこから色々と一緒に街を散策したのち、チェルシーにある小さなカフェで、我々はボンド氏と昼食をとることとなった。ボンド氏はいつになく上機嫌で、ハンバーガーを食べ、アメリカン・コーヒーを飲み終えると、意味ありげな笑みとともに二つの分厚い封筒をカバンから取り出した。片方は、いつものように我々が翻訳する予定となっているボンド氏の自作小説のタイプライター原稿である。だがもう片方は、これまでに我々がボンド氏から受け取ったどんな原稿とも違っていた。開いた時点で、我々はすぐにそれに気づいた。ボンド氏は我々の表情を楽しそうに観察しているようだった。

果たして封を開けると、そこには、ボンド氏が蒐集《しゅうしゅう》してきたホチキス綴《と》じコピー同人誌の束と、彼の手によるコンセプトノートが収められていたのである。「これは、宝の山だ……！」我々はそう直感し、激しくエキサイトした。杉に至っては、学生時代に場末のリサイクルショップのレンタル落ちＶＨＳビデオテープ処分棚からＤＯＰＥなニンジャ映画をＤＩＧしまくっていた記憶が蘇り、危険域までアドレナリンが湧き出していたようだ。我々はボンド氏と握手を交わし、必ずやこの企画を日本の出版社に売り込んでみせると誓って、ニューヨークをあとにした。

我々が日本に戻ってきて最初に作業に取り掛かったのは、本書のメインタイトルともなっているトレヴォー・S・マイルズの「ハーン」シリーズである。ボンド氏から渡された「ハーン」の同人誌を全て熟読し、実際に翻訳し、まあまあ読める程度の原稿として仕上げてみることにした。……冷静に考えると、まず最初に作者であるトレヴォー氏とコンタクトを取り、掲載許可などを得るべきであったのだが、「ハーン」が大変面白かったために、我々の理論的な思考回路は機能不全を起こしていたのであろう。

原稿が仕上がってから、我々はある事実に気づいた。「ハーン」のホチキス留め同人誌には、トレヴォーの連絡先が全く書かれていない。その名前もペンネームであり、しかもインターネットで検索しても発見できないほどのマイナーぶりである事がわかった。……我々はまだこの時点で、事態を甘く見ていた。ボンド氏に聞けば何かしら判るだろうと、淡い期待を抱いていたのだ。だがボンド氏に問い合わせると「コレクションした同人誌の作者たち全員と親交があるわけではない」という無慈悲な事実が明かされた。暗黒が我々を呑みこみかけた。どうやって我々の「ハーン」シリーズに対する熱意をトレヴォー氏に伝えれば良いのかわからず、我々は仕上がった原稿を前に、しばし途方に暮れ、ビールばかり呑んでいた。

このような経緯から、トレヴォー氏とのコンタクトにはかなりの日数を要したが、ステイツに住んでいる友人のハッカーが色々と情報を集めてくれたため、最終的に我々はSkypeでトレヴォー氏とコンタクトを取ることに成功し、交渉を進め、快諾を得た。我々はほっと胸を撫《な》で下ろし、次なる作品に取り掛かることができたのである。我々はこれまでの苦労も忘れ、またすぐにエキサイトしてきた。どの作品も同人誌の佇《たたず》まいからしてまず最高にパルプで、まるで色とりどりのアメリカン・キャンディーを見ているようであり、次はどれを選ぼうかという嬉しい悩みを再び味わう事になったからだ。我々はそれまで以上に、最高にエキサイトしていた。そしてこのエキサイトを一冊の本にまとめ、読者の皆さんの手に届けたいという思いは強まるばかりであった。

次に我々はエミリー・R・スミスの「エミリー」シリーズについて同様の作業を進めた。プロフィール完全非公開であるエミリー女史とのコンタクトにはかなりの日数を要したが、最終的に我々はSkypeで彼女とコンタクトを取ることに成功した。そしてさらにエキサイトした。その次はスティーヴン・ヘインズワースの「阿弥陀6」だ。謎多きスティーヴン氏とのコンタクトにはかなりの日数を要したが、最終的に我々はSkypeで彼とコンタクトを取ることに成功した。他の作家についても同様に、色々あったが、最終的にSkypeでコンタクトを取ることに成功し、エキサイトした。詳細なプロセスを全て記述しているとそれだけで一冊の本が書けてしまうので、細かな部分は割愛《かつあい》させていただいたが、おおむねこのような経緯を経て本書が完成したのである。

むろん、中にはコンタクトに失敗し、泣く泣く本書への収録をあきらめた作品も何点かあった。またそもそも、ボンド氏から手渡された封筒には、本書に収録しきれないほど大量の作品が収められていた。分量で言えば、本書の二倍近い厚みにもなる。よって我々は、原稿作業に並行して、収録タイトルの選定も同時に行わなければならなかった。「ハーン」「エミリー」

「ウィルヘルム」などのシリーズものは膨大であるため、その一部のみを収録することに決め、また他の作品群も、収録作のジャンルやテーマのバランスを考え、既に出来上がっている何本かの小説を泣く泣くリストから外し、現在のラインナップが完成した。収録を見送られた作品としては、ハイファンタジー小説である「エルフ侍」や、敵の組長によって召喚された古代メソポタミアの邪神と戦うヤクザの鉄砲玉を描いた「ヤクザ・ヴァーサス・エンシェント・シングス」などがある。このような作業は我々にとっても初めての挑戦であったため、かねてから懇意《こんい》にしていただいているI編集氏の力を借りる事となり、またその縁もあって、筑摩書房より本書を刊行することができた。

本書が好評を博したならば、いずれ未収録作品やシリーズものの続編も翻訳し、続編として皆さんに紹介できれば幸いである。最後に、本書の収録作品すべてに素晴らしいイラストレーションを描いてくださった漫画家の久正人氏に、大きな感謝を。

二〇一六年九月

ダイハードテイルズ　本兌有　杉ライカ

編者　**ブラッドレー・ボンド**（Bradley Bond）
サイバーパンク・ニンジャ・アクション小説「ニンジャスレイヤー」原作者の一人。ニューヨーク・ブルックリン在住。彼が個人的に収蔵している膨大なインディーズ同人小説コレクションの中から特に日本テーマの作品を選び出し、今回のアンソロジーが編まれることとなった。

訳者　**本兌有**（ほんだ・ゆう）
「ダイハードテイルズ」所属。杉と共作体制を敷き、「ニンジャスレイヤー」シリーズ、「ストームダンサー」シリーズなどの翻訳を行い、みずから作品の執筆も行う。コナン・ザ・グレートや、西部劇、タランティーノ映画を愛好。

訳者　**杉ライカ**（すぎ・らいか）
「ダイハードテイルズ」所属。本兌と共作体制を敷き、「ニンジャスレイヤー」シリーズ、「ストームダンサー」シリーズなどの翻訳を行い、みずから作品の執筆も行う。好きな映画は「デスペラード」と「処刑人」と「パルプ・フィクション」。

ハーン・ザ・ラストハンター
アメリカン・オタク小説集

二〇一六年十月二十五日　初版第一刷発行

編　者　ブラッドレー・ボンド
訳　者　本兌有＋杉ライカ
イラストレーション　久正人
発行者　山野浩一
発行所　株式会社筑摩書房
東京都台東区蔵前二―五―三　〒一一一―八七五五
振替〇〇一六〇―八―四一二三
装　幀　新上ヒロシ＋ナルティス
印　刷　三松堂印刷株式会社
製　本　三松堂印刷株式会社

ISBN978-4-480-83210-8　C0097

乱丁・落丁本の場合は、左記あてにご送付ください。
送料小社負担でお取り替えいたします。
ご注文・お問い合わせも左記へお願いいたします。
筑摩書房サービスセンター　電話番号〇四八―六五一―〇〇五三
さいたま市北区櫛引町二―六〇四　〒三三一―八五〇七